VALERIO AIOLLI

PORTOFINO BLUES

VOLAND

INTRECCI

Valerio Aiolli

Portofino blues

Voland

Prima edizione: febbraio 2025
Seconda edizione: aprile 2025

ISBN 978-88-6243-565-9

Di Valerio Aiolli presso le edizioni Voland:
Lo stesso vento
Nero ananas

Per i brani citati in esergo si veda: Malcolm Lowry, *Sotto il vulcano*, traduzione di Giorgio Monicelli, Milano, Feltrinelli, 1997; Marina Ripa di Meana, *La vita estrema di Francesca Agusta. Una tragedia nel magico mondo di Portofino; soldi, amore, morte*, Cesena, Maretti & Wilde, 2001

Questo libro è un'opera di narrativa. Ricostruisce, nel modo più documentato possibile, eventi realmente accaduti, e usa nomi di luoghi, società e persone realmente esistenti o esistiti. Ma tali persone, società, luoghi ed eventi – insieme a quelli frutto dell'immaginazione dell'autore – vengono qui utilizzati per scopi puramente narrativi

“Tutti si stavano divertendo un mondo, come erano tutti felici, come ognuno era felice!”

MALCOLM LOWRY

Sotto il vulcano

“Una come Francesca la si poteva amare tanto da arrivare a odiarla a morte.”

MARINA RIPA DI MEANA

La vita estrema di Francesca Agusta

MESSICO, UN GIORNO QUALUNQUE DEL 2022

Le pale frullano invisibili sopra il tettuccio. È la mia prima volta in elicottero, e ho paura. Non è paura dell'elicottero, è paura del vuoto, orrore del vuoto, orrore per ciò che non c'è. Il rumore mi squassa, senza volerlo ne seguo l'andamento pronto a coglierne la minima irregolarità. Il pilota simula sicurezza, come tutti i piloti del mondo. Anche mentre si stanno schiantando simulano sicurezza, le avete mai lette le trascrizioni delle scatole nere? Sicurezza apparente fin quando è possibile, fin quando la realtà non diventa troppo presente per continuare a eluderla. Sono addestrati per simulare sicurezza, anche con loro stessi. Ma questo pilota ha un ciuffo bianco sulla nuca, in mezzo al nero dei capelli: forse l'effetto di tutto quell'eccesso di sicurezza.

Laggiù in fondo, quando mi decido a lanciare un'occhiata verso il basso, le *sierras* sembrano non finire mai. Decine, centinaia di chilometri di terreno desertico e cactus, qualche rarissimo fiumiciattolo, ogni tanto agglomerati di casupole col tetto di lamiera.

Il marito di Magali mi tocca col gomito, indicandomi di guardare dal suo lato. La città di O. è incassata tra colline ricoperte di vegetazione bassa e compatta. Il centro ha vie ortogonali e piazze, e grandi chiese, ma la periferia si sfilaccia quasi subito in stradelli non asfaltati, dove sorgono baracche su baracche e, proprio accanto, qualche supervilla.

Ci stiamo abbassando. Compare una piscina contornata da cactus, diversi però da quelli tutti uguali delle *sierras*: questi sono di differenti qualità e dimensioni, e sembrano essere stati piantati con una cura estetica degna di un orto botanico. Poco più in là c'è un campo da tennis in erba sintetica, con la rete che pende molle dai paletti. E poi appare la villa. Molto grande, articolata, ruota intorno a un patio. Il vuoto intanto si va riducendo di secondo in secondo, ciò che non c'è si comprime, scompare, ormai anche se andassimo in stallo e precipitassimo non farei quasi in tempo ad accorgermi di stare per morire, e forse neppure morirei in effetti, rimarrei soltanto mutilato in modo orribile, confinato su una sedia a rotelle, incapace di intendere e di volere, un relitto umano/terra, penso, abbiamo toccato terra, il rumore è ancora più forte di prima ma siamo a terra, terra terra terra, non salirò più su un elicottero, penso, non mi affaccerò più verso l'orrore del vuoto, mai più.

I miei amici più cari sanno che almeno da un anno sto scrivendo qualcosa che ha a che fare col Messico. "*Anche* col Messico" preciso se messo alle strette. Non aggiungo altro. Il motivo per cui sto scrivendo queste frasi che (forse, un giorno) entreranno a far parte di un libro non riguarda i miei amici, e neanche le persone che (forse, un giorno) lo leggeranno. Troppo spesso viene chiesto agli scrittori perché abbiano deciso di scrivere una certa storia ("Come nasce l'idea...?") e troppo spesso gli scrittori si piegano a rispondere, arrampicandosi sugli specchi per spiegare l'inspiegabile. Quasi mai sappiamo *come nasce l'idea*. Non c'è quasi mai un *vero* motivo per scrivere una storia. L'unico motivo è che ci siamo messi a scrivere quella storia per scoprire qualcosa che esisterà solo se riusciremo a scriverla.

Dietro la siepe di cactus che separa l'eliporto dal resto del mondo, El Hombre ci accoglie sulla soglia della veranda in pantaloncini e maglietta, i piedi nudi. Massiccio, barba rada, capelli folti, cinquantacinque anni portati con energia ancora intatta, un puma che si finge gatto, la stretta di mano forte guardandoti negli occhi, apparente rassicurazione in cambio di conoscenza intuitiva.

(El Hombre ha un nome naturalmente, ma è un nome che non rivelerò.)

La televisione è accesa su un canale di video pop a volume basso, l'altarino per *el día de los muertos* forma una macchia di colori, con una coda arancione di fiori sparpagliati a terra per indicare la strada al morto che arriva. La piscina a sfioro al di là delle vetrate riflette quell'azzurro marezzato di nuvole da cui sono disceso con le gambe tremanti solo pochi istanti fa.

Dopo qualche minuto di convenevoli, El Hombre ci fa un cenno e ci precede (io, Magali e il marito di Magali) alla scoperta della villa, camera dopo camera, bagno dopo bagno. Pavimenti chiari sui toni più tenui del giallo, a metà fra il travertino e la pietra leccese. Ambienti ampi, soffitti alti. Una palestra attrezzatissima, uno spogliatoio con una serie apparentemente infinita di scarpe appaiate sugli scaffali. Poi il patio, circondato da robuste colonne di legno rosso, con una polla d'acqua al centro dell'impiantito in cubetti di granito, un'amaca bianca e una canoa in vetroresina simil-legno poggiata a terra, su cui crescono piante grasse piccole come bonsai. Pochi passi ancora ed entriamo in una cappella con un Cristo sospeso a mezz'aria e, dietro, una vetrata a tutta parete aggettante sulla vallata di O., che col passare delle ore sta prendendo un bel colore biondo scuro: Gesù ascende al cielo nella luce pomeridiana del Messico centrale, libero ormai dal peso (e dal sostegno) della croce, ma ancora con le braccia larghe e i piedi sovrapposti. Sotto, l'altare è cosparso di statuine della Vergine, di altri Cristi, altri Santi. E poi frutta, mele soprattutto. Uno spettacolo.

Appena usciti di là, ancora mezzo rintronati da tutto quel profluvio di immagini sacre, El Hombre ordina (un uomo silenzioso ci è sempre vicino, pronto a eseguire qualsiasi sua volontà) di alzare la saracinesca che nasconde un altro grande ambiente, una stanza da meditazione della quale pare essere particolarmente orgoglioso: triangoli e cerchi in legno rossastro (lo stesso delle colonne del patio, direi, ma piallato e lucido), una pedana che è quasi un palco e uno sgabello ergonomico per poter rimanere a lungo lì a meditare, a svuotare la mente, senza affaticarsi la schiena.

Finita la visita guidata (questa è solo una delle sue tante case, ci ha detto), El Hombre indossa i jeans e un paio di quelle scarpe da ginnastica dello spogliatoio e fa arrivare dal garage un van nero con i vetri fumé. Deve assolutamente mostrarci il Cristo che cresce, ci dice salendo nel posto accanto a quello di guida, occupato dall'autista. L'uomo nel gabbiotto all'ingresso ci fa un cenno senza sorridere e usciamo dal cancello, protetto da un doppio giro di filo spinato e sorvegliato da un paio di telecamere. Ci inoltriamo in una *carretera* terrosa piena di buche, che percorriamo per un quarto d'ora a zigzag e a passo d'uomo fino ad arrivare con sollievo generale a una specie di superstrada che imbocchiamo in direzione, a giudicare dal sole, sudest. Dal sedile anteriore El Hombre si volta di tre quarti, porta un paio di Ray-Ban con lenti verde scuro, e comincia a raccontare.

A diciassette anni era stato rapito. Non era di famiglia ricca, anzi: era orfano di padre e sua madre lavorava in un negozio di scarpe. Ma quella sera era fuori da un locale a bersi una Corona insieme a un amico che portava i capelli lunghi e che era stato scambiato per una ragazza da un gruppo di uomini arrivati su un furgoncino per portarsela via. I due amici avevano reagito, lui aveva spaccato la bottiglietta di birra in testa a uno degli assalitori, ed era andata a finire che avevano portato via lui, il diciassettenne El Hombre, per ripicca. L'amico era riuscito ad avvertire subito l'ufficio del governatore (un amico di famiglia, impossibile altrimenti), che aveva ordinato alla polizia di chiudere tutte le strade di uscita dalla città. Il diciassettenne El Hombre legato, bendato, con il nastro adesivo sulla bocca, era stato lasciato per ore in una stanza di un palazzo in costruzione mentre i suoi rapitori, di là, si consultavano sul da farsi. "¿Lo matamos?" aveva sentito dire. Poi era calato il silenzio. Se ne erano andati. A fatica riuscì a liberarsi e ormai quasi all'alba si diresse verso casa, aprendo la porta con la chiave che si era ritrovato (scivolata) nel risvolto dei calzoni. Sua madre, inginocchiata in mezzo al piccolo soggiorno, stava dicendo: "Jesús, llévatelo pero por favor no lo hagas sufrir."

Ogni tanto l'autista rallenta fin quasi a fermarsi perché l'asfalto messicano è innervato di *topas*, dissuasori di velocità capaci di devastare qualsiasi auto se affrontati sopra i dieci all'ora. Qua e là, lungo il bordo polveroso della strada, compaiono baracche e venditori ambulanti. Offrono cibo, giocattoli in plastica. Dietro si aprono a perdita d'occhio distese di agavi per il mezcal.

I figli invece gli sono stati rapiti qualche anno fa, quando erano ragazzini, riprende a raccontare El Hombre. Stavano andando a scuola in macchina quando furono circondati da un commando, che per prima cosa aveva ucciso l'autista. Un proiettile era finito nella gamba di una delle ragazze, a quel punto erano stati prelevati soltanto il fratello e l'altra sorella. Sette mesi in una cisterna, li avevano tenuti, prima di liberarli dopo il pagamento di un riscatto. A questo punto El Hombre si blocca, ha un nodo alla gola, non riesce a proseguire. Scuote la testa, torna a rivolgersi in direzione del senso di marcia.

Usciti dalla superstrada ci addentriamo in un piccolo *pueblo*. Non c'è nessuno in giro, solo qualche camioncino parcheggiato, tetti di lamiera ondulata, pilastri di cemento da cui spuntano ferri pronti per nuove gettate, accrocchi di cavi che si incrociano sopra le strade strette. Il sole è ancora alto, questa giornata non finisce mai.

Accostiamo, El Hombre ci scorta nel patio di una casa uguale a tutte le altre. C'è un frigorifero con sopra alcune bottiglie in plastica di Coca-Cola (una vuota), un tavolo con una cerata a fiori e molte candele (spente) in bicchierini di vetro, bidoni per l'immondizia, una sedia Ikea, scatole di cartone da *360 Huevos* (*Kolibrí – Huevo* **fresco** *de verdad!*), catinelle, vasetti, altre scatole di cartone (una con la scritta *El Calvario*), un paio di calendari con immagini sacre, un treppiede in ferro battuto con una bacinella.

El Hombre entra in una stanza, io, Magali e il marito di Magali lo seguiamo. Appese al muro, proprio di fronte all'ingresso, ci sono due croci: quelle che duecento e cento anni fa ospitavano il Cristo che cresce, e che poi via via sono state sostituite per star dietro alla crescita. Il Cristo adesso è là, sulla sinistra, appeso sulla nuova croce di misura, almeno per il momento, consona. El Hombre dice che veniva spesso qui durante il sequestro dei figli, a pregare per la loro salvezza, e più di una volta ha visto con i suoi occhi il Cristo crescere. Poi si inginocchia, le mani giunte, e si mette a pregare. Il Cristo ha la carnagione scura, la testa reclinata, una fascia di stoffa bianca a coprire la ferita sul costato, una specie di gonnellino di raso e di pizzo sui genitali. Rimango a osservarlo per un minuto o due, non mi sembra di notare movimenti.

Sulla via del ritorno Magali, forse per non mostrarsi da meno del nostro ospite, comincia a parlare di quello che è successo qualche anno prima a suo cugino Julio, nella città di X. Lo *tío*

Pedro, il padre del cugino Julio, dice Magali (El Hombre ascolta senza voltarsi, ogni tanto annuisce), era un imprenditore di successo nel campo edile, talmente di successo da andare a vivere negli Stati Uniti, a Houston, con la quarta moglie. Da Houston lo *tío* Pedro, dice Magali, continuava a dirigere le varie attività messicane, tra cui il progetto per la costruzione di un nuovo centro residenziale e commerciale nella sua città di origine, X., le cui unità immobiliari potevano essere vendute prima ancora dell'inizio dei lavori. Ogni famiglia ha una pecora nera, dice Magali, e la pecora nera della famiglia dello *tío* Pedro era il nipote Francisco, che praticamente non aveva mai lavorato e passava le serate sniffando cocaina e giocando al casinò ("casino", pronuncia Magali, con l'accento sulla I e la S sorda raddoppiata, come se dicesse "Cassino"). Al Cassino Francisco aveva conosciuto due ragazze, con le quali si era vantato dello *tío* Pedro, grande imprenditore a Houston, e delle possibilità di investimento nel centro commerciale in corso di progettazione a X. Le ragazze gli dissero che avevano un amico che forse poteva essere interessato all'affare. L'amico delle ragazze del Cassino si era materializzato e aveva sottoscritto le quote per un paio di unità immobiliari, valore complessivo circa duecentomila euro. L'accordo prevedeva, in caso di impedimenti burocratici tali da rendere impossibile la costruzione del complesso, la restituzione della cifra da parte dello *tío* Pedro con gli interessi legali. Tutto bene però, dice Magali, Francisco non aveva fatto presente con sufficiente chiarezza allo *tío* Pedro il carattere del tizio in questione: una "mala persona", a capo di una gang criminale che tempo prima si era staccata da un Cartello e aveva occupato la città di X., mettendola sotto scacco con furti, estorsioni, rapimenti e altre violenze quotidiane. Un anno e mezzo dopo, dice Magali, risultò evidente l'impossibilità di costruire il complesso immobiliare di X. a causa dei temuti impedimenti burocratici. Lo *tío* Pedro, da Houston, aveva prontamente restituito a tutti gli investitori, compresa la "mala persona", la quota versata, più gli interessi legali pattuiti. Quando la "mala persona" ricevette il bonifico, fece chiamare Francisco e gli disse che così non andava, non andava proprio, lui, la "mala persona", aveva prestato il suo denaro per un anno e mezzo alla famiglia di Francisco e adesso pretendeva una restituzione comprensiva degli interessi *reali*, non di quelli *legali*. Aveva fatto i conti e la somma a lui dovuta era di circa ottocentomila euro, quattro volte quella investita un anno e mezzo prima. Francisco chiamò Houston, dice Magali, ma lo *tío* Pedro (non aveva capito chi aveva di fronte o aveva capito benissimo e cercava una prova di forza?) gli rispose che il contratto parlava chiaro: loro avevano restituito quanto previsto dall'accordo e la faccenda era chiusa, non c'era nulla da temere. A quel punto la pecora nera Francisco, intuendo che la faccenda prendeva una brutta china, si era eclissato, sparendo nel nulla da un'ora all'altra. Nel frattempo, ignaro di tutto, nella città di X. viveva il primo figlio dello *tío* Pedro, il cugino Julio, di trentacinque anni, dice Magali frugando nella borsa. Aveva giocato a football americano (mi erano bastate poche ore di Messico per rendermi conto di quanto fosse popolare il football americano) e come lavoro faceva il presidente/allenatore di una squadra fondata tanti anni prima da suo padre, lo *tío* Pedro, e poi lasciata andare un po' alla deriva: Julio l'aveva fatta risorgere. Era sposato con Adriana, ventiquattro anni, incinta di sei mesi, e non si era mai occupato delle società e degli affari del padre. Quella sera Adriana era andata a prenderlo alla fine dell'allenamento, dice Magali infilandosi tra le labbra una sigaretta elettronica spenta. Quando Julio era entrato in macchina, erano stati circondati. Adriana cercò di ingranare la marcia e fuggire, ma le spararono contro sei colpi di pistola (lei e il bambino sarebbero morti un'ora più tardi, in ospedale). Julio venne sequestrato e ritrovato il giorno dopo, in un fosso, con segni di torture terrificanti in tutto il corpo (peggio che nei film dell'orrore, dice Magali) e la gola tagliata.

C'è un silenzio che dura un po', nel nostro van con i vetri fumé.

"¿Y el tío Pedro?" chiede a un certo punto El Hombre dal sedile anteriore, senza voltarsi.

Lo *tío* Pedro, dice Magali guardando verso le baracche a bordo strada, senza muoversi da Houston aveva assoldato una banda criminale rivale a quella della "mala persona", e aveva fatto uccidere tutti i componenti del commando. Esclusa la "mala persona" stessa, il capo, che era stato arrestato ed è tuttora in carcere. Pena più umiliante, secondo Magali.

Altro silenzio, ma breve.

"E la pecora nera, Francisco?" chiedo io.

Quando, qualche anno dopo (dice Magali), lo *tío* Pedro era morto per problemi cardiaci, Francisco era rispuntato fuori: ormai per lui non c'era più pericolo. Vive a X. ma non so cosa faccia, dice Magali, nessuno della famiglia lo frequenta.

Arriviamo di fronte al cancello della villa, che si apre subito dopo il colpo di clacson dell'autista.

"Vamos" dice El Hombre appena sceso, e si dirige verso un'ala del giardino, oltre il campo da tennis con la rete molle, che prima era rimasta fuori dalla visita. Il sole è appena andato giù (finalmente!), l'aria comincia a rinfrescare. Non vedo l'ora di essere da solo, a letto, a occhi chiusi.

Giriamo intorno al campo da tennis, lo stradello sale un po'. El Hombre, io, Magali e il marito di Magali, in fila indiana. Magali e il marito di Magali non hanno idea di chi davvero sia El Hombre, hanno accettato l'invito, mi hanno detto (amico di amici di amici di amici), elicottero compreso, lieti di potermi mostrare una parte di Messico che altrimenti non avrei potuto visitare, di poter essere qui proprio in questo giorno speciale, *el día de los muertos*.

El Hombre ci mostra le gabbie dei cani, sono dodici. Lo riconoscono, scodinzolano, gli fanno le feste. Hanno mandibole potenti, zampe forti con la pelle tesa sopra i muscoli pronti a scattare. El Hombre dice che normalmente la notte vengono sguinzagliati in giardino. Non quando ci sono ospiti, aggiunge con un sorrisetto. Quando ci sono ospiti, dice ancora, ci pensa la sicurezza. Poi attraversa il vialetto e si piazza di fronte a una recinzione molto alta. Dall'altra parte non ci sono cactus ma piante, terra, erba, una specie di giungla. A un tratto c'è un animale, di là dalle sbarre. Prima non c'era, ora c'è. È molto grosso, si muove molto velocemente. Ci metto qualche secondo a rendermi conto che si tratta di una tigre. Una tigre bianca. Senza neppure volerlo cerco lo sguardo di Magali, del marito di Magali. Per la prima volta vedo nei loro occhi la stessa mia perplessità, forse la stessa mia paura, l'orrore. La tigre emette un borbottio propiziatorio senza impegnarsi più di tanto, almeno sembra. È un verso che risulta spaventoso. Poi si volta e sparisce nella sua piccola giungla semidomestica.

Appena mi ritrovo da solo, vado su Google. El Hombre ha detto, en passant, che si occupa di medicinali, commercio di medicinali. Su un tavolo dell'immensa cucina, quando ci ha fatti entrare per ammirare spazi e utensili e conoscere la cuoca – la grassa Silvia dall'espressione empatica – ho notato in effetti una decina di tubetti contenenti pillole, o quello che erano. I *periodisti* messicani però (ce ne sono diversi di articoli che lo riguardano) più che imprenditore nel campo dei medicinali lo definiscono, in italiano, tra virgolette, un "capo mafia", che ha accumulato una notevole fortuna vendendo agli ospedali pubblici dello stato di O., con la complicità dell'allora governatore, medicinali generici come se fossero quelli originali. È protetto da una branca criminale, dicono quegli articoli, a cui evidentemente passa una parte dei profitti. Viene citata anche la tigre bianca, come indizio simbolico di affiliazione alla criminalità. "El tigre blanco."

Mi è stata assegnata una dépendance, vicina a quella in cui si sono sistemati Magali e il marito di Magali. Mi sono gettato a letto subito dopo cena, certo risultando un ospite poco socievole, poco amabile, ma il corpo ha esigenze più forti delle convenienze, delle buone maniere. Però l'adrenalina, o quello che è, impregna ancora i miei muscoli, le palpebre rimangono contratte, il battito del cuore non si placa, il cervello produce immagini e domande e non trova le risposte. Nessuna posizione mi risulta comoda. Non riesco a far spazio neppure al silenzio interiore necessario per leggere qualche pagina di un libro (*Sotto il vulcano*, o *Il potere e la gloria*, sto rileggendo entrambi).

Non ne posso più di rimanere disteso, mi alzo, mi infilo le prime cose che trovo in valigia, esco. Fa freddo, rientro subito a prendere un maglione. Di nuovo fuori, il tempo di accomodarmi su una delle sedie da regista sotto il piccolo porticato e, dal buio, spunta lui, El Hombre. Mi fa un mezzo sorriso, si siede accanto a me. I cani abbaiano furiosamente, disperatamente, dalle loro gabbie.

Se parlano lentamente messicani e italiani si intendono, anche se sanno poco o niente della lingua l'uno dell'altro.

"¿Es este un buen lugar para concentrarse y escribir?"

"È un posto molto bello, ma a volte i posti troppo belli bloccano la scrittura."

"¿Escribes a menudo por la noche?"

"Di solito, no. Le poche volte in cui mi è capitato però sono venute fuori cose interessanti."

El Hombre annuisce, guardando verso il buio. La tigre, dal buio, emette uno dei suoi grugniti.

"Lo compré cuando era un cachorro, tenía tres meses. Sentí la necesidad de la energía de un felino."

Mi mostra il dito medio della mano sinistra, un po' storto rispetto agli altri.

"Él pateó mi falange cuando aún era un cachorro. Lo recogí del suelo y lo volví a colocar."

Ho freddo, questo maglione non mi basta.

"La comprensión de Dios se alcanza a través del dolor."

Ho freddo e ho bisogno di dormire. La giornata, il viaggio, il jet lag.

"Un día me gustaría escribir un libro sobre mi vida. Fue una vida llena de dolor y comprensión de Dios. ¿Me ayudas, escritor?"

"Io sto scrivendo un altro libro" dico.

"¿Qué libro?"

Dovrei raccontargli del mio incontro dall'altra parte del mondo con Magali e il marito di Magali, della loro proposta forse ingenua ma così piena di entusiasmo, della curiosità che mi ha spinto a non dire di no, a provarci. Ad arrivare fin qui.

I cani abbaiano a ondate, la tigre bianca si muove nel buio come un faro dietro la linea dell'orizzonte. Non lo vedi, ma c'è. Non la vedi, ma c'è.

"Un libro che comincia più di vent'anni fa, lontano da qui" dico. "Dall'altra parte del mondo. In Costa Azzurra, una mattina di gennaio."

El Hombre mi guarda senza parlare. Improvvisamente disinteressato, freddo. Deluso.

FUORI

22-30 gennaio 2001

La luce del mattino di quel lunedì 22 gennaio 2001 annunciava una serena e frizzante giornata di mezzo inverno, nella parte occidentale della Costa Azzurra. Jacques e Gregoire (Jack e Greg) erano partiti da Tolone intorno alle nove, direzione nordest. Poca gente in uscita da quella grande città portuale, militare, universitaria: di lunedì mattina il traffico puntava tutto verso il centro. I due giovani parlavano poco, caffè e croissant buttati giù sotto casa non erano stati sufficienti a svegliarli completamente. Greg guidava con la sua abituale prudenza (riservava la perdita dei freni inibitori a quando era sul palco, frontman della rock band Clever – "da anni sul punto di fare il botto", come amava ripetere il loro manager Carlito per ridimensionarne gli ardori); Jack, "il professore", ricontrollava su un taccuino la lista delle tracce ancora da registrare per i nuovi pezzi in corso d'opera. Del resto, conoscendosi da una vita – se i loro ventidue anni potevano essere definiti "una vita" – non avevano bisogno di scambiarsi troppe parole per rassicurarsi.

Dopo aver percorso per una ventina di minuti la superstrada affiancata da grandi querce da sughero, scorsero l'indicazione per Bormes-les-Mimosas e imboccarono la strada verso il mare; poi, pochi chilometri dopo, quella, più stretta, in direzione di Cap Bénat. Qualcuno li aveva avvertiti che a Cap Bénat con la macchina non era possibile arrivare, a meno di non essere il proprietario di una delle tante ville sparse su quell'ampio promontorio. I due avevano però deciso di provarci ugualmente:

mai rinunciare in partenza (anche questo era un mantra di Carlito).

Dietro una curva la strada improvvisamente si allargò e comparvero sbarre bianche e rosse, e un gabbiotto di vetro. Greg rallentò, si fermò a distanza di sicurezza per riflettere sul da farsi, mise in folle. Dopo qualche secondo dal gabbiotto uscì un uomo tozzo in divisa blu, che alzò un braccio e mosse la mano. Greg ingranò la prima, provò a sorridere, abbassò il finestrino. A Cap Bénat, disse l'uomo tozzo in divisa blu piegandosi verso di loro, sugli scogli di Cap Bénat, ci si poteva arrivare solo a piedi da Plage de la Favière. Si aprì in un sorriso che aveva visto tempi migliori. O dal mare, aggiunse.

Greg e Jack tornarono indietro per un paio di chilometri, masticando offese e imitazioni nei confronti dell'uomo tozzo in divisa blu e del suo sorriso marcio, svoltarono a destra al primo incrocio utile e parcheggiarono di fronte a una lottizzazione di mini appartamenti da vacanza, con campi da tennis in cemento lasciati un po' andare. Scesero, indossarono le giacche a vento, presero gli zainetti e si avviarono su una distesa di sabbia chiara e fine. A sinistra incombeva il porto turistico, sovrastato da gelidi palazzotti biancastri con appeal da cappella di famiglia di magnate turco. Di fronte a loro spiccava il Restaurant Plage Le Menyal, di cui un cartello assicurava la riapertura per le festività di Pasqua. Chiuso risultava anche il Camp du Domaine, sulla destra, nel vuoto scheletrico e inquietante dei campeggi in inverno, le tettoie di paglia delle piazzole sfalsate in ordine geometrico a ombreggiare il nulla. Oltre il campeggio iniziava la costa frastagliata del promontorio di Cap Bénat. Tutto il resto, era mare.

In inverno la luce in Costa Azzurra, quando soffia o ha soffiato da poco il mistral, ha una limpidezza che sbriciola i pensieri ricorrenti e mette addosso qualche brivido. Jack e Greg sostarono un istante sotto quel cielo altissimo, godendosi la visibilità vertiginosa. L'Isolotto del Cristiano (Îlot du Cristau) era una presenza scura che spezzava l'orizzonte, avvicinandolo. I cultori del kitesurf, inguainati nelle mute, offrivano spettacolo volando sui fiocchi bianchi delle corte onde al traverso. Una corvetta militare proveniente dal porto di Tolone incrociava al largo senza uno scopo percepibile.

Poter andare a camminare – a fare trekking, come da un po' di anni era diventato di moda dire – di lunedì è un privilegio di cui possono godere benestanti, pensionati, disoccupati, parrucchieri purché non cinesi e studenti universitari che sognano di diventare rockstar. Nessuno in giro, il cartello esplicativo con le segnalazioni di pericolo all'inizio del percorso sembra essere stato messo lì per te, i segnavia di vernice gialla sulle rocce ti fanno sentire un Pollicino particolarmente fortunato, i polmoni si riempiono d'aria con entusiasmo esagerato. Jack e Greg si misero in marcia intorno alle dieci, zainetto sulle spalle e fruscio della risacca nelle orecchie, poggiando la suola degli scarponi sulle falesie ritte come coltelli e friabili come pastafrolla. Il sentiero a volte saliva fino a una quindicina di metri, poi scendeva confondendosi con gli scogli. L'odore del mare si mischiava a quello della macchia mediterranea, ogni tanto comparivano i cancellini degli accessi alle ville con la scritta *Privé*.

Anche se ormai svegli lo erano del tutto, continuavano a parlare poco. D'altra parte è per questo che si va a fare trekking: per gustarsi il silenzio e la fatica, e immaginare il momento in cui ci si fermerà, la schiena poggiata su una roccia e la faccia al sole, in un punto riparato dal vento, per dissetarsi e mangiare i *sandwich au jambon* e poi socchiudere gli occhi per qualche minuto, in balia di quella sonnolenza leggera e dolce che ti prende quando sosti dopo uno sforzo un po' più duro e prolungato del normale.

Per il momento però c'erano solo passi, caviglie che rischiavano di torcersi se non stavi attento a come poggiavi i piedi, polpacci che si distendevano e si contraevano su quelle specie di scalette naturali, fiato che ogni tanto si accorciava più di quanto avessero previsto, con tutto il loro andare a correre la sera sul lungomare di Tolone (ma ogni attività fisica possiede una sua specifica resistenza, vuole il suo tipo di tributo). Le piccole onde trascinavano avanti e indietro brandelli di plastica, alghe morte, tronchi sbiancati dalla lunga permanenza in acqua.

Jack, che stava dietro, toccò la spalla di Greg.

Plage de la Ris, Plage du Château, Plage du Cap, Plage du Pinet, Plage de Portofino: le spiaggette di Cap Bénat.

Laggiù, in mezzo ai tronchi, c'era un tronco leggermente diverso dagli altri tronchi.

Dove altro poteva arrivare quel tronco leggermente diverso dagli altri tronchi se non a Cap Bénat – promontorio privato per ricchi, in Costa Azzurra – proprio di fronte a una spiaggetta con un nome come quello?

Plage de Portofino.

A meno che non sia stato dato quel nome a quella spiaggia (e alla stradina che vi conduce: rue de Portofino) *dopo* il ritrovamento di quel tronco leggermente diverso dagli altri tronchi, proprio *a causa* di quel ritrovamento. Sembra difficile, anche di cattivo gusto, ma non si può mai sapere.

Jack e Greg, affiancati sul sentiero, rimasero a guardarlo per minuti, scambiandosi commenti ogni volta meno incerti.

I gendarmi (in Francia usano questa parola che in Italia fa molto Ottocento, baffoni e divise più scomode che belle) ci misero poco ad arrivare. Venivano da Le Lavandou, cittadina estiva dieci chilometri più a est, e non ebbero problemi a farsi alzare le sbarre bianche e rosse dall'uomo tozzo in divisa blu col sorriso butterato. Percorsero a colpo abbastanza sicuro le stradine nel verde che solcavano il promontorio, tra le ville per la maggior parte sprangate vista la stagione e il mare che appariva e scompariva come mosso da un prestigiatore, poi parcheggiarono a due passi dal punto che Jack aveva indicato nella telefonata.

Un corpo, o meglio quel che restava di un corpo, galleggiava là sotto, spinto avanti e indietro dalla corrente in mezzo ai tronchi e ai rifiuti che in misura sempre maggiore il mare concentra in certe tasche, che poi quando le svuoti non sai mai cosa ci trovi.

Avevano portato le corde per calarsi, i gendarmi. Ma calarsi non servì, adesso quel corpo galleggiava proprio al centro dell'insenatura, come se qualcuno l'avesse spostato per dispetto, era impossibile raggiungerlo da terra. Dovettero chiamare il porto di Hyères, da dove partì una motovedetta della capitaneria.

Il trekking del lunedì, a Jack e Greg ormai risultava chiaro, era stato più breve del previsto. Come breve risultò la residua carriera della loro band e la stessa loro frequentazione, visto che di lì a poco entrambi lasciarono l'università e Greg andò a vivere negli Stati Uniti mentre Jack si trasferì a Parigi. Vissero nel mondo delle produzioni musicali indipendenti e si ritrovarono grazie a Facebook una decina di anni dopo, organizzarono una rimpatriata che coinvolse anche Carlito, fu la prima di una serie di incontri annuali al di qua o al di là dell'oceano. A nessuno dei due venne mai in mente di riparlare di quel giorno d'inverno, e di quel cadavere ripescato a Cap Bénat.

Il giorno seguente, martedì 23 gennaio 2001, il medico legale dell'obitorio di Tolone giudica che quel "cadavere sconosciuto di sesso femminile" avrebbe un'età "di circa quarant'anni; altezza 1.75; i pochi capelli rimasti color castano chiaro". A parte i capelli, non viene rinvenuto nessun altro pelo sul corpo: conseguenza, secondo il medico legale, "di un trattamento di chemioterapia o forse di un'anomalia psicologica". La presenza in acqua viene stimata in "almeno otto giorni".

Finito l'esame, il cadavere viene riposto in una cella frigorifera dell'obitorio.

Poche ore dopo, la procura della repubblica di Tolone apre un fascicolo ipotizzando il reato di omicidio.

Passano tre giorni in cui non accade nulla. Poi, venerdì 26 gennaio, un quotidiano locale, il "var-matin", descrive in una nota di poche righe il ritrovamento a Cap Bénat, pochi giorni prima, di un cadavere di sesso femminile.

Altri tre giorni di silenzio.

Martedì 30 gennaio, sempre sul "var-matin", il giornalista Jean Michel Chombart torna sul tema del ritrovamento del corpo di una donna, scrivendo che "se nessuno la riconoscerà, il suo corpo finirà in una fossa comune e non si saprà mai di chi si tratta".

Quel giorno la signora B., residente a Fréjus, cittadina sulla costa a una sessantina di chilometri a est di Cap Bénat, sfogliando il giornale legge il commento di Chombart. La signora, che capisce l'italiano ed è abbonata a un canale satellitare, dopo una breve incertezza si decide a chiamare la gendarmeria di Le Lavandou. Spiega che seguendo i notiziari delle ultime settimane ha sentito parlare a lungo di una donna scomparsa e quasi certamente caduta in mare in Italia, a Portofino, una ventina di giorni prima. Per la precisione: lunedì 8 gennaio 2001.

DENTRO

Lunedì 8 gennaio 2001

Villa Altachiara, ore 7,00 – Teresa

Si aggira all'interno della sua (sua e di Marcin) casa in costruzione alla periferia di Radom, cento chilometri a sud di Varsavia, senza trovare una via d'uscita. Stanze su stanze si susseguono in un ordine che sembra casuale, o folle, senza finestre, senza corridoi. Mentre le percorre sempre più affannata si chiede perché abbia accettato di farsi costruire una casa così assurda, e soprattutto così grande. Lei non vuole una casa grande. Lei vuole una casa piccola, da pulire ogni mattina in meno di un'ora, per poi sedersi sotto il portico, i giorni d'estate, ad aspettare che Marcin torni dal mercato. Quale mercato? Non ne ha idea. Non sa neppure bene se esistano ancora mercati a Radom o se ormai sia tutto in mano alla grande distribuzione (ma sì, qualche mercato ci sarà pure rimasto). Lei comunque va al super, figurati se ha voglia di perdere tempo con le bancarelle. In ogni caso il portico nella casa di Radom non c'è, agosto è lontano (ci tornano d'agosto in Polonia, lei e Marcin, che è già fuori dal letto da chissà quanto) ed è ora di alzarsi. Apre gli occhi e dice piano a sé stessa, in italiano: "Buongiorno."

La mattina a colazione parlano tutti poco. D'inverno tacciono proprio. L'inverno italiano non è certo paragonabile a quello polacco – in un posto di mare come questo, poi – però è sufficiente a rattrappire chi è nato in climi più caldi. Come i due giardinieri peruviani, o il domestico marocchino. Se poi piove e c'è vento, come oggi, arrivederci, "dammi la mano e sorridi/ senza piangere/ arrivederci/ per una volta ancora/ è bello fingere".

In Polonia prima del crollo del muro era molto apprezzata la musica italiana, ma Umberto Bindi non era conosciuto, e tantomeno l'autore del testo di *Arrivederci*, Giorgio Calabrese. Le ragazze – soprattutto le ragazze – erano convinte di imparare un po' l'italiano ascoltando i dischi di Toto Cutugno e di Al Bano e Romina. Appena arrivata in Italia, Teresa si era accorta che l'italiano parlato era un'altra cosa rispetto a quelle canzoni, e che Toto Cutugno e Al Bano e Romina in Italia erano famosi, sì, ma anche molto snobbati. Presi per il culo, pensa in italiano. C'erano altri cantanti più popolari: Jovanotti, Dalla, Baglioni. A lei comunque continuano a piacere Cutugno e Al Bano e Romina, anche se preferisce tenerselo per sé.

Se proprio devono dire qualcosa, mentre mangiano pane burro e marmellata e bevono caffellatte, i domestici della villa parlano di calcio. Ieri sera su Tele+ Ernesto e Álvaro (i peruviani) e Kamal (il marocchino) hanno guardato Milan-Inter. È finita 2-2, e adesso sono lì che discutono su quanti gol abbia sbagliato Bobo Vieri. "Uno" dice Ernesto. "Due" dice Kamal. "Troppi," dice Álvaro "per quello che guadagna non deve sbagliare neanche uno." Álvaro è considerato il saggio della compagnia, quando interviene lui di solito la discussione si chiude. Oggi no. "Genova è crisi," dice Kamal "ha tutte due squadre serie B." "Devono unire" dice Ernesto accoppiando gli indici. "Cane con gatto non unisce" dice Kamal. "Ma che vuoi sapere tu" dice Ernesto. "Cane con gatto non unisce" ripete Kamal. Ernesto sta per replicare ma Marcin alza la testa dal piatto, gli lancia un'occhiata secca.

Silenzio.

Si accarezza il pizzetto biondo, Marcin, lo sguardo nel vuoto. È di cattivo umore, e il pensiero di passare tutta la giornata in pulmino col cicaleccio di quei tre non lo aiuta. Fortuna che almeno con Andrea, l'autista, si trova bene: poche parole, solo quando servono. Estrae dalla tasca della giacca un'agendina, si appunta di chiedere alla contessa l'autorizzazione per chiamare i tecnici che devono riparare le telecamere a circuito chiuso, non sia mai che il signor Maurizio torna da Miami e le trova ancora fuori uso come quando è partito. Ripone l'agendina, dà uno sguardo plateale all'orologio. "È l'ora," dice "ci troviamo giù tra cinque minuti." Ernesto e Kamal si avviano scambiandosi spintarelle da quegli adolescenti che non sono più da una decina d'anni, Álvaro dall'alto dei suoi quaranta li segue portandosi dietro un piccolo cuscino per qualche ora di sonno: a lui l'autostrada fa sempre quell'effetto. Marcin rimane immobile, guardando la finestra ancora buia e godendo della sensazione del comando.

"A che ora tornate?" gli chiede Teresa cominciando a sparecchiare.

Due ore e mezza di autostrada, metti tre con il traffico e una sosta, un'ora per attraversare Milano, un'ora per il pranzo, almeno due ore per raccogliere i mobili...

"Non prima delle sette, forse alle otto" risponde Marcin.

"Comunque per cena vi aspetto" dice lei poggiandogli per un attimo una mano sulla spalla.

Ormai parliamo in italiano anche quando siamo soli, pensa. Chissà se continueremo a farlo quando torneremo a Radom e passeremo i pomeriggi sotto il portico che non c'è a chiacchierare e a ricordare questa nostra vita di pesciolini che nuotano a contatto con lo squalo, mangiando gli scarti del suo pasto.

Quando torna dalla cucina con un vassoio per finire di portar via tazze e piattini, suo marito non è già più lì. Prova una fitta di dispiacere per non essere stata salutata almeno con un piccolo bacio. Sente la porta che si chiude, le voci dei peruviani che si allontanano.

Adesso, almeno fino alle nove, quando di solito (mai più presto) si sveglia *el señor* Tito (che i primi tempi si faceva dare del tu, ma poi era andato a dire alla contessa che pretendeva lo chiamassero così), è lei la padrona della villa.

Si asciuga le mani, si tocca i capelli. Fa un lungo respiro, come se volesse far fluire dentro di sé quella sensazione di *padronanza.*

Entra nel salone affrescato.

Quattordici anni più tardi, il 10 febbraio 2015, sull'edizione genovese della "Stampa" appare la notizia che il calciatore camerunense Samuel Eto'o sta cercando casa. Eto'o – appena acquistato dalla Sampdoria (da tempo tornata in serie A, per l'ipotetica gioia di Ernesto e Kamal, e che occupa un sorprendente terzo posto dopo il girone di andata) – avrebbe dato indicazioni precise agli agenti immobiliari: "Almeno quattro camere da letto, quattro bagni e ampia vetrata vista mare." E: "Non c'è budget, l'importante è che sia una cosa esclusiva." Il giocatore – fino a qualche anno prima è stato uno degli attaccanti più forti del mondo, anche se adesso appare piuttosto appesantito – non è nuovo ad abitazioni di questo tipo: a Milano (giocava nell'Inter) viveva in millecento metri quadri, a Mosca (nell'Anži) in poco meno di ottocento. Ma la vera notizia non è questa. La vera notizia è che Eto'o sarebbe interessato a partecipare all'asta per l'acquisto di Villa Altachiara, a Portofino, prezzo base venticinque milioni di euro. Come dimensioni ci saremmo: più di trenta stanze distribuite su due piani, circondate da trentamila metri quadri di giardino. Ed è a picco sul mare: sicuramente la si può definire "una cosa esclusiva".

Qualche giorno dopo Eto'o e la Sampdoria stessa smentiranno la notizia. Niente Villa Altachiara per lui. Anche i suoi sogni di tardiva gloria calcistica subiranno presto una frenata: l'attaccante segnerà soltanto due reti nelle diciotto partite disputate, e la squadra finirà il campionato con un dignitoso ma grigiastro settimo posto. A giugno società e giocatore troveranno un accordo per rescindere anticipatamente il contratto. Tre stagioni in Turchia e una in Qatar precederanno il ritiro di Samuel Eto'o dal calcio giocato, nel settembre del 2019.

Dieci anni prima, all'inizio della fresca e piovosa estate londinese del 2009, Gareth Neame, un produttore televisivo di quarantadue anni proveniente da una famiglia di attori, sceneggiatori e scrittori, con al suo attivo già importanti risultati nel campo delle serie televisive, ha appena finito di leggere l'ultimo romanzo di Julian Fellowes, *Snob*, che racconta con humour e partecipazione la vita sociale della nobiltà britannica. Nessuno meglio di Fellowes avrebbe potuto scrivere un libro del genere: sessant'anni, origini aristocratiche (il suo nome completo è Julian Alexander Kitchener-Fellowes, barone Fellowes di West Stafford), era stato il vincitore dell'Oscar 2002 per la sceneggiatura originale di *Gosford Park*, film diretto da Robert Altman che metteva a confronto senza ipocrisie, dietro le sembianze di un giallo alla Agatha Christie, il mondo di baroni, duchi e contesse con quello della servitù.

Neame chiama Fellowes e gli chiede di scrivere una serie a partire da quel suo nuovo romanzo. È convinto di poter replicare quasi dieci anni dopo, per un pubblico più ampio, il successo del film di Altman. Fellowes però sulle prime nicchia, si dichiara perplesso riguardo alla riuscita di un adattamento puro e semplice. Riesce a convincere Neame a metterlo sotto contratto per la realizzazione di una serie che verta sullo stesso argomento, ma basata su un'idea originale. L'accordo viene firmato in agosto. Sceneggiatore e produttore ci danno dentro col lavoro, e le riprese possono cominciare già nel marzo dell'anno successivo. Il primo episodio viene messo in onda nel Regno Unito dal canale ITV1 la sera di domenica 26 settembre 2010.

La serie, intitolata *Downton Abbey*, ha fin da subito un successo clamoroso, sia di critica che di pubblico. Verrà trasmessa in più di duecento paesi, si svilupperà per sei annate consecutive e vincerà ogni premio vincibile. La location principale per le riprese degli esterni e di parte degli interni è Highclere Castle, una residenza signorile di trecento stanze (tra cui sessantuno camere da letto: abbondante anche per i criteri di Eto'o) al centro di un parco di duemila ettari, nell'Hampshire.

Highclere Castle sorge intorno alla metà dell'Ottocento dalla ristrutturazione di una villa preesistente in uno stile fusion (gotico più classico) che gli inglesi chiamano Jacobethan (crasi di Jacobean ed Elizabethan) e noi più semplicemente, ma forse imprecisamente, vittoriano. Il luogo appartiene da secoli alla famiglia Herbert, i cui figli maschi primogeniti possono fregiarsi per concessione regia, a partire dal 1793, del titolo di Lord Carnarvon. Uno di essi – Lord Henry Howard Molyneux-Herbert, IV conte di Carnarvon, nato nel 1831 – dopo aver ricoperto per due volte la carica di segretario di stato per le colonie, nel 1882 giunge a Portofino, proveniente da Santa Margherita, a dorso di un mulo: a quel tempo ancora l'unico mezzo di locomozione utilizzabile. È solo da una quindicina d'anni che Portofino, fino ad allora borgo marinaro e contadino noto soltanto ai naviganti per il riparo naturale offerto dal suo golfo, ha cominciato a uscire da un bozzolo millenario: nel 1867 Montagu Brown, console britannico a Genova, aveva acquistato dal demanio la vecchia fortezza di San Giorgio, per secoli baluardo contro le razzie saracene ma ormai in rovina, e l'aveva fatta ristrutturare per trasformarla in abitazione. L'idea era piaciuta anche ad altri diplomatici stranieri che, insieme a esponenti della ricca borghesia genovese, avevano iniziato ad acquistare terreni per costruirvi le loro seconde (o terze) lussuose case.

Così fece anche il cinquantunenne Lord Henry ecc. ecc., IV conte di Carnarvon, che comprò dalla famiglia Prato trentacinquemila metri quadri di uliveti e vigneti a cavallo del promontorio che separa la baia del paese (e il golfo del Tigullio) dal mare aperto (e dal golfo di Genova). Vi fece costruire una villa (ci vollero tre anni) che, sia pur di dimensioni pari a un decimo dell'originale, in qualche modo richiamava lo stile vittoriano (e sia!) della magione di famiglia, Highclere Castle.

Per celebrare il legame tra le due abitazioni, la chiamò Villa Altachiara.

Il conte di Carnarvon che si guadagnò una fama ampia e duratura a livello internazionale non fu però il Lord Henry edificatore di Villa Altachiara, ma il suo primogenito: Lord George Edward Stanhope Molyneux-Herbert, V conte di Carnarvon. Fu lui a finanziare la campagna archeologica diretta da Howard Carter che il 4 novembre 1922, dopo alterne vicende, raggiunse quella che è considerata la più grande scoperta archeologica del XX secolo: il ritrovamento della tomba, mai violata in precedenza, del "faraone bambino", Tutankhamon. Lord George Edward ecc. ecc., V conte di Carnarvon, accorso subito in Egitto per assistere di persona allo svuotamento del loculo, non poté però presenziare pochi mesi dopo all'apertura del sarcofago più interno, contenente la mummia del faraone, perché durante una rasatura si provocò una ferita che, nonostante l'immediato trattamento con tintura di iodio, evolse in erisipela e successivamente in sepsi, dando luogo a una polmonite che il 5 aprile 1923, in una camera del Continental Savoy del Cairo, lo portò alla morte. Iniziò così la lunga lista delle presunte vittime della maledizione di Tutankhamon, oggi degradata a niente più che invenzione giornalistica dei concorrenti del "Times" (che godeva dell'esclusiva sui resoconti dall'Egitto) visto che, delle dodici persone presenti all'apertura della tomba, l'unico a morire entro pochi mesi fu proprio Lord George Edward ecc. ecc., v conte di Carnarvon (che comunque aveva cinquantasette anni, già oltre l'aspettativa di vita per l'epoca), mentre gli altri undici scomparvero in media ventisette anni dopo l'apertura, all'età (sempre in media) di settantuno anni. Se poi qualcuno volesse comunque legare la maledizione di Tutankhamon a Villa Altachiara (più volte è stato fatto) occorre tener conto che Lord George Edward ecc. ecc., v conte di Carnarvon, non divenne mai proprietario della villa, la quale fu riservata da suo padre in eredità alla sua seconda moglie Elizabeth Howard, e da lei passò al figlio Aubrey Herbert che, essendo un cadetto, non erediterà mai il titolo di Lord Carnarvon (né si occuperà mai di archeologia). Sarà lui, verso la fine degli anni Sessanta del Novecento, dopo aver dilapidato buona parte del suo patrimonio, a vendere Villa Altachiara ai fratelli Agusta.

A fianco della villa, in direzione del promontorio, si trova il cosiddetto Castel San Giorgio ("cosiddetto" perché non è un castello ma a sua volta una villa, sia pur dotata di torre, a strisce un tempo bianche e nere, oggi gialle e rosse; e perché una Fortezza San Giorgio a Portofino esisteva già, prima di trasformarsi nel Castello Brown). Per decenni di proprietà dei baroni von Mumm (sì, quelli dello champagne), requisito durante il passaggio del fronte dai tedeschi, Castel San Giorgio divenne poi a lungo residenza estiva degli armatori Fassio, fino al momento del crollo del loro impero economico, intorno alla metà degli anni Settanta.

Al confine tra i terreni di Villa Altachiara e di Castel San Giorgio c'è una scaletta ripidissima, incisa nella scogliera come una sottile cicatrice, che conduce fino al mare. Negli stessi anni delle scoperte egiziane di Lord George Edward ecc. ecc., v conte di Carnarvon, vi precipitò una sua giovane nipote.

Non si capì mai se si fosse trattato di disgrazia o di suicidio.

Anche la morte di Lev Tolstoj, seppur avvenuta per malattia, suscitò nei contemporanei un dubbio simile. Lo scrittore russo, dopo anni di litigi con moglie e figli soprattutto riguardo ai diritti delle sue opere e alle sue volontà testamentarie, si allontanò dalla tenuta di Jasnaja Poljana nella notte tra il 27 e il 28 ottobre 1910 (secondo il calendario giuliano, corrispondente al 9-10 novembre in quello gregoriano). Aveva ottantadue anni. Sulla scrivania aveva lasciato un biglietto di pacificato addio alla moglie e *I fratelli Karamazov* (che era tornato a leggere dopo aver scritto sul suo diario, in precedenza, di non essere riuscito a finirlo), aperto alla pagina in cui Dmitrij è pronto a scagliarsi fisicamente contro il padre (per questioni anche ereditarie). Insieme all'amico e medico personale Dušan Makovickij, si diresse verso la Crimea su gelidi treni di terza classe. Dopo qualche giorno fu colto da febbre alta provocata da una polmonite (pure lui), e fu costretto a fermarsi nella piccola stazione di Astàpovo, dove in breve accorsero familiari, giornalisti e una folla di curiosi. Morì per così dire in diretta la mattina del 7 novembre (il 20 in occidente), dettando alla figlia alcune righe per il suo diario contenenti una straordinaria visione dell'uomo rispetto al Tutto, o a Dio: "Dio è quell'infinito Tutto, di cui l'uomo diviene consapevole d'essere una parte finita. Esiste veramente soltanto Dio. L'uomo è una Sua manifestazione nella materia, nel tempo e nello spazio. [...] Dio non è amore, ma quanto più grande è l'amore, tanto più l'uomo manifesta Dio, e tanto più esiste veramente."

In Polonia, fino al 1989, la lingua straniera obbligatoria a partire dalle scuole elementari era il russo. Le antologie scolastiche riportavano brani di scrittori russi. Tolstoj era uno dei più citati. Per questo – oltre che per una valanga di storici motivi – una buona parte delle ragazze e dei ragazzi polacchi cresciuti in quegli anni odia la lingua russa, odia gli scrittori russi, e forse odia Tolstoj.

Teresa legge poco o nulla, e comunque non ha mai letto il racconto di Tolstoj *Cholstomer*, in cui l'io narrante è un cavallo a cui l'autore fa dire: "Del bene me lo fecero non quelli che mi chiamavano 'il mio cavallo', ma vetturini, veterinari o comunque persone estranee."

È quello del vetturino il senso di *padronanza* che prova Teresa, la mattina, quando *el señor* Tito e la contessa dormono ancora e lei si aggira nel salone per portar via le cicche e decidere quale parte vada spolverata oggi e quale no. In quell'ora Villa Altachiara è la sua casa, non c'è contessa che tenga.

Adesso che ormai è giorno può aprire le imposte, controllare che le tende color salmone siano ben tirate. C'è una luce grigia, da quella parte il rumore del mare agitato è incombente, tonfi sordi seguiti da un digrignare di risacca, così, all'infinito. Si volta e giudica che il salone è già abbastanza in ordine, non servirà molto lavoro per tirarlo a lucido. Ieri sera *el señor* Tito e la contessa non hanno litigato, quando la serata è tranquilla anche il salone resta tranquillo. Alza gli occhi dai fregi serpentiformi del pavimento alla veneziana e dal grande tappeto di paglia a scacchi chiari e scuri posto tra i divani in midollino, si sofferma sui tralci delle piante in alto, sotto il fregio che delimita il soffitto decorato sui toni bianco e crema: foglie e fiori azzurri e rossi che sembrano spuntare da un esterno che è solo colore. E poi quelle specie di spighe verdi dipinte più in basso che ogni volta le sembrano vere, lì tra il muro e le porte, o quel vaso di limoni sopra la consolle bianca, le ci erano voluti giorni prima che il suo cervello memorizzasse l'informazione che si trattava di un'immagine, di un *trompe-l'œil*, di una presa in giro. Bellissima però.

Svuota un posacenere, inizia a riallineare le riviste d'arte poggiate sul basso, ampio tavolo da caffè in noce.

Di che umore sarà oggi la contessa? Perché tutto l'andamento della giornata, carichi di lavoro compresi, dipende da questo. Forse l'assenza di Marcin e degli altri ragazzi la renderà più tranquilla. O forse no, chi lo sa. Forse l'avvicinarsi della partenza per il Messico la farà sentire più gioiosa, o almeno meno depressa, meno nervosa. Tanti forse. Quando non c'è il signor Maurizio ogni giorno è una scommessa, di quelle difficili da vincere. Chissà come sarò io alla sua età, pensa Teresa. Sono meno bella (molto meno bella) di come era lei da giovane. Sono meno ricca (molto meno ricca) di come è stata ed è ancora lei. Quindi sarà più facile per me diventare vecchia?

Forse.

Le torna in mente quando il signor Maurizio l'aveva presa da una parte e le aveva fatto quel discorso, prima di partire per Miami, verso il 20 dicembre. "Teresa," le aveva detto con quel suo tono basso con cui riesce immediatamente a creare intimità pur mantenendo il dominio della situazione "mi affido a te, stalle vicina. Sei l'unica che la può tenere sotto controllo, non certo quel mollusco di messicano che ha intorno o Susanna, che c'è e non c'è. Non perderla di vista, non la fare ubriacare, non le far prendere troppi di quegli antidepressivi, che lei ci va giù pesante. Avvertimi se ti sembra che esageri. Insomma, te la affido. Se quando torno sta bene, ti faccio un regalo."

Lei l'aveva guardato dritto in faccia, si era sentita al posto giusto. Gli aveva detto di non preoccuparsi, ci avrebbe pensato lei. È una donna forte, sa di esserlo. Marcin la ama per questo, glielo dice sempre. Insomma sempre: ogni tanto.

Adesso è molto meno sicura di riuscirci, rispetto a venti giorni fa. Già in un paio di occasioni la faccenda le è sfuggita di mano. La contessa, a volte, è come un cavallo indomabile.

La contessa, prima di diventare “la contessa”, è stata altro. Sembra impossibile a guardarla oggi che è contessa dalle unghie laccate dei piedi alla punta dei capelli tinti di rosso, dal piglio autoritario con cui tratta la maggior parte della servitù (Teresa esclusa, Marcin a volte incluso) alla disinvoltura con cui si aggira per casa indossando solo un accappatoio bianco, sotto nuda. Oggi che ha armadi strapieni di vestiti firmati e altri armadi strapieni di scarpe firmate. Eppure, molti anni prima di diventare contessa, è stata un’orfana. Una bambina orfana. Nei momenti di disperazione, che certo non le mancano, le capita di rivedere l’immagine di sua madre stesa su un letto, coperta da un lenzuolo di lino punteggiato di petali di rose rosa. Aveva cinque anni, da quel momento non poté più avvicinarsi a una rosa di colore rosa. Quando riceve un mazzo così, lo fa portare via subito. Eppure ama moltissimo i fiori, vive circondata dai fiori. Anche le rose, purché non siano rosa. È capace di girare per una giornata intera tra i vivai del pistoiese e comprare rose per duecento milioni di lire. O glicini. Adora il suo giardino. Le piace che nei tre ettari di parco di Villa Altachiara ci sia l’orto, si produca l’olio e anche un po’ di vino.

Suo padre si era risposato presto dopo quel funerale, avevano già lasciato Genova per Milano. La nuova moglie, Gianna, era stata gentile con lei e con suo fratello. Un giorno, molti anni più tardi, poco prima di morire, le avrebbe regalato un anello: la fede con incisa all’interno la data di quelle seconde nozze, 4 novembre 1950. La contessa, che non era ancora contessa, quel giorno aveva otto anni compiuti da poco. Tutti la chiamavano, semplicemente, Francesca.

FUORI

8-9 gennaio 2001

Una vera persona umana

"Guardi le posso dire una cosa: che per noi di Portofino la contessa – la chiamavamo contessa – è sempre stata con noi e noi con lei una persona umana, che chiacchiera con tutti, una vera persona umana, che ha amato anche Portofino e anche i portofinesi come noi, le volevamo bene, perché è sempre stata una persona di rispetto con tutti."

Anno 2013, giorno e ora imprecisati, probabilmente una tarda mattinata di primavera. Il magma oscuro di quei giorni di inverno 2001 – con l'occhio sbarrato di Tirso, quello sfuggente di Susanna, quello sicuro di sé di Maurizio, con i sub, i carabinieri, le guide alpine, i giornalisti, le telecamere – sembra dissolto.

"Quando era compagna del conte Agusta, avevano il *Mau Mau* ormeggiato là sull'isolotto, e quando lei scendeva, là lungo il molo, salutava tutti, si fermava a parlare con Milietto, con Arturo, tutti, con gli anziani, era veramente una persona umana e per bene. Alla fine anche con Maurizio abitavano su, facevano una vita proprio separata, ma l'umano che aveva dentro non l'ha mai perduto."

A parlare è Giorgio Devoto, ex sindaco di Portofino. Di professione barcaiolo, già assessore, è stato eletto sindaco per la prima volta nel 2004. Ha la cadenza cantilenante e apparentemente sottomessa di molti liguri (nonostante il suo soprannome nel borgo sia "il Tigre") che ben si adatta al suo cognome. Del resto i poco più che quattrocento votanti lo hanno eletto con lo slogan "un amico come sindaco". Da barcaiolo, forse più ancora che da sindaco, ha conosciuto negli anni molti dei vip che affollavano e affollano con i loro yacht il porto e la rada. Indossa una maglia a maniche lunghe bianca come i suoi capelli appena arruffati dalla brezza. Porta i baffi, gli occhiali scuri.

"Guardi, purtroppo, quando prende la depressione a una persona può succedere di tutto, perché non è più nelle sue facoltà. Anche se ama la vita come l'amava lei, le cose succedono. Le depressioni sono la rovina di tante persone. Se le persone più care in quei momenti lì vengono a mancare, vengono i ricordi, e tutto può succedere. Lei si è sentita ancora più sola ed è successo quello che è successo."

Dietro di lui il borgo si muove, la Piazzetta si anima, c'è chi sale in barca, chi ne scende. La gioventù dorata si avvia verso I Gemelli per uno spaghetto allo scoglio nella speranza di cancellare gli eccessi alcolici della sera prima in qualcuno dei locali o delle ville.

"Noi tutte le sere, estate e inverno, passeggiamo lungo il molo, chiacchieriamo, anche con la pioggia. Eravamo qui sulla calata. Si sono accese le luci, su, tutte nel parco. Abbiamo detto: 'Cosa succede lì? C'è qualche...?' Ma così. Niente, poi l'abbiamo saputo l'indomani mattina: che erano degli amici, che erano usciti, non ci avevano detto niente. L'indomani abbiam saputo. Noi volevamo, ma c'era una bella libecciata, che è durata due giorni. E difatti noi, poi, con degli amici siamo usciti con un marino. Perché noi sappiamo che la corrente va a ponente, tutta va verso la Francia, fino a Tolone. C'è una corrente sempre costante, un nodo e mezzo – due nodi, più o meno. Se uno va fuori due miglia che la prende... Difatti noi, quando è successo, siamo usciti con la barca, siamo andati. Ma era un marino, più di quello... Siamo andati a cercare lunga fuori, ma quando siamo stati a sei o sette miglia siam tornati indietro perché, abbiam pensato: se rimane sul fondo no, ma se è venuta su sull'acqua prende la via della Francia. Guardi noi siamo andati a vedere, perché io conosco bene là, sono andato a guardare, ma poi più di tanto non abbiam potuto, perché quando arrivano le forze dell'ordine non lasciano avvicinare. A tutti gli dicevamo che se è riemersa va a finire in Francia."

Ora sul molo anziani col cappellino e i pantaloni lunghi si alternano a giovani in bermuda.

"Noi cercavamo di aiutare, abbiam portato gli investigatori nelle gallerie quelle di Fassio, li abbiamo portati nelle altre gallerie, li guidavamo per vedere. Avevamo una speranza tutti perché una cosa così non ce l'aspettavamo nessuno."

A questo punto il giornalista chiede della maledizione di Villa Altachiara, di morti precedenti e lontane, di Tutankhamon.

"Sono tutte chiacchiere" risponde Giorgio Devoto detto il Tigre.

9 gennaio 2001

La mattina di martedì 9 gennaio 2001 – una giornata di pioggia e vento di libeccio, del tutto simile al giorno prima – i lanci delle agenzie di stampa cominciarono a riportare la notizia della sparizione della contessa Francesca Vacca Agusta, avvenuta la sera precedente intorno alle sette. La contessa – cinquantotto anni, già regina del jet set, a lungo moglie del conte Corrado Agusta, morto nel 1989 – era uscita nel giardino della sua residenza, Villa Altachiara, "in vestaglia e pantofole, non completamente sobria". Carabinieri e vigili del fuoco la stavano cercando sia nello specchio d'acqua antistante che nel bosco intorno alla villa, con una motovedetta, un elicottero e l'ausilio di unità cinofile. Nella villa, così venne scritto, dimoravano "alcuni collaboratori domestici e un messicano". Dalla Piazzetta, come confermato anni dopo dal Tigre, si era notato il parco della villa illuminato lungamente. Il cancello di piazza della Libertà era al momento piantonato da una coppia di carabinieri.

Nelle prime ore dopo la scomparsa della contessa (ma anche nei giorni, mesi e anni che verranno) in alcuni servizi televisivi o radiofonici il suo cognome acquisito viene pronunciato con l'accento sulla prima A, anziché correttamente sulla U. Àgusta anziché Agùsta. Oppure a volte viene inserita una U in più: Augusta invece che Agusta.

Portofino è un universo in miniatura. Piazza della Libertà si trova a poco più di un minuto a piedi dal porto e dalla celeberrima

Piazzetta, il cui nome ufficiale è piazza Martiri dell'Olivetta, in ricordo dei ventuno partigiani e un civile prelevati per rappresaglia dai tedeschi nel carcere di Genova dopo "la notte delle spie", quando i partigiani avevano fatto fuori un po' di delatori fascisti. Quelle ventidue persone vennero legate col filo spinato e fucilate all'interno di Castel San Giorgio, nella notte tra il 2 e il 3 dicembre 1944. Poi furono gettate nella vicina cala dell'Olivetta da un barcone, i corpi appesantiti da grosse pietre.

La Piazzetta nel corso dell'ultimo secolo è stata frequentata dalla crema del capitalismo e dell'imperialismo mondiale: il già citato barone von Mumm, il Kaiser Guglielmo II, Gianni Agnelli, i nazisti, Arnoldo Mondadori, Silvio e Piersilvio Berlusconi, Churchill, Pirelli, Tronchetti Provera. Molti di loro hanno o hanno avuto sulle pendici del monte o in riva al mare ville apparentemente sobrie ma in realtà lussuose e oggi difese da filo spinato e telecamere ben nascoste. Per accedervi bisogna inerpicarsi per stradine ripide e possedere un lasciapassare sociale riservato a pochissimi.

Mentre i giornalisti di carta stampata e televisione cominciavano ad affluire in massa, i carabinieri procedevano ai primi colloqui con le persone presenti al momento della scomparsa. Oltre al personale di servizio (l'attenzione si appuntò in particolare sulla cameriera Teresa e su suo marito, il maggiordomo Marcin, entrambi polacchi) vennero sentiti a più riprese il messicano Tirso, attuale compagno della contessa, e Susanna, un'amica che spesso si fermava a dormire a Villa Altachiara. Maurizio, il precedente compagno della contessa, pure residente in Villa Altachiara (nella dépendance), era atteso in serata al rientro dagli Stati Uniti. Sigillate le stanze ritenute importanti ai fini dell'indagine, le altre restavano agibili. Villa e mezzi di trasporto delle persone interessate vennero riempiti di microspie. A tutti fu chiesto di rimanere a vivere nella villa. Anche a Susanna, l'unica a non risiedervi stabilmente.

DENTRO

Lunedì 8 gennaio 2001

Rapallo, ore 8,00 – Susanna

Che bellezza. Rigirarsi nel piumone in quello spazio che si apre tra l'accensione della radiosveglia (*American Pie*, Madonna non tramonta mai) e il momento in cui deve alzarsi è una delle esperienze, come forse direbbe lei, libidinose della vita. Si balocca con le immagini sfuggenti del sogno interrotto, un flirt stuzzicante con un gran fico un po' somigliante a Walter Nudo, che le è rimasto in un cassettino della memoria da quando qualche anno prima si divertiva a seguire nella pausa pranzo, insieme a sua madre, le puntate di *Colpo di fulmine* con lui e la Hunziker. Le ci vorrebbe proprio un incontro del genere, un colpo di fulmine con un gran fico somigliante a Walter Nudo. Anche Maurizio magari capirebbe. Capisce tutto, Maurizio.

Alza gli occhi sulla stampa incorniciata e appesa al muro di fronte al letto, una donna beatamente addormentata su una poltrona, semicoperta da uno scialle arancione. Ogni mattina le trasmette quella serenità di cui ha bisogno per trovare la forza di strapparsi dal piumone e dalla radiosveglia (adesso *L'ultimo bacio* di Carmen Consoli, con quella sua voce che solo lei) e infilarsi sotto la doccia.

Tre tipi di semi (lino, sesamo, girasole) da mettere nello yogurt fatto in casa comprato da una signora senza denti che ha una stalla su in collina. Tè bianco, confettura di albicocche da spalmare su pancarrè tostato, una spremuta di arancia. Alla radio (dopo il cuore pieno di spine di Santana) è il momento delle notizie flash: inchiesta sulla morte di alcuni soldati, forse c'entra qualcosa il contatto con l'uranio impoverito presente nei bossoli dei proiettili usati nei Balcani. Sul telefonino appare un sms di Paolo, il suo socio-collega: "Amore, apri tu stamani? Io arrivo con mezz'ora di ritardo che ieri sera mi son preso una ciucca..." La mania che hanno quelli un po' più giovani di lei di chiamarsi l'un l'altro "amore". Stucchevole, pensa. Se poi Paolo ha intenzione di vivere così la sua nuova vita lavorativa, stiamo freschi. Ha il sospetto che la loro società non durerà a lungo. Beve un sorso di spremuta, fa una smorfia.

Ieri sera Francesca stava bene, pensa, era tranquilla. Pianificare il viaggio per il Messico la rilassa. Oggi facciamo i biglietti, stasera sarà ancora più allegra. Poi passiamo a prendere la coca, ne ha bisogno soprattutto Tito, in questi giorni lo vedo provato. Ora che Maurizio non c'è speravo che si riprendesse un po', sputasse fuori un briciolo di entusiasmo, di allegria, e invece. Malinconia centroamericana. Eppure la prospettiva del matrimonio – quel matrimonio destinato a durare un battito di ciglia, pensa sbattendo le ciglia – dovrebbe eccitarlo. Ma niente. Sguardo da cane bastonato e via andare.

Si versa un ultimo goccio di tè. Alla radio *Desert Rose*, di Sting. Ecco, uno come Sting: altro che Walter Nudo.

Trent'anni sono una bella età per una donna bella. Susanna è bella, bionda scura o castana chiara a seconda dei tagli di luce, due occhi grandi capaci di fissarti a lungo e apparire ogni istante più grandi. E un sorriso morbido e ironico allo stesso tempo, cosa rara. Da ragazzina per farle un complimento le dicevano che sembrava una bambolina. Lei incassava con piacere, ma l'energia e la rapidità di pensiero che aveva già a tredici anni non avevano niente da spartire con le bambole. La vita a Bollate, dove è nata, a suo modo era semplice: lavorare, lavorare, lavorare. E dopo, se possibile, divertirsi un po'. Altro non c'era da fare in quell'hinterland piatto e brumoso, dove il rumore di Milano arrivava soffocato come da dietro un muro. Suo padre lavorava, sua madre lavorava e teneva la casa come uno specchio. Lei il diploma delle magistrali l'aveva preso ma a Pedagogia, dove con mille sacrifici i suoi erano riusciti a iscriverla, aveva resistito un paio d'anni e poi mollato. Qualche ragazzo, qualche domenica in riviera, le prime vacanze con gli amici. È la più bella, quando la sera si siedono in banda al porto per un gelato i ragazzi del luogo la notano. A farsi avanti più degli altri, meglio degli altri, è un avvocato di Santa Margherita, un figlio di papà che la introduce in quello che lei ritiene sia il bel mondo. Cene estive in ampie terrazze sul mare, Maldive in inverno, qualche fine settimana primaverile a Venezia, Firenze o Roma. Si innamora lui, si innamora lei, si sposano.

La vita che in prospettiva le era parsa una lunga strada dorata nella realtà si frantuma in una miriade di interminabili giornate composte dai soliti gesti, i soliti odori, le solite facce mezzo orgogliose e mezzo amareggiate della provincia nelle stagioni buie. Col marito si concedono aperitivi infiniti nelle grigie e rossastre serate d'autunno, quando il tempo si dilata fin quasi a fermarsi, a scomparire, o meglio a trasformarsi in un blocco solido che si incastra sotto la gola, rendendo sempre più difficoltoso il transito di tartine, prosecchi e respiri. Più per non rimanere con le mani in mano che per reale bisogno economico dopo un po' inizia a lavorare nella boutique di proprietà della famiglia di lui. I vestiti le sono sempre piaciuti, e pure parlare a ogni ora del giorno con qualcuno. Lì conosce Francesca, che quando si annoia (e capita spesso) cala da Portofino brandendo il libretto degli assegni come una clava. Un capo tira l'altro, "questo ti sta da Dio", piccole confidenze, risate, scatta la simpatia. Francesca senza darci troppo peso le dice di passare a trovarla su, a Villa Altachiara. Lei, lusingata, non se lo fa ripetere.

Le sembra di entrare in un castello incantato, rimane abbagliata dal giardino, dal panorama, dalla piscina, dall'eliporto, dall'esterno della villa così composto e imponente, dalle grandi stanze luminose, dall'arredamento che a ogni sguardo sussurra la parola lusso, da tutto quel personale di servizio che sfreccia in silenzio cercando di evitare lo sguardo della padrona. Ci torna: una, due volte, poi sempre più spesso. Con Francesca si instaura rapidamente un rapporto di intimità che la sorprende. Si raccontano segreti, sparlano degli uomini presenti o passati, scendono giù e girano per il borgo tenendosi per mano come due sedicenni appena uscite da scuola.

Tra lei e il marito, come per disincanto, la distanza che per anni le era apparsa fisiologica adesso improvvisamente le risulta insopportabile. Non hanno mai avuto molto da dirsi tornando da quelle vacanze e da quelle cene, ora anche dentro casa si evitano senza neppure più fare lo sforzo di sorridersi. Lui si immerge nel lavoro come mai prima, lei comincia a domandarsi che senso abbia restare insieme in quel modo, hanno anche smesso di fare l'amore, sono due estranei costretti per un errore lontano a condividere uno spazio che non è più né dell'una né dell'altro.

Un giorno prende coraggio e gli parla. Lui reagisce risentito, punto nell'orgoglio, fa apprezzamenti pesanti, cattivi ma forse, pensa Susanna, è soltanto indispettito per non essersi deciso al gran passo per primo. Calata la tempesta, si mostra per quel che è: sollevato. Lei affitta un appartamento a Rapallo e ci si trasferisce con i suoi pochi libri, i suoi molti vestiti e un televisore al plasma avveniristico costato un'esagerazione e grande quanto mezza parete. Si sente libera, impaurita, piena di grandi aspettative, sola. Lascia la boutique, richiama un creativo con cui mesi prima aveva fatto sogni di gloria per il futuro, affitta uno spazio con i suoi pochi risparmi.

La notte rimane sveglia, le sale il timore di aver sbagliato tutto. Ha lasciato soldi e sicurezze per cosa, la bellezza che sta cercando è ancora molto lontana. La mattina poi si sveglia ed esce, ma nei primi due mesi di quella nuova vita subisce addirittura quattro furti: non le portano via praticamente niente (a parte il televisore), ma devono averla presa di mira.

Fortuna che c'è Francesca, fortuna che c'è Villa Altachiara. Quasi ogni sera ormai rimane a dormire lì. E lì dorme davvero, non ha pensieri negativi, ritrova la fiducia in sé stessa. La domenica sera però no, che dopo il fine settimana c'è da recuperare e farsi trovare pronti per il lavoro.

L'ufficio è ancora in allestimento. Ci sono tre scrivanie bianche piuttosto sgombre se si eccettuano computer e telefoni, e due tavoloni in legno di abete grezzo che dovrebbero servire a sviluppare la creatività, con sparsi alcuni campioni di tessuto, fotografie di costumi e qualche bozzetto. Paolo poi, dopo il messaggino, non si è fatto proprio vedere: ha telefonato dicendo che arriverà direttamente nel pomeriggio. Stavolta non l'ha neanche chiamata "amore", deve stare proprio da schifo.

Bea e Lore scartabellano cercando di farsi venire delle idee. Sono più giovani di lei e ancora meno esperti di quel settore. Susanna – che al computer sta provando a impostare le linee guida di una ricerca di mercato da sottoporre poi a qualche società specializzata – si chiede con una parte della mente quanto tempo riusciranno ad andare avanti senza incassare una lira, anche se ormai bisognerebbe cominciare ad abituarsi a dire "senza incassare un euro", visto che tra un anno ci sarà la conversione.

Alla radio Ligabue sgrana nota dopo nota e parola dopo parola *L'odore del sesso*. Chissà se quei due, Bea e Lore, sono mai andati a letto insieme. Non le sembra che Lore sia gay come

Paolo. Di sicuro non sono una coppia: Bea col suo caschetto scuro racconta sempre di weekend a casa di amici; Lore è più riservato, annuisce, non si sbottona.

Avrebbe voglia di una bella scopata, sì. Da quando il matrimonio è finito (giugno), l'ha fatto giusto un paio di volte, con dei tipi improbabili rimorchiati in discoteca. Che poi Francesca commenta di non dare perle ai porci. Ha ragione, non sono state grandi scelte. Così adesso un po' si trattiene. Però la voglia resta. Anzi, di giorno in giorno sale.

Prima di capire quali siano i reali rapporti tra Francesca, Tito e Maurizio ci ha messo un po'. Anzi forse non li ha capiti fino in fondo neanche adesso. Alcune cose però le sono chiare. Maurizio riesce senza sforzo a controllare qualsiasi situazione, a farsi strada in ogni persona. Ha ancora un forte ascendente su Francesca (è una presenza incombente che fa ombra sull'esistenza di Tito) e in poche settimane è diventato un punto di riferimento anche per lei. Non tanto dal lato fisico (ma anche, potrebbe capitare, perché no), quanto da quello psicologico. Le piace, le regala un brivido intrigante osservare ciò che accade. Comunque poi tutto è a fin di bene, per il bene di Francesca, ne è convinta. E in fondo cosa c'è che non va? Maurizio è stato il grande amore di Francesca, è bello se ancora desidera proteggerla. Tito è un vorrei ma non posso, è un corpo a volte estraneo. Se in dieci anni non è stato capace di farsi strada dentro Francesca fino al punto di scalzare Maurizio, peggio per lui.

Bea e Lore sono alle prese con una discussione sulla larghezza di una spallina. Fantastico questo lavoro-non lavoro, riflette: ti concede piena libertà di movimento. "Oggi rimango su" dice raccogliendo le sue cose. "Ci vediamo domattina."

La salutano con un cenno, mentre sono lì a scervellarsi se allargare o restringere di tre millimetri quel nastro di nylon che chissà se sarà mai messo in produzione.

No, non hanno mai scopato insieme, decide sistemandosi la sciarpa, quando è già sul marciapiede. La giornata è sempre piovigginosa com'era stamattina, ventosa. Fosse da sola le si formerebbe una ruga di tristezza tra le sopracciglia, ma l'idea di poter passare il pomeriggio su, a Villa Altachiara, le fa spuntare il sorriso. Entra in macchina, accende il motore e l'autoradio immediatamente spara *Beautiful Day*, tutta l'energia di Bono e degli U2.

La vita, a volte, dà l'idea di avvicinarsi alla perfezione.

Portofino d'inverno, in un giorno feriale senza sole, è una conchiglia vuota. Le poche centinaia di residenti stanno tappati in casa oppure scappano presto per raggiungere il luogo di lavoro a Santa Margherita o a Rapallo. I negozi sono aperti ma giusto come atto di presenza, nei bar i minuti si allungano senza un vero perché, il molo si anima solo nel momento in cui gozzi o pilotine scaricano il pescato. La corona delle ville sul monte e sul promontorio serve solo a sentirsi più piccoli, anziché essere motivo di vanto rovescia verso il basso ottimi appigli per darsi per vinti. Se non sei uno di *loro*, uno dei privilegiati che stanno lassù, la vita ti può apparire poca cosa, e allora ti aggrappi a quel poco e lo fai diventare importante, gli dai un senso, lo dilati, ma può non bastare. Devi distogliere lo sguardo ogni volta che si dirige verso l'alto, devi capire che chi sta sotto come te appartiene a una specie diversa rispetto a chi sta sopra, devi rassegnarti e fare del tuo poco il tuo tutto.

Ma può non bastare.

E allora devi trovare il modo di scalarlo, quel monte o quel promontorio. Sembrerebbe impossibile ma qualcuno ogni tanto ce la fa, ce l'ha fatta. Partendo dal basso, e da lontano. Come tanto tempo prima era riuscito ai fratelli Agusta.

Quando aveva quattro anni Corrado Agusta, Corradino, zampettava nei prati intorno al campo volo di Cascina Costa, dalle parti di Gallarate, non lontano da Milano. Inseguiva farfalle, coglieva fiori che poi porgeva trotterellando a sua madre Giuseppina, indaffarata per star dietro al marito e agli altri tre figli, ma pronta ad accoglierlo con quella speciale tenerezza che gli ultimi nati ricevono senza neppure rendersene conto. Osservare piccoli aerei che salivano e scendevano dalla pista che in estate perdeva il suo verde e si spelacchiava faceva parte delle sue abitudini. Una mattina però i fratelli, che di solito giocavano con lui soltanto una mezz'ora la sera prima di cena, lo avevano preso con loro facendogli fare vola-vola, e poi gli avevano detto di battere le mani proprio nel momento in cui sul campo volo stava decollando un monoplano interamente progettato dal padre, Giovanni, che lì accanto osservava la scena con un binocolo. Corradino aveva alzato gli occhi al cielo e puntato l'indice verso quell'apparecchio che si allontanava e diventava sempre più piccolo. Era scoppiato a ridere. In un qualunque giorno di settembre del 1927.

"Noi canteremo [...] il volo scivolante degli aereoplani [sic], la cui elica garrisce al vento come una bandiera e sembra applaudire come una folla entusiasta."

Il Manifesto del Futurismo pareva essere stato scritto diciotto anni prima da Marinetti per la famiglia Agusta, che in quella coda d'estate del quinto anno dell'Era fascista viveva il proprio momento di compiutezza: gli aerei che volavano, gli affari che lievitavano, i figli che crescevano sani forti e belli, Giovanni e Giuseppina che si avviavano verso i cinquanta senza ancora minimamente avvertire quegli scricchiolii che precedono l'ingresso nella terza età.

Al ritorno dal funerale – Giovanni era morto improvvisamente due giorni prima, la domenica, due mesi dopo quel decollo, per le complicazioni di un intervento chirurgico apparentemente privo di rischi – mentre i figli più grandi salgono a cambiarsi e portano su con loro Corradino, Giuseppina si siede un momento su una sedia di cucina. Si toglie le scarpe strette e umide, scalzandole dal tallone con la pianta dell'altro piede. Il pavimento è freddo, le calze non bastano a proteggerla. Si sente oppressa da quello che le sembra uno di quei pesi da bilancia poggiati lì sul davanzale, ma enorme, e concentrato tutto in mezzo al petto, e fuori piove, e la giornata è ancora lunga, e lei invece avrebbe voglia soltanto di infilarsi a letto e di non pensare più.

La riscuotono – minuti o ore dopo, non saprebbe dire – i passi di Domenico, che si è infilato la tuta da lavoro e le scarpe da fatica. Lo guarda, per un attimo ha l'impressione di vedere Giovanni, ma Giovanni non c'è più e non le fa bene, lo sa, coltivare autoinganni anche soltanto per qualche ora.

"Vai?" gli chiede.

"Siamo indietro col lavoro di tutto ieri" risponde lui facendole una breve carezza sui capelli. "Gli operai da soli non ce la fanno."

Domenico ha soltanto vent'anni, ma in questi due giorni ha già assunto l'aria, il tono di voce del capofamiglia. È robusto, non si ammala mai, e anche Giovanni si fidava di lui e lo consultava quando doveva prendere decisioni importanti. Sulla porta lo raggiunge Vincenzo, due anni di meno ma la stessa voglia di fare dentro un corpo che scalpita. E poi Mario, eccolo lì che gli corre dietro, dodici anni e appena torna da scuola sempre intorno ai banconi dove gli operai aggiustano, raschiano, montano.

Corradino scende le scale per ultimo, gradino dopo gradino, e va a buttarsi con la testa tra le gambe di sua madre. Che lo tira su, se lo stringe al petto. E poi, per la prima e ultima volta, piange.

Sei anni dopo, nel 1933, i Cantieri Aeronautici Giovanni Agusta sono ancora lì. Giuseppina è la regina, severa ma sempre disponibile a mettersi in discussione, Domenico il primo ministro, indaffarato ma non perde mai la calma. Stanno confrontando, dopo cena, alla luce dell'acetilene del capannone, il prototipo del giroplano Scatizzi-De Caria, appena terminato di costruire, con i disegni di progettazione eseguiti da un padre gesuita e da un ingegnere. Sono orgogliosi di quella strana specie di macchina volante (una via di mezzo tra un aereo e un elicottero, prima che esistano gli elicotteri) venuta a regola d'arte: hanno saputo che papa Pio XI è particolarmente interessato all'idea, che dovrebbe servire a raggiungere le zone più isolate dell'Africa e portare soccorso alle popolazioni. Ci sono voluti mesi per produrre i pezzi necessari e per assemblarli, sempre nei ritagli di tempo lasciati dalle riparazioni aeronautiche per conto dell'esercito italiano. Corradino, che ha dieci anni, è a letto da un'ora, ma la mattina dopo a colazione chiederà avidamente notizie prima di scappare a scuola.

"Sì, il modello è pronto" gli risponde la madre.

"Verrà a vederlo il papa?"

Lei sorride, gli allunga un buffetto sulla guancia. La strada per Portofino è ancora lunga.

La famiglia Herbert – da Lord Henry ecc. ecc., IV conte di Carnarvon, che la fece costruire, a Aubrey che se ne disfece – mantenne la proprietà di Villa Altachiara per circa ottant'anni, senza però abitarci continuativamente. Dal 1933 fino quasi alla fine della guerra venne affittata a Riccardo Gualino e a sua moglie Cesarina Gurgo Salice. Gualino, uno dei maggiori imprenditori e finanzieri italiani della prima parte del Novecento, aveva interessi che svariavano dal legname al cemento, dai noli marittimi alla produzione della "seta artificiale" (il rayon). Fondò stabilimenti industriali, insediamenti abitativi e società per azioni (tra cui la SNIA Viscosa) in Italia, Romania, Russia, Stati Uniti e Francia. Nel 1929 fu coinvolto nel tracollo della Banque Oustric, di cui era stato fondatore ed era azionista, e incappò in una condanna a più di un anno di confino a Lipari, con l'accusa di "aver recato grave nocumento all'economia nazionale". Forse in questa severità aveva avuto un peso anche il suo scarso entusiasmo nei confronti del regime fascista. (Successivamente, dopo il 1943, avrebbe finanziato ampiamente la Resistenza, tanto da ricevere una lettera di ringraziamento da Ivanoe Bonomi, presidente del CLN.)

Vivere a Villa Altachiara fu per i coniugi Gualino l'opportunità per riprendersi dalle batoste, in un luogo appartato ma comunque consono al loro tenore di vita, che negli anni precedenti al confino era stato altissimo. Grazie alla loro passione artistica, e all'amicizia col critico d'arte Lionello Venturi, avevano creato un'importante collezione di opere antiche e moderne, e instaurato rapporti di conoscenza con alcuni tra i maggiori artisti del tempo. Poterono quindi ospitare nella villa pittori (Casorati), scrittori (Paola Masino, Massimo Bontempelli), industriali (Edoardo Agnelli – Gualino era stato a lungo vicepresidente della FIAT – con la moglie Virginia Bourbon del Monte), inventori *à la page* (Guglielmo Marconi), militari (Pietro Badoglio), politici (Winston Churchill).

Susanna ignora completamente le trascorse vicende della famiglia Agusta, di Portofino e di Villa Altachiara. Però ogni volta che sale a bordo della Cinquecento giardinetta verde con quattro ruote motrici che, guidata da Andrea, la conduce per la stradina ripida e lastricata fino su in cima (o quando se la fa a piedi, come oggi che sono tutti a Milano), sente di star entrando a far parte di qualcosa di molto, molto più grande di lei. Apparentemente vi fa fronte con notevole disinvoltura. Dentro, schiuma di un'emozione a tratti vertiginosa.

Un saluto veloce a Teresa, uno scambio di frasi sul tempo con Tito, che sul divano sta leggendo "La Gazzetta dello Sport". Si toglie l'impermeabile imbottito, aspetta che le passi il fiato grosso per la salita, poi si avvia al primo piano, su da Francesca.

"Vieni!" l'ha sentita arrivare.

Percorre il corridoio che porta alla camera, i suoi passi non fanno rumore sulla passatoia, attutiti anche dalla stoffa da parati con gli stessi quadretti bianchi e verdi dell'imbottitura del letto a baldacchino della camera. La luce grigia dalla portafinestra che dà sul balcone si scalda a contatto con le losanghe romboidali del parquet scuro. Francesca è seduta allo scrittoio, di spalle, nella sua divisa da casa di questi ultimi tempi, l'accappatoio bianco con la F blu all'altezza del cuore. Sta scartabellando. Senza voltarsi le fa segno di avvicinarsi. Quando avverte che Susanna è dietro di lei le porge la guancia indicandone il centro con la punta dell'unghia dell'indice non troppo lunga, laccata di rosso. Susanna si piega, la bacia proprio lì dove chiede l'amica.

"Hai da fare?" domanda.

Francesca risponde che sì, deve controllare un po' i conti, e poi qualche telefonata. "Lui è giù?"

"Sì, 'Gazzetta'."

"Bene." E si riconcentra sui fogli.

"Ti lascio lavorare, vado a fare i biglietti per il Messico, ci vediamo dopo."

"Tanto poi prima di cena arriviamo su a Nervi, no?" dice Francesca porgendole da un cassetto il suo passaporto e quello di Tito.

"Sì, che non ce n'è rimasta neanche un grammo."

Francesca annuisce, Susanna si stacca da lei. Un'occhiata al letto disfatto, al vassoio con i resti della colazione, alla mazzetta dei giornali, quasi intonsa. Il desiderio di crogiolarsi in quel piumone lì, la mattina. Una mattina.

"Ieri sera tutto bene?" chiede ormai sulla porta.

"Tutto tranquillo" dice Francesca. "L'ho fatto tornare a dormire qui."

"Meglio così" fa Susanna. E prova la solita, minuscola punta di gelosia. Parte del gioco, pensa.

Il gioco è anche provarsi i vestiti davanti allo specchio, farsi confidenze sul sesso degli uomini, ridere insieme guardando *Totò a colori*. Il gioco è entrare nel supermercato, a Rapallo, con Francesca elegantissima, una regina, che indossa un montone Saint Laurent. Il piacere di essere guardate da tutti, mentre scelgono come se nulla fosse pomodori e piselli.

Il gioco è anche districarsi nelle correnti gelide o bollenti dei sentimenti e dei risentimenti che percorrono i corridoi della villa.

A novembre erano andati tutti e quattro a ritirare la BMW X5 che Maurizio aveva regalato a Francesca. Al ritorno Francesca era salita con Maurizio sulla macchina nuova, lei e Tito li avevano seguiti sull'altra.

Tito era stato silenzioso fin da quando avevano lasciato la villa due ore prima, l'aria torva. Adesso guidava meno veloce del solito.

"Sono stufo."

Lei si era voltata a guardarlo. "Che succede?"

"Anche la BMW, adesso."

Aveva un'aria sofferente, ma una sofferenza composta, quasi metabolizzata. Si era passato una mano tra i folti capelli grigi con la lentezza eccessiva di chi è di fronte a un problema troppo complesso per le sue forze.

"Non ce la faccio più."

"Ma come va tra voi due?" aveva chiesto lei fingendo ingenuità. Fingere ingenuità le veniva bene.

Tito aveva inspirato aria per un tempo lunghissimo.

"Io non l'amo più Francesca."

Lei aveva provato qualcosa di simile a un improvviso senso di liberazione. Ma l'espressione sul suo volto era rimasta quella di un'amica che partecipa accoratamente alle difficoltà di un amico. "Ma dài, che t'importa della BMW. Vi volete bene, voi due."

"Ci vogliamo bene, sì. Ci facciamo compagnia. Ma ormai è quasi diventata una questione di abitudine, più che una storia d'amore."

"Stai esagerando. Sei solo ferito da questo regalo di Maurizio."

Tito aveva scosso la testa. "In casa non conto niente, i padroni sono loro due. O le cose cambiano alla svelta o me ne vado."

Lei si era stretta interiormente nelle spalle. Aveva continuato a guardare fuori dal finestrino il cielo che si scuriva a vista d'occhio. Tra poco era Natale, Maurizio se ne sarebbe andato e forse tutte le tensioni si sarebbero allentate. Oppure no, e pazienza per chi non ce la faceva a resistere.

Ogni volta che Maurizio parte, ha bisogno di far capire a tutti che è lui a tenere in piedi la baracca. Anche quella volta – pochi giorni dopo l'acquisto della BMW – aveva fatto il giro completo della villa, provando congegni e chiudendo imposte e lucernari. Tito gli aveva ciondolato dietro per un po' borbottando che era tutto a posto, poi con l'aria di uno che passa di lì per caso aveva smesso di seguirlo ed era tornato al suo solitario. Francesca fingeva di scrivere messaggi sul telefonino. Mancavano cinque giorni a Natale.

"Subito dopo le feste chiamate i tecnici dell'impianto delle telecamere a circuito chiuso" aveva detto Maurizio. "Si dev'essere bruciata una scheda, non funziona più niente."

Marcin aveva fatto segno di aver preso nota, Francesca non aveva mostrato di aver sentito. Era da giorni che aveva smesso di parlargli. Succedeva sempre così, in vista delle sue partenze.

Finiti i controlli Maurizio aveva salutato tutti da lontano con un semplice "Ci vediamo a gennaio", poi era uscito per passare in dépendance a chiudere le valigie. Tito aveva masticato un "Adiós", Francesca aveva infilato le scale con aria di mezza tempesta. Dieci minuti dopo Susanna l'aveva raggiunta.

"Non ho capito perché devi fargli questo servizio. Fino a Milano!" l'aveva affrontata Francesca a brutto muso appena era entrata in camera.

"Ma Franci lo sai, a me piace guidare. Mi sembra una cosa carina non farlo andare in taxi."

"Carina un cazzo. Vuole andare con la sua troia a Miami? Ci vada a piedi, per quanto mi riguarda."

"Ma infatti Franci, tu non devi mica far niente. Ci vado con la mia macchina."

"Dovrebbe crepare, e tu lo aiuti."

"Che sarà mai, un passaggio in macchina fino a Malpensa. Meno di due ore e mezza."

"E allora vattene con lui a Malpensa e non farti più vedere. Via, fuori dai coglioni."

"Ma Franci..."

"Ma Franci un cazzo. Via, aria" l'aveva spinta fuori e si era chiusa a chiave in camera.

Da Malpensa poi Susanna le aveva ordinato un enorme mazzo di garofani con un biglietto: "Mi perdoni?"

Due giorni dopo era di nuovo lì a Villa Altachiara.

Forse è anche per questo. Per questa sfrontatezza, questa intraprendenza, questa faccia tosta che le ricorda la sé stessa di trent'anni fa. Forse è anche per questo che, in così breve tempo, Francesca si è legata a Susanna in modo così stretto.

FUORI

10-11 gennaio 2001

Mercoledì 10 gennaio, pur continuando a piovere il vento inizia a placarsi e consente ai sommozzatori di effettuare le prime immersioni. I giornalisti inseguono e incalzano chiunque dia l'idea di essere coinvolto nelle ricerche in corso. Il responsabile delle guide del soccorso alpino, che già il giorno precedente si erano calate negli anfratti della scogliera ai piedi della villa, dichiara che è molto difficile controllare la zona a tappeto: la scogliera è troppo scoscesa e la pioggia rende tutto più complicato. Giù al porto, il Tigre e i suoi amici ricordano che qualche tempo prima il corpo di una persona annegata in zona era stato ritrovato in Costa Azzurra.

Nel giardino della villa si procede allo svuotamento della piscina. Non viene rinvenuto niente di rilevante ai fini dell'indagine.

È una piscina non grande, a forma di D rovesciata, o di un fagiolo tagliato a metà, con una siepe di alloro addossata al lato dritto. A vegliarla, sul bordo lastricato, rimane un piccolo e aggraziato lampione alla francese in ferro battuto nero, con lastre di vetro opaco a schermare la lampadina.

Programmi televisivi pomeridiani e serali dedicano servizi e approfondimenti alla sparizione della contessa. Si muovono i grossi calibri: Emilio Fede, Maurizio Costanzo, Bruno Vespa, tutte persone che probabilmente l'avevano conosciuta a qualche festa. Vengono trasmessi filmati girati nel borgo. Spesso come colonna sonora viene utilizzata la musica di Ennio Morricone.

In *Ennio*, il film-omaggio che Giuseppe Tornatore ha dedicato a Morricone, uscito nel febbraio 2022, emerge la figura di un lavoratore instancabile. Partito dall'idea di seguire la via tracciata dal suo maestro Goffredo Petrassi nell'ambito della musica concreta, Morricone per quasi tutta la vita ha percepito il mestiere di compositore di colonne sonore per il cinema come una *deminutio*, anche perché i colleghi rimasti in accademia lo guardavano dall'alto in basso.

La commozione che lo assale quando ci ripensa. Il precario senso di equilibrio intellettuale che sembra trovare verso la fine dei suoi giorni, forse soltanto un modo per andarsene in pace col mondo. Il suo studio, le carte, la musica composta appuntando sul pentagramma senza bisogno di suonare; la ginnastica fatta in casa all'alba, ogni mattina.

La feroce determinazione degli artisti. Simile a quella dei detective, in caccia di qualcosa che non si sa neppure se c'è.

Intorno all'ora di pranzo si sparge la notizia che in mare sia stato ritrovato qualcosa di importante. I giornalisti accorrono verso il molo. A parte quelli che in qualche modo erano riusciti a farsi caricare a bordo dei gommoni di appoggio ai subacquei.

Il mare si è quasi del tutto calmato, il cielo però rimane ancora grigio. Parte *L'estasi dell'oro*, da *Il buono, il brutto, il cattivo*: la scansione arpeggiata di pianoforte in la minore che tiene tutto in sospeso, l'oboe con le quattro note da resa dei conti. Uno dei sub, dopo aver esaminato in fretta un qualcosa appena tratto a bordo, sta per riporlo dentro un sacchetto scuro, ma una persona fuori campo evidentemente gli chiede di mostrarlo ancora perché il sub si ferma e, con l'aria quasi divertita di chi non è abituato ad aver a che fare con i media (ma riesce a rimanere serio viste le circostanze), dispiega un accappatoio in favore di telecamera. È bianco, con diverse ampie ombreggiature di sporco che si intersecano, come le rappresentazioni grafiche degli insiemi nei vecchi libri di matematica per le scuole medie. Poco sotto l'altezza delle spalle c'è uno strappo largo, irregolare. Passati pochi secondi il sub ne fa di nuovo una palla, lo infila nel sacchetto.

C'è un che di inconsapevolmente offensivo in questa scena. Di indecente.

Maurizio – rientrato la sera prima da Miami a Malpensa, dove era stato accolto da giornalisti, telecamere, microfoni e domande accavallate – corre veloce, l'aria composta e disperata, su via Roma, lastricata a piccole pietre tondeggianti bianche e nere, in leggera discesa dal cancello d'ingresso della villa verso il molo, dove il gommone dei sub è appena attraccato. Indossa un giaccone blu marina a doppiopetto, jeans chiari, Clarks color sabbia. Ci sono molte persone, il sacchetto scuro passa di mano in mano, qualcuno lo apre per gettarci un'occhiata. Anche lui cerca di guardare, ma è soltanto una fra le teste che si accalcano. Ha l'espressione sconvolta.

Seduto su una bitta, un paio di bottoni del giaccone sganciati, le mani in tasca. Guarda in basso.

Verso metà pomeriggio vengono ritrovate due pantofole, una nera e una blu, in punti diversi della parete rocciosa sottostante la villa. Sul momento ad alcuni appare strano che la contessa, sempre così attenta all'estetica, indossasse due pantofole di colore diverso. A pensarci meglio però l'accostamento del blu al nero è stato da tempo sdoganato. E da sempre è considerata somma eleganza portare – nei giusti contesti e con le giuste cromie – calze di diverso colore. Per una persona fuori dagli schemi come la contessa, calzare una pantofola nera e una blu poteva rientrare nella più assoluta normalità.

All'inizio è inquadrato in primissimo piano. Oltre al viso con la barba di un paio di giorni spunta solo una sciarpa di colore azzurro acceso. Poi l'immagine si allarga, includendo anche la giornalista che gli porge il microfono, e allora emerge la portiera dell'auto dal cui sedile sta parlando, una BMW azzurra quasi come la sciarpa. Tiene lo sguardo rivolto verso il cruscotto, oppure in direzione di un punto lontano. Ha una voce sottile, sussurrata ma decisa. Le frasi si formano limpide, una dopo l'altra, inframezzate solo da brevi pause. Ogni tanto scuote la testa, fa capire che gli è impossibile continuare a rispondere.

"Quando chiudo gli occhi ho una sola immagine, di lei che precipita da quella scarpata di circa ottanta metri. Finisce in mare, e il mare era nero, alle sette di notte."

Maurizio ha uno di quei nasi a goccia che in fondo si dividono, formando due punte anziché una. I capelli castano chiaro ravviati all'indietro, li porta un po' lunghi sul collo, una finta trascuratezza, eleganza trasandata. Da ragazzo lo chiamavano "il Pecora" per quei capelli, allora molto più biondi.

"Ho dei sensi di colpa perché forse non dovevo partire, o sono arrivato ventiquattr'ore in ritardo. Io credo che se fossi stato presente non avrei permesso la disgrazia. Non avrei lasciato che uscisse in giardino a quell'ora di notte, in accappatoio, se le condizioni, da come mi raccontano, della contessa erano quelle che erano. Però io credo che di questo non ne abbia una colpa," e qui guarda per la prima volta negli occhi la sua intervistatrice "se non morale, nessuno."

Chiama la donna più importante della sua vita, quella con cui ha condiviso i momenti più intimi, entusiasmanti e disperati, "la contessa". È un uomo che ha un grande controllo sul proprio modo di porsi. Che sia sincero o menta, in ogni istante sembra consapevole di trovarsi su un palcoscenico e di dover rendere al meglio, con le giuste sottolineature – fatte di toni e semitoni, senza alcuna esasperazione – l'emozione che desidera trasmettere al mondo. Che il mondo siano una o poche persone intorno a lui, o – attraverso una telecamera – milioni.

La mattina dopo, intorno alle undici, Maurizio entra nei locali della procura della repubblica di Chiavari per un colloquio richiesto dalla sostituta procuratrice. È una donna di trentotto anni, al suo primo caso di una tale rilevanza.

Intanto a Portofino i giornalisti, incalzati dai propri caporedattori, continuano a intervistare chiunque, spingendo spesso persone non abituate a una simile pressione a parlare senza neppure accorgersi di contraddirsi all'interno di una stessa dichiarazione. Il comandante dei vigili del fuoco, ad esempio, dice che è probabile che il corpo della contessa sia ancora sul fondale, visto che i suoi uomini hanno riscontrato che l'acqua è torbida ma la corrente non molto forte. Ritiene che con la temperatura così bassa un cadavere possa rimanere sott'acqua diversi giorni, prima che i gas lo facciano emergere. Poi aggiunge: "In effetti però il corpo della contessa potrebbe anche essere stato portato via dalle correnti."

Anche la giovane sostituta procuratrice non riesce a sottrarsi alle domande. Nel pomeriggio dichiara che, dopo i ritrovamenti di accappatoio e pantofole, non può trattarsi che di disgrazia o di suicidio. Riguardo all'interrogatorio di Maurizio, durato due ore e mezza, spiega che è stato effettuato in quanto

Maurizio era "l'unica persona che poteva approfondire e rendere conto dei rapporti della contessa e della sua personalità."

Maurizio si è già fatto un'idea precisa sull'accaduto, ed è un'idea completamente diversa rispetto a quella della sostituta procuratrice: "Escludo il suicidio" dichiara ai giornalisti. E, riguardo alla disgrazia: "Non posso credere che lei sia salita su un muretto che conosceva bene, dal quale andava spesso a vedere il mare."

Rimarrebbe quindi, secondo lui, soltanto l'ipotesi dell'omicidio.

"Il magistrato sta facendo il suo lavoro molto bene," taglia corto "lasciamolo lavorare."

DENTRO
Lunedì 8 gennaio 2001

Villa Altachiara, ore 9,30 – Tirso

L'odore di Francesca ha il potere di disincagliarlo dal sonno, da quella fanghiglia appiccicosa che a volte lo imprigiona fin quasi a trasformarlo in polvere di plancton, in sedimento; fin quasi a dissolverlo. Quell'aroma dolciastro, conosciuto, screziato da poche scaglie acute di sudore notturno, è una marea che si insinua nella sua coscienza senza rumore, senza scosse, una corrente benigna che porta limpidezza e ossigeno, che lo solleva e lo rende libero, capace adesso di percepire il cuscino schiacciato sotto la guancia, il fianco tiepido di lei su cui ha poggiata la mano, le onde della burrasca di libeccio che si infrangono sulla scogliera ottanta metri più in basso, i rumori dal piano di sotto dove Teresa ha iniziato le pulizie di giornata, la luce grigia che si insinua tra le stecche della persiana.

È bello svegliarsi dopo aver dormito con Francesca, pensa, molto più bello che svegliarsi sul divano. È bello ricordare di aver fatto l'amore, molto più bello che ripensare agli accidenti e ai vaffanculo e ai telefonini scagliati con rabbia. Basterebbe poco, camminare dritti, non deviare, sorridere, non provare risentimento, non esplodere. Basterebbe essere soli io e lei, pensa, come quando eravamo in Messico. Io e te, *chiquita*, senza Maurizio. Senza Susanna, senza la villa, ma soprattutto senza Maurizio. Per fortuna adesso partiamo, ci sposiamo, e quando torna lui non ci saremo noi. Azzarda una carezza più prolungata giù lungo la coscia, Francesca si scosta, lo scalcia. Vuole restare da sola nel letto, vuole dormire ancora, chissà quanto.

Tutti quelli che entrano in confidenza con lui lo chiamano Tito, da sempre. Ma lui non ha mai smesso di rivolgersi a sé stesso col nome che gli hanno scelto i genitori, Tirso.

Quando ha telefonato a don Guillermo, pochi giorni fa, dicendogli: "Papà, sistema tutto lì a Tlacotalpan, che finalmente l'accordo con Rocky è stato firmato e possiamo festeggiare: io e Francesca veniamo lì a sposarci" ha percepito, forse per la prima volta in modo così chiaro, una nota di soddisfazione, quasi di liberazione nella voce del vecchio padre. "Va bene, figlio" gli ha risposto don Guillermo con semplicità, ma in quelle tre parole c'era l'eco di tutte le preoccupazioni, le incomprensioni e le delusioni che il suo secondogenito gli aveva inflitto nel corso della vita. Un'eco che si perdeva in un benaugurante sospiro di speranza e di pacificazione.

Eppure se al mondo c'è una persona che Tirso ha sempre ammirato, quella persona è suo padre. Non ha mai smesso di considerare momenti fondamentali della propria esistenza – anche quando se n'era andato in giro per il mondo per anni senza dare più notizie, anche quando si era trovato a sguazzare in certi giri dove più di una volta aveva rischiato di fare una brutta fine – le lunghissime giornate passate con lui da bambino, quando don Guillermo, dopo un faticoso viaggio in jeep, lo faceva montare a cavallo, e insieme percorrevano per ore i pascoli dell'*hacienda* per controllare la condizione del bestiame. Non parlavano molto, era già abbastanza il rumore degli zoccoli sul terreno, il tintinnio dei finimenti, le mosche da scacciare con movimenti annoiati, il riverbero del sole sotto la tesa del cappello. Le poche frasi che suo padre pronunciava senza neppure guardarlo, osservando l'orizzonte, gli sono rimaste incise nella memoria come un bassorilievo azteco, e ogni tanto gli si ripresentano quando meno se lo aspetta: "Non so cosa sarò in grado di lasciarvi in eredità, la vita è lunga e complicata. Ma tu ricorda questo, figlio: l'unica vera eredità che si riceve dai genitori è il cognome. Lì sta la storia, la forza, la direzione. Fai in modo di non sporcarlo, e di passarlo intatto, se non arricchito, a chi ti seguirà."

Era alla rettitudine e al senso di giustizia che emanavano da suo padre come fossero odore di cuoio e acqua di colonia che pensava, ogni tanto, nei suoi lunghi anni difficili (eppure quanto eccitanti, vivi, divertenti, imprevedibili, pieni), più che alla pena e al dolore silenzioso della sua Mamá. Che le madri soffrano per le diavolerie dei figli, per Tirso è nell'ordine delle cose. Ma un padre no, pensa, un padre avrebbe il diritto di provare solo orgoglio. E adesso, dopo cinquant'anni di scelte discutibili (ma Charmel e Olga-Patricia, le sue figlie, non erano state affatto una scelta discutibile, e neanche il suo modo di stare al mondo, tutto sommato, lo era), adesso forse è arrivato il momento dell'orgoglio. "Mio figlio sposa una contessa italiana" potrà dire don Guillermo con aria quasi stupita a tutti i suoi protetti della *décima espinela*.

Fare jogging a digiuno – ha preso solo il caffè – gli procura uno stato di barcollante euforia. Corre sulla stretta strada che collega Portofino a Santa Margherita inalando il pulviscolo salmastro e si eleva sopra tutti i cattivi pensieri che il risveglio – ogni risveglio – gli presenta dopo quei primi istanti di beatitudine, come un creditore insistente, molesto. Oggi è brutto tempo e arriva anche qualche schizzo di mare, va a confondersi con le gocce di pioggia che dal cappuccio del k-way gli colano sui capelli e sul collo. Gli piace fare fatica in condizioni disagiate, sentire i piedi bagnati, le mani che si gelano, il corpo reagisce e accelera il ritmo con cui le gambe si alternano, i piedi pestano l'asfalto con una specie di gioia irresponsabile, le rocce e la macchia e Paraggi e il Covo di Nord-Est e le rare auto diventano tessere di un mosaico interiore, confondendosi con la sensazione del freddo dell'acqua di Acapulco quando si era tuffato da quell'altezza che era una vertigine, e la lama di luce di quell'alba sulla laguna di Cancún con Olga, avevano venticinque anni e la vita sembrava infinita, e il giorno in cui Maurizio prima di essere arrestato gli aveva fatto quel discorso da amico ma anche da padrone, e i cocktail bevuti al chiaro di luna nel giardino della villa di Cuernavaca, e

Corri, Tirso, corri.

Suo padre non era stato così ingenuo da esprimerlo apertamente, ma lui aveva percepito la sua amarezza quando si era reso conto che neanche quel figlio avrebbe seguito le sue orme. Tirso era stato un bambino gentile e un ragazzo rispettoso (a parte i capelli lunghi, e quel farsi coinvolgere dai brutti giri di Guillo, il fratello maggiore) ma tra lui e la *décima espinela* c'era un muro, come per molte persone esiste nei confronti della matematica (per lui esisteva anche il muro nei confronti della matematica, a dire il vero. E della storia, della geografia, della grammatica...). Ci provava a leggerle le *décimas* composte da don Guillermo, ma le parole rimanevano lì sulla pagina, e dentro di lui non ne arrivava neanche il riverbero. Una noia mortale. Il padre veniva invitato in tutti i festival del Messico meridionale e centrale per declamare quei suoi versi d'occasione, da stendere su un tappeto musicale formato in genere da arpa, chitarra a dodici corde e contrabbasso, in particolare nel periodo in cui divenne presidente della repubblica Adolfo Ruiz Cortines, di cui era buon amico, che lo invitava come attrazione artistica tutte le volte in cui doveva tenere un discorso pubblico. Il suo successo, insieme ai proventi del commercio del bestiame e alla rappresentanza dell'UNPASA, distributore di dolcificante e alcol puro di canna, consentivano un buon tenore di vita alla famiglia, che a Xalapa, la capitale dello stato di Veracruz, abitava in una grande villa appena fuori dal centro, di stile "moderno", squadrato e aggettante, che ricordava un po' alla lontana certi lavori di Frank Lloyd Wright. Anni dopo, quando Tirso si sarebbe ritrovato nel frullatore dell'inchiesta sulla morte della contessa, suo padre Guillermo, che quando studiava giurisprudenza a Città del Messico aveva anche subìto ritorsioni per il suo impegno di giovane democratico, avrebbe dichiarato a un giornalista: "Noi Chazaro non saremo ricchissimi, ma siamo gente retta e non ci è mai mancato nulla."

Noi Chazaro. Il cognome.

Quella di don Guillermo era un'arte, a volte si trasmetteva di padre in figlio, ma doveva esserci un minimo di talento, o almeno di passione, che né in Tirso né nei suoi fratelli c'era. Tirso poi era come se passioni forti non ne avesse. Da ragazzo aveva giocato a pallavolo (era più alto della media), a calcio, ma sempre così così, senza mai eccellere. Poi si era fatto crescere i capelli ed era entrato nella banda del Parquecito, proprio sotto casa, capeggiata da suo fratello Guillo, di tre anni più grande, che inutilmente aveva cercato di avviarlo alle virili pratiche del fare a botte con i coetanei e di lanciarsi con i carretti senza ruote (un'asse col fondo cosparso di cera) giù da quel muro pietroso di calle Nicolás Bravo. Tirso i muri e i cazzotti li scansava, più che affrontarli. Fumava e spacciava marijuana come tutti i ragazzi del Parquecito – proprio lì, sotto gli occhi sempre più attoniti di don Guillermo, che forse per reazione aveva cominciato ad andare a messa tutti i giorni, a braccetto con Mamá, il cappello dalla larga tesa infilato sotto braccio al momento di entrare nella chiesa – ma non aveva alcuna intenzione di diventare un pericolo pubblico come Guillo, sempre lì a scatenare risse per ogni dove, ragion per cui non veniva più invitato a nessuna festa. Tirso preferiva farsi piccolo di fronte alle difficoltà, se possibile sparire. E un giorno, a sedici anni appena compiuti, era sparito davvero, sulle tracce di una bella californiana conosciuta d'estate in un campeggio libero a Isla Mujeres, di fronte a Cancún. Con la fine di agosto la ragazza era tornata nel sobborgo di San Francisco in cui viveva con padre madre due fratellini cane e gatto, e lui, il tempo di mettere insieme il denaro sufficiente vendendo ancora un po' di erba, si era precipitato là, senza neanche darsi il disturbo di avvertire i genitori della partenza. Scrollarsi di dosso le briglie, lui che amava tanto i cavalli, e l'amore dei familiari a volte può essere la briglia più soffocante.

La ragazza per la verità aveva fatto una strana espressione quando in ottobre, nell'aria brumosa di San Francisco, si era vista di fronte quel *guapo* di cui stava già cominciando a dimenticarsi. Era riuscita comunque a convincere i genitori a ospitare questo "amico" nella spaziosa taverna al piano interrato della loro comoda villetta suburbana, fin quando un pomeriggio di un paio di settimane più tardi, rientrando in anticipo dal lavoro, il padre li aveva scoperti sul più bello. Tre giorni dopo lei era in volo per la Svizzera, destinazione un college esclusivo. "Aspettami" le aveva sussurrato lui in un ultimo abbraccio, lo zaino sulle spalle, mentre padre madre fratellini e cane (il gatto no) la attendevano sulla station wagon che l'avrebbe portata all'aeroporto. "Ti aspetterò" aveva risposto lei meccanicamente.

Come fa un diciassettenne messicano, senza soldi e senza più contatti con la famiglia d'origine, a raggiungere il centro dell'Europa? "Si imbarcò su un cargo battente bandiera liberiana" direbbe Carlo Verdone. Qualcosa del genere, con la complicazione che dal porto di San Francisco di cargo in partenza per l'Europa non ce n'erano, al massimo per le Filippine, ma il giro da quella parte era un po' lungo. Così Tirso, raggranellato qualche dollaro lavorando per un mese come imbianchino, si era diretto verso New Orleans, dove un paio di marinai argentini lo avevano indirizzato a Brooklyn, da un altro marittimo, brasiliano, che lo aveva spedito da alcuni suoi colleghi, norvegesi, i quali, unici a non star lì a sottilizzare sull'età (era ancora minorenne), lo avevano assunto come "aiuto" e finalmente imbarcato su un mercantile diretto in prima battuta a Città del Capo. Sotto la protezione di un inflessibile nostromo sudanese a cui per qualche strana ragione aveva suscitato tenerezza, il ragazzo di terra a poco a poco si era fatto uomo di mare: aveva avuto parecchio tempo a disposizione per questa metamorfosi, visto che il contratto prevedeva la permanenza a bordo per almeno due anni, pena la perdita di quasi tutto il compenso pattuito.

Mentre nella villa lloydwrightiana di Xalapa ci si stava chiedendo angosciati che fine avesse fatto ("¿Donde está mi negro?" piangeva la madre), riuscendo comunque a rintuzzare le pretese di un texano a caccia di soldi facili, che sosteneva di averlo preso a lavorare nel suo ranch (ma i buchi nelle suole dei suoi stivali avevano convinto i familiari che si trattava soltanto di uno sciacallo), Tirso si era degnato finalmente di inviare un paio di cartoline postali con la fotografia di lui e del nostromo sudanese di fronte al porto di una qualche città sul Mar Rosso, o sul Golfo Persico, o in Africa occidentale. Era il 1967, il Canale di Suez era chiuso a causa della guerra dei Sei giorni, e le rotte commerciali venivano ridisegnate con peripli piuttosto articolati.

Due anni più tardi si era ritrovato a sbarcare, definitivamente, a Genova. Proprio a pochi chilometri da dove, più di trent'anni dopo, si sarebbe svolta la parte più importante e atroce della sua esistenza. Quel giorno lui di anni non ne aveva ancora venti, ma in tasca gli sembrava di custodire per la prima volta un sacco di soldi. Ne spese subito una parte in bei vestiti, si fece la doccia, si cambiò, poi salì sul primo treno con destinazione Svizzera. Paese in cui rimase pochissimo, poiché la ragazza californiana, appena ebbe modo di parlargli nella caffetteria del college, gli comunicò che lei ci si era anche provata ad aspettarlo (chissà), ma ormai da più di un anno era legata a un nuovo boyfriend. Fine della storia.

Ecco. Non la pallavolo, non il calcio. Non la *décima espinela*, non il lavoro. Non fare a botte, non gettarsi giù da una strada ripidissima steso su uno dei carretti del fratello. Ma la donna. L'amore. L'innamoramento. Forse era questa, fin da ragazzo, la vera passione di Tirso. L'amore romantico e disperato.

Potrebbe farla preparare a Teresa, ma in Polonia non hanno mica idea di cosa significhi una colazione messicana. Lui ci ha provato a istruirla, ma ne ha ricavato solo una scipita versione nordica priva di sapore, di *chili*, di vita. Così se le cuoce da solo, dopo la doccia, le uova strapazzate cosparse di polvere di peperoncino da unire a pomodoro e cipolla (di Tropea, lascia meno tracce, altrimenti Francesca lo manda di nuovo a dormire sul divano). Riscalda la purea di fagioli neri in scatola e, sulla piastra, un paio di tortillas di mais tirate fuori da un sacchetto (quasi esaurito, dirlo a Teresa), riempie fino all'orlo una tazza di caffè americano e un bicchiere di succo d'ananas, affetta la papaya (arresta l'invecchiamento, la mangia anche Wojtyła) che Susanna e Francesca hanno rastrellato nella loro ultima spedizione al super.

Si porta il vassoio nel salone. Sa che Teresa non gradisce, ha già pulito e dopo è costretta a ripassare per portar via le briciole, ma mangiare in cucina o peggio in sala da pranzo lo deprime. La luce del salone (anche se stamani è grigia), le piante dipinte a cui ormai vuole bene come se fossero vere, le pareti chiare in continuo movimento tra riquadri e lesene, lo fanno respirare.

Non è che, prima di incontrare Francesca, Tirso fosse povero. In Messico l'aveva conosciuta, la ricchezza. Cancún verso la fine degli anni Settanta era un luogo dove, insieme ai grattacieli per gli uffici e gli albergoni di catene americane, crescevano conti correnti e mazzette riservate a qualsiasi persona dotata di fiuto imprenditoriale o anche soltanto di disinvoltura. Lui e Guillo – finalmente ripuliti, i capelli corti, sposati con due ragazze di buona famiglia da cui forse erano stati accettati solo perché entrambe erano già madri prima di conoscerli – ci erano arrivati con l'intenzione di far fruttare il piccolo (non poi così piccolo) capitale accumulato grazie allo smercio delle droghe leggere (Tirso a Londra, dove era finito insieme all'amico Gaby dopo lo smacco della Svizzera; Guillo se le faceva mandare da Veracruz – da sempre il porto d'ingresso per il Messico – nel Parquecito di Xalapa). Guillo aveva subito ottenuto una concessione per una scuola di sport acquatici (soprattutto windsurf) sulla spiaggia rivolta verso l'oceano, e in breve era diventato il campione della tratta Cancún-Isla Mujeres, stabilendo l'insuperabile record di ventisette minuti; a Tirso la concessione era capitata sul versante che guardava la laguna, e ne aveva lasciata la gestione alla moglie Olga, che così oltre a occuparsi della prima figlia, Olga-Patricia, e di quella nata dalla loro unione, Charmel, aveva di che divertirsi. Lui intanto si occupava del commercio di mobili da ufficio, facendo da intermediario tra i clienti e le aziende produttrici. La sera, dopo un bacio alle bambine e una cena ogni volta un po' meno affettuosa con la moglie, correva a spendere ore e pesos nel locale hippy che Guillo, in omaggio alla nipotina nata da poco, aveva chiamato proprio Charmel. Da lì – dopo ore di Bob Dylan, Leonard Cohen, spinelli e tequila – si passava sempre a un'altra festa, a un altro bicchiere, a un'altra canna o a una sniffata. Cancún si espandeva come un paradiso artificiale senza confini, mentre i matrimoni dei due fratelli a poco a poco andavano in malora. Però ci si poteva stare, finché i soldi portavano altri soldi, finché la giostra continuava a girare.

Ma la giostra di Tirso un giorno si era inceppata: un'improvvisa svalutazione del peso rispetto al dollaro, l'impossibilità di far fronte agli impegni, il fallimento, una denuncia per frode, l'ordine di cattura, la fuga rocambolesca su un pullman, vestito da donna, scortato dalla suocera. L'inizio, ancora, di una nuova vita.

La ricchezza che gli era passata tra le mani in quello spazio-tempo di Cancún però gli era rimasta dentro come una pietra di paragone.

Altra pietra, altra ricchezza: la fastosa ed eloquente villa di Cuernavaca dove lui e Francesca avevano vissuto la prima parte della loro età dell'oro, il portico circolare e le stele toltече originali poggiate in terra con calcolata noncuranza. Anche un idiota avrebbe capito di star entrando in un santuario del dio denaro.

Niente di ciò che aveva visto in Messico si avvicina però sia pur lontanamente a Villa Altachiara. A Cuernavaca la ricchezza è mostrata, qui viene data per scontata. In Messico la ricchezza pesa come un buon pasto troppo condito, qui regna la sovrana leggerezza, la divina sprezzatura, come se il denaro, che pure la fa da padrone, fosse la cosa meno interessante. A Cuernavaca la ricchezza è un cocktail ad alta gradazione alcolica da bere con amici chiassosi, a Villa Altachiara è aria sottile, si inala in silenzio, senza quasi accorgersene. Ma se ti fermi a pensarci, ti rendi conto che senza quel respiro non ce la faresti a vivere. Non più. Villa Altachiara, pensa a volte Tirso, è la trasposizione di un potente eppure etereo sogno nordico, mentre in Messico capita che i sogni abbiano la triste fisicità di un incubo dai colori saturi.

Era stato proprio l'amico Gaby – rimasto in contatto con lui dai tempi gloriosi di Londra, quando, beneficiando dell'improvvisa sparizione di certi coinquilini colombiani, avevano potuto darsi al commercio dei pacchi di droga che si erano ritrovati tra le mani, battendo palmo a palmo i dintorni dei pub nelle sere dei fine settimana – a parlargli per primo di quella coppia di italiani ricercati dalla polizia: erano a Londra in incognito e avevano bisogno di essere aiutati a entrare in Messico senza troppo rumore. Ad Acapulco – Tirso viveva lì da anni, dopo i fasti e gli sfasci di Cancún, facendo *public relation* per conto di un locale alla moda (decideva chi poteva entrare e chi no; e a chi vendere la droga e a chi no) – ne arrivava di gente strana: nuovi ricchi, falsi poveri, disperati all'ultimo stadio, armatori di flotte immaginarie sui mari delle possibilità. E fuggiaschi dalla legge, quanti ne volevi. Questi due però, gli aveva spiegato Gaby, sembravano davvero speciali. Lui aveva fatto sparire nei paradisi fiscali il tesoro delle tangenti di quel politico italiano che una sera gli avevano tirato addosso le monetine e adesso era fuggito in Tunisia. Lei era sulle tracce dell'eredità miliardaria del marito, che era stato uno degli uomini più ricchi d'Italia, e forse d'Europa, e forse del mondo. C'era una bella differenza di età e non era lui a essere il più anziano, ma lei, e mica di poco. Però era ancora una bella donna, gli aveva detto Gaby. Anzi, erano una bella coppia.

Ma erano davvero una coppia?

Sì e no.

Li vede la prima volta a casa di Erik e Alejandra, una sera che nel patio è in programma una cena italiana per una dozzina di persone. Lei è di un'eleganza da far sembrare straccione Alejandra e le sue amiche, sempre in tiro. Al collo ha una sottile striscia di tessuto che le dona più di una parure. Parla molto, e molto velocemente, in spagnolo, in inglese e, a volte, in italiano. Ti guarda dritto negli occhi, sembra non aver paura di nulla, come se avesse capito molte cose senza il bisogno di conoscerle davvero. Decisa, tagliente. Eppure Tirso ha la sensazione che potrebbe crollare d'improvviso a terra, burattino inanimato. Perché?

Si chiede se sia bella. È bella? È molto rifatta, ovviamente. La maggior parte delle messicane ricche usa senza alcuna vergogna la chirurgia estetica, c'è abituato. Dev'essere stata bellissima. Una ragazza bellissima. Ma ora è una bella donna? Tirso sospende il giudizio. Di solito ha a che fare con donne della sua età, lei è più grande di una decina d'anni.

Dall'altra parte del tavolo, Maurizio detta i tempi della conversazione. Parla meno di lei, ma ha il potere di orientare il discorso. Sembrano solidi come una coppia sposata da anni, ma non sono sposati. Alejandra gli ha detto che lui ha le sue storie, e lei lo sa, ma per il momento sono in un paese straniero e con un mandato di cattura sulle spalle, non possono permettersi di dividere il proprio cammino. Bonnie & Clyde.

Teresa porta via il vassoio lanciando un'occhiata critica alle briciole cadute sul tappeto e sul divano. Da quando ha smesso di farsi dare del tu e ha preteso che gli si rivolgessero col rispetto dovuto a un padrone, chiamandolo *señor* Tito, i rapporti con tutto il personale di servizio si sono raffreddati. Peggio per loro. Si alza, va alla portafinestra, riesce ad aprirla con difficoltà: chiamare il fabbro, si appunta mentalmente. L'aria fredda e umida lo avvolge prima ancora che riesca a fare qualche passo in giardino. Rabbrividisce, ma in questo momento non piove e vuole arrivare al muretto per guardare il mare in tempesta.

Ottanta metri più in basso le onde si sfasciano con violenza contro le rocce, come quelle milizie medievali capaci di ripetere insensati assalti a mura che non cederanno mai. Ad Acapulco un giorno, poco dopo il suo ritorno dall'Europa, si era lasciato trascinare da Guillo fino a uno dei più bassi contrafforti della Quebrada (comunque sempre troppo alto per lui) e, sperando di aver calcolato bene il flusso e reflusso dell'onda, si era lanciato. Durante quel secondo di caduta aveva giurato a sé stesso che non l'avrebbe fatto più, ed era uno dei pochi giuramenti a cui poi aveva tenuto fede. L'impatto con l'acqua era avvenuto nel momento giusto, le rocce sommerse erano rimaste a distanza di sicurezza, ma non aveva provato nessuna gioia nel riemergere sano e salvo tra le acclamazioni di Guillo, degli amici e dei clienti del ristorante di fronte. Un pellicano si era gettato in una breve picchiata e adesso risaliva con la coda di un pesce che guizzava disperata nel becco. Mentre si avvicinava agli scogli piatti dov'era il punto di risalita, aveva percepito in modo assoluto e indimenticabile la terribile precarietà dell'esistenza. Non solo la sua, quella di tutte le cose che esistevano, comprese le rocce contro cui aveva appena rischiato di sfracellarsi senza nessun motivo. Forse in quell'istante gli si era formata la piccola ruga malinconica tra le sopracciglia destinata a diventare una delle tante componenti del suo fascino.

Il primo bacio con una donna gli dà sempre la sensazione di salto nell'ignoto sperimentata quand'era ragazzino. La paura di essere rifiutato e poi accorgersi che non poteva esserci un rifiuto, entrare dentro lo specchio di Alice, mischiare la saliva in una festa umida dell'appartenenza a un nuovo spazio destinato a crearsi istante dopo istante, le lingue esitanti che si fanno audaci, il lato nascosto dei denti, la mano che carezza la nuca, vedersi da fuori essendo parte del film, le prime parole da dire subito dopo.

Il primo bacio con Francesca, nonostante lei gli avesse fatto capire che il momento era arrivato, era stato rimandato di almeno due mesi. Non per timidezza, ma perché lui voleva vederci chiaro nel rapporto tra lei e Maurizio. O meglio, voleva sentirsi dire che tra lei e Maurizio era finita. Non dormivano insieme, Maurizio andava e veniva per certi suoi giri, ma lei gli era ancora legata, e ogni tanto ci tornava a letto. Nel frattempo Tirso le faceva da autista, da segretario, da assistente personale.

Non ha mai capito se, nel momento in cui Maurizio lo aveva preso da parte nel giardino della villa di Cuernavaca e gli aveva fatto quella richiesta, si immaginava che lui e Francesca un giorno sarebbero stati una coppia. Non vi aveva fatto cenno, nemmeno quei lampi nello sguardo destinati a rivelare gli stati d'animo più di mille parole, ma Tirso ha troppa considerazione dell'intelligenza (luciferina!) di Maurizio per pensare che non l'avesse messo in conto. Del resto perché, altrimenti, avrebbe scelto proprio lui per il ruolo di accompagnatore-guardia del corpo-badante di Francesca? Maurizio, con tutti i suoi contatti (stava sempre al telefono) doveva aver avuto sentore che il cappio si stava stringendo ed entro pochi giorni (o poche ore, come in effetti fu) sarebbe stato arrestato. C'erano decine di persone, tra i suoi conoscenti lì in Messico, disposte a svolgere quel servizio gratis, per essere autorizzati a orbitare intorno alla contessa, di cui si favoleggiavano ricchezze sterminate. Tirso sarebbe stato anche retribuito, e in più aveva iniziato a capire che la persona da proteggere aveva forse un debole per lui. "Proteggere soprattutto da sé stessa" aveva chiarito Maurizio, avvertendolo che se fosse venuto a sapere che lui trascurava Francesca o peggio la trattava male, gliel'avrebbe fatta pagare. E qui gli aveva scoccato un'occhiata gelida che persino a ripensarci adesso, a distanza di anni, Tirso prova un'immediata contrazione nelle viscere.

Appena ha finito di lavarsi i denti nel bagno di Francesca (gli piace farlo lì, e lei l'ha autorizzato a lasciare uno spazzolino nel bicchiere dove c'è anche il suo) chiude l'acqua e rimane fermo, le mani poggiate sull'ampio piano per il lavandino ovale affollato di boccette, lo sguardo dritto in quel sé stesso che appare nel grande specchio quadrettato da stecche di midollino di diverso diametro (più sottili quelle orizzontali). Un cinquantenne brizzolato scaraventato dall'altra parte del mondo. Un cinquantenne brizzolato e fascinoso espatriato per seguire l'amore della sua vita, l'anima gemella. Un cinquantenne senza arte né parte carambolato di là dall'oceano attratto dalla ricchezza come un ago magnetico dal polo nord. Un cinquantenne che solo pochi anni prima (cinque o sei), nel periodo dell'età dell'oro, non avrebbe mai pensato di ritrovarsi con una certa frequenza a dormire sul divano di una villa italiana fatta costruire da un lord inglese, dopo aver litigato in modo furibondo con la stessa donna di cui allora, in quel primo anno o due, aveva solo intravisto, e sottovalutato, le potenzialità distruttive, per sé e per gli altri.

Spuntavano amici che li ospitavano a staffetta, di villa in villa, in quel Messico dei ricchi lontanissimo dallo spirito di un popolo che ha provato a guadagnarsi la libertà con rivoluzioni sanguinose, e ne ha ottenuto soltanto l'ologramma grazie al progresso tecnologico che diventa sviluppo economico, lasciando però ai margini le decine di milioni di poveri che quelle ville non risultano autorizzati neanche a vederle da fuori, protette come sono da mura, filo spinato, telecamere di sorveglianza, cani assassini, vigilanza armata.

Tirso e Francesca cominciarono un tour d'alto bordo, ufficialmente in incognito ma senza troppo preoccuparsene: ovunque venivano invitati lei si sdebitava offrendo cene e feste il cui costo superava di gran lunga la spesa dei proprietari per ospitarli; oppure si fermavano per settimane nelle suite presidenziali dei migliori alberghi di piccole cittadine in cui non c'era nulla da fare, se non svegliarsi tardi, fare colazione, leggere i giornali, andare in banca a ritirare i soldi accreditati da Maurizio, sniffare, fare l'amore, dormicchiare, telefonare, aspettare il momento della *comida*. A Tlacotalpan – il minuscolo agglomerato tra il coloniale e il caraibico con le case dai colori pastello, dove si erano ritirati a vivere gli ultimi anni don Guillermo e Mamá – Tirso l'aveva fatta conoscere a tutta la famiglia, e l'incontro era andato molto meglio di quanto lui temesse. Francesca e Mamá si erano intese su fiori e ricette, lo stesso don Guillermo l'aveva accolta con una certa affettuosa soggezione (lei era scesa dalla macchina con cappellone, occhiali scuri e tre o quattro borse di capi firmati per mano). Ma dopo un paio di giorni di *sopramesa* (quell'abitudine messicana di rimanere a tavola a chiacchierare per ore e ore e ore e ore) anche lì si erano ritrovati senza niente da fare, col largo fiume inquinato e grigio che faceva l'indifferente e corvi e cornacchie che contendevano il cibo ai gabbiani.

Dopo qualche mese avevano perso il senso del tempo e dello spazio, sfiniti da tutto quel vagare senza scopo. Francesca adesso non faceva più l'amore con furia come i primi tempi, ma con un'astrazione quasi disincarnata, forse inebriata da quel vortice di spostamenti lenti, forse placata dall'assenza di Maurizio. Tirso si sentiva avvinto dal suo carisma dispettoso di gran dama che odia le dame, dalle mezze parole sui paradisi fiscali in cui era rintanata la ricchezza del marito morto, dall'idea di poterla un giorno seguire in quel paese fatto di chiese, di campi da calcio e di mafia chiamato Italia.

Avrebbe voluto che quel tempo sospeso, noioso e innamorato non finisse mai.

Bussa ed entra nella camera di Francesca portandole il vassoio della colazione e la mazzetta dei giornali. Lei è ancora raggomitolata nel letto, sotto il piumone, la mascherina sugli occhi, nonostante abbia suonato il campanello almeno dieci minuti fa. Lui poggia il vassoio sulla cassapanca, i giornali sul letto, le chiede il permesso di aprire le persiane. Francesca risponde con un mugolio di tuono lontano che non promette nulla di buono, ma che Tirso interpreta come un sì. D'altra parte il campanello lo ha suonato, è quasi mezzogiorno, prima o poi si dovrà pure alzare.

Ha ripreso a piovere. Il colore del cielo ricorda uno di quei quadri di naufragi che gli è capitato di vedere in chissà quale museo fra i pochi (sia lodato Gesù Cristo) che Francesca gli ha fatto visitare. Il vento sta rinforzando, gli spruzzi sul promontorio sono pinnacoli bianchi dotati di potere ipnotico.

"Chiudi quella cazzo di finestra" abbaia Francesca.

Lui rientra, chiude.

"Che giorno è?"

"Lunedì, *chiquita*."

Lei si tira un po' su, a fatica. Si toglie la mascherina dagli occhi.

"Giornata di merda" dice facendogli cenno di porgerle il vassoio.

Mastica un paio di bocconi di pane tostato con marmellata di arance, soffia sul tè ancora bollente prima di mandarne giù qualche sorso. Lui le osserva i capelli scompigliati dove qua e là balugina un'inezia di ricrescita, le borse sotto gli occhi che sempre più spesso la affliggono al risveglio.

"Cosa stai lì in piedi come uno stoccafisso" gli dice senza guardarlo. "Mi snervi."

Lui, esitante, prova a sedersi ai piedi del letto.

"Ma non hai proprio niente da fare? Vattene un po'."

Senza una parola Tirso si alza, sfila via.

Quando l'aveva raggiunta in Italia, dopo la fine dei domiciliari, si era accorto quasi subito che le cose tra loro sarebbero andate in modo molto diverso rispetto agli anni in Messico. Magari era quel borgo marinaro troppo piccolo e troppo perfetto, o anche la presenza di Maurizio, che si era piazzato nella dépendance rosa come un re deposto ma non mandato in esilio, un papa dimissionario, e continuava a dettar legge sulla gestione di tutto ciò che era la vita di Francesca all'interno di Villa Altachiara. Assumeva e licenziava, decideva i lavori da fare, riprendeva Francesca se pensava che non si occupasse abbastanza del controllo delle spese. Soprattutto la assisteva – la incitava – giorno dopo giorno nei contatti con gli avvocati di mezzo mondo per la causa in piedi da anni contro Rocky Agusta, il figlio di Corrado, a cui era andato tutto il patrimonio del padre.

In ogni caso la Francesca italiana era molto diversa dalla Francesca messicana. Ora lui si sentiva guardato dall'alto in basso, ogni mossa che faceva era soggetta a critica. Veniva ripreso per l'italiano zoppicante, per l'inglese insufficiente, perché leggeva solo giornali sportivi (non era vero: leggeva *anche* giornali sportivi), perché sbagliava a scegliere le scarpe, perché a tavola gesticolava con le posate in mano o perché non le poggiava in modo corretto sul piatto una volta finito di mangiare. All'inizio lui abbozzava, lasciava correre. Annuiva, chinava il capo, aspettava che quelle piccole tempeste svanissero da sole. C'erano ancora periodi di passione e giornate in cui Francesca si accendeva di entusiasmo per l'idea di una cena, di una festa, di amici da ricevere o andare a trovare. Gli bastava. A poco a poco però si era accorto che quelle fiammate erano incapaci di scaldare, anzi spesso si trasformavano in situazioni tali da metterlo in imbarazzo e spingerlo a reagire, una volta tornati a casa. Erano nate così le prime litigate, con Francesca per niente disposta a cedere e che si poneva su un piedistallo inattaccabile, inducendolo a controbattere in modi sempre più affannati e grotteschi (lui che a litigare non era abituato, non era portato), fatti di offese (lei in italiano, lui in spagnolo), voce grossa, oggetti scagliati per terra, mani addosso. E lei gridava, graffiava ma soprattutto lo umiliava con frasi ("Sei un poveraccio, torna da dove sei venuto") a cui lui non trovava risposta.

Poi facevano l'amore a morsi, e tutto sembrava, per qualche giorno, tornare in pace.

Avverte l'arrivo di Susanna, le due parole scambiate con Teresa, eccola che entra nel salone. Solleva lo sguardo dalla "Gazzetta", la saluta con un mezzo sorriso.

"Tempo orribile" dice Susanna.

"Giornataccia" conferma lui.

Rimangono lì a guardarsi (a studiarsi?) mezzo secondo di troppo. Per trarsi d'impaccio lui solleva il polso sinistro e guarda l'ora. È l'una passata da un minuto.

"Vado su a salutarla" dice Susanna sparendo verso le scale.

Non ha ancora capito se Susanna gli piace o non gli piace. Gli piace perché è una bella donna, in confronto a Francesca la si può definire una bella ragazza. Non gli piace perché è una presenza che negli ultimi mesi si è interposta tra lui e Francesca. Gli piace perché a volte sente di potersi confidare con lei.

Non gli piace perché ancora più profondamente sente di non potersi fidare di lei. Gli piace perché Francesca le si è molto affezionata, non gli piace perché Francesca le si è molto affezionata. Gli piace perché spera che possa attrarre Maurizio, allontanandolo così da Francesca. Non gli piace perché teme un'alleanza tra lei e Maurizio, ai suoi danni. Gli capita di fare fantasie di sesso a tre, lui-Francesca-Susanna: lui sotto che lecca Susanna, Francesca che si fa penetrare, le due donne che si baciano. Ha paura che facciano sesso a due, Francesca e Susanna, quando si chiudono in camera per ore, e se si avvicina sente un gran silenzio, o un parlottio sottovoce, o risatine sommesse. Prova a tranquillizzarsi dicendosi che si tratta soltanto di un'amicizia femminile, di quelle da adolescenti, innamoramenti quasi casti: confessioni, carezze, bacini, poco di più. E poi, se servisse a tranquillizzare Francesca, ben venga il sesso in qualsiasi combinazione. Ma da quando è comparsa Susanna, Francesca non si è affatto tranquillizzata, questo è il punto.

Forse è la coca? Il barone siciliano che da Milano li rifornisce di roba sopraffina fatica a tenere il ritmo. Anche stasera devono andare su a Nervi a prenderne un po', ma non è della stessa qualità. Tirso si chiede se la coca, unita agli antidepressivi e all'alcol, non provochi un miscuglio deleterio nell'organismo di Francesca. Se non sia quel miscuglio a farla andare fuori di testa così spesso. A essere sempre sopra le righe quando vengono invitati a qualche festa.

Susanna a differenza di altre volte è riscesa quasi subito, si è piazzata col cordless su un tavolo e i passaporti accanto per chiamare l'agenzia e fare i biglietti per il Messico.

Qualche sera prima, per andare a quella festa in collina, si era presentata con una minigonna spaziale. Anche Francesca, di solito così aperta alle stravaganze e alle provocazioni, l'aveva bonariamente bacchettata: perle ai porci, perle ai porci. Ormai era tardi per passare a cambiarsi, erano saliti su così: Susanna in minigonna, Francesca in lungo, lui in smoking. In effetti le gambe (molto belle) di Susanna avevano attirato gli sguardi di uomini e donne, per tutta la sera. Chi già la conosceva non smetteva di ronzarle attorno, i nuovi arrivati si facevano avanti. Forse anche per reazione, chissà, Francesca dopo sette o otto calici di champagne aveva cominciato a fare gli occhi dolci al pianista, un trentacinquenne di Chiavari ingaggiato per la serata, che sembrava avere sulla punta delle dita gli spartiti di tutte le canzoni del mondo, o almeno di tutte quelle che lei gli chiedeva. Tra loro si era creata la corrente che sempre Francesca, purché ne avesse voglia, era in grado di attivare all'istante con chiunque. Mentre Susanna fingeva di tenere a bada gli ammiratori, le teste di Francesca e del pianista si avvicinavano sempre di più, fin quando Tirso, dal divano in pelle nera dove era andato a sedersi in preda a un improvviso attacco di malinconia, aveva colto in due o tre occasioni le labbra di Francesca sfiorare la testa del pianista, impegnato in un passaggio difficile di *New York State of Mind*, Billy Joel, e cominciare a mordicchiargli il lobo dell'orecchio. Si era voltato dall'altra parte, cogliendo gli sguardi di due o tre invitati che osservavano la scena con il sorrisino di chi la sa lunga.

Appena tornati in villa, era esploso. Pensava di avere tutte le ragioni per esplodere, una figura di merda in quel modo non la voleva più fare. Non importava che fosse presente Susanna (ormai era sempre tra i piedi), sentiva di avere il diritto di essere furioso e che Francesca avesse solo il dovere di incassare e, una volta passata la bufera, di provare a farsi perdonare (certo che l'avrebbe perdonata, la perdonava ogni volta). Ma Francesca, forse per il troppo champagne, o per la presenza di Susanna, il cui solo essere lì le dava sostegno e rafforzava il suo istinto di resistenza, gli si era rivoltata contro con violenza, sommergendolo di insulti come una mitragliatrice, e lui per difendersi aveva alzato la voce, e l'aveva chiamata "puta". Lei aveva cominciato a urlare: "Non lo voglio più vedere. Sbattimi fuori di casa questo messicano!" "Puta!" ripeteva lui a macchinetta. Lei gli aveva tirato il telefono in testa: "Vai via di qua, morto di fame!" Poi era andata a dormire, e lui – mentre Susanna si ritirava in silenzio nella sua stanza – si era sistemato sul divano.

"Per me e per Francesca li ho fatti" gli dice Susanna riappoggiando il cordless. "Il tuo in questo momento era bloccato. Riproviamo tra un po'." Sparisce verso il bagno.

Lui è in piedi, mani in tasca, vicino alla portafinestra. Avrebbe voglia di uscire a farsi un giro ma la giornata è davvero troppo grigia, buia, umida, ventosa. Atterrasse oggi un alieno ci catalogherebbe come un pianeta del tutto inospitale.

Eppure mi ama, pensa.

Eppure Francesca lo ama, deve amarlo, deve volergli bene, altrimenti non avrebbe accettato di sposarlo e non avrebbe scritto e firmato davanti al notaio quei testamenti in cui gli riserva la maggior parte delle sue ricchezze. L'ultimo, in particolare, dove in pratica risulta l'unico erede. Deve volergli bene più di quanto ne voglia a Maurizio, che è stato completamente escluso. Più di quanto ne voglia a Susanna, che proprio non è mai citata. Più che al fratello e ai nipoti, a cui è destinata soltanto una piccola quota. Piccola quota da un miliardo e mezzo di lire ciascuno (i due nipoti), ma quasi niente in confronto a ciò che verrebbe a lui. A ciò che gli verrà, visto che Francesca ha dieci anni di più. A meno che non cambi idea un'altra volta nel frattempo.

Mi ama, mi vuole bene. Più di quanto ormai riesca a volergliene io, in certi momenti. E allora perché mi tratta così? Perché mi umilia davanti a Teresa e a Marcin dicendo che non so tenere le posate? Perché mi fa passare da cornuto davanti agli amici mentre seduce un giovane pianista che magari rimane lì a farsi mordicchiare l'orecchio solo per non creare imbarazzo al padrone di casa che l'ha ingaggiato?

Gocce sul vetro della portafinestra. Sta ricominciando a piovere.

Diranno di lui, pochi giorni più tardi:

"Tirso è uno che non farebbe male a una mosca" (il fratello di Francesca).

"Dà l'impressione di una persona sofferente, dotata di una timidezza rassicurante. È malinconico ed elegante, riservato" (un'amica di Francesca).

"Una persona buona, che amava Francesca con tutto il cuore" (un'amica di Tirso).

I pomeriggi d'inverno sono brevissimi ma possono essere infiniti, nella villa. Teresa sta riposando nelle sue stanze, Francesca non è ancora scesa, Susanna traccheggia col computer, le orecchie tappate da un paio di cuffiette bianche da cui si diffondono acuti fantasmi di musica pop. Bocelli? Sì, Bocelli, *Con te partirò*. Lui passa da un solitario a un po' di televisione, ma spegne quasi subito perché gli fa venire mal di testa. Guarda l'ora, neanche le tre. Prima delle sette non si muoveranno in direzione di Nervi per l'aperitivo. L'altra sera, come molte altre sere, appena il padrone del bar gli aveva passato il pacchettino lui e Susanna erano andati a turno in bagno a tirarne un po', nessuno aveva mai avuto niente da ridire. Invece stavolta il tipo si era avvicinato al loro tavolo con l'aria scura, dicendo che così non andava bene per niente, la coca la tirassero a casa, lì non voleva più vedere quelle scene. Francesca si era scusata per loro, poi li aveva cazziati. Per mezzo minuto si era sentito vicino a Susanna, due ragazzini pescati con le mani nella marmellata.

Lui e Juanjo una volta avevano rubato due pacchetti di sigarette da un tabaccaio. Avevano nove anni, di pomeriggio per qualche ora facevano i garzoni in due negozi vicini e a tutti e due era sembrata un'impresa memorabile. Si erano messi a fumarle seduti per terra dietro un albero dei giardini comunali, una dopo l'altra, con una determinazione assoluta. Dopo un po' si erano alzati in preda alla nausea, i pacchetti ancora mezzi pieni, e mentre sul viale che li riportava verso casa si scervellavano su dove poterli nascondere, avevano cominciato a vomitare, prima lui e poi Juanjo. Guillo, che compariva sempre nei momenti meno opportuni, aveva capito al volo la situazione, aveva frugato nelle tasche di entrambi e si era intascato i pacchetti. Poi aveva afferrato Juanjo per un braccio e, senza dar peso alle proteste che cercavano di tirar dentro anche Tirso, lo aveva riportato a casa facendogli confessare ai genitori che le sigarette le aveva rubate solo lui. Juanjo si era beccato una settimana di punizione e lo scorno di doversi presentare dal tabaccaio a chiedere scusa e restituire i soldi. Tirso se l'era cavata senza conseguenze. Quando Juanjo, uscito dal confinamento, lo aveva affrontato nel Parquecito chiedendogli ragione del fatto di non essere intervenuto per dividere la responsabilità, si era intromesso Guillo minacciando di prenderlo a botte, e la cosa era finita lì.

Si infila un giaccone, esce in giardino. Chissà perché gli è tornato in mente questo episodio proprio oggi. Una di quelle piccole vergogne giovanili che così spesso sappiamo nascondere a noi stessi. Arriva fino alla piattaforma rotonda per l'atterraggio degli elicotteri fatta costruire dal conte Corrado Agusta, ormai inutilizzata da anni, anche questa come le sigarette di Juanjo un ricordo semidimenticato, tempi gloriosi in cui qui atterravano capi di governo e lui ancora non era ammesso a corte, anzi non sapeva neppure che esistesse una simile corte. Se potesse, in mezzo a questo pomeriggio di tempesta che non accenna a calare, abbraccerebbe Juanjo per chiedergli scusa. Allarga le braccia, alza il viso verso il cielo, si lascia bagnare dalla pioggia. Se ci fosse un elicottero in atterraggio, lo scambierebbero per un addetto alle segnalazioni.

FUORI

12-23 gennaio 2001

Sono ormai tre giorni che gli inquirenti setacciano il bosco che circonda Villa Altachiara. Tra i lecci montini, gli eucalipti, i pini marittimi, le piante di cedro e di limone, i cipressi, non è stato ancora trovato niente di niente. Neanche un segno, una traccia, un brandello. Un ispettore delle guardie forestali, forse frustrato da quelle inutili ore di ricerca, o semplicemente a corto di cose da dire di fronte ai microfoni e ai taccuini, si lancia in ipotesi poco più che impressionistiche riguardo al ritrovamento delle pantofole: "Erano messe in modo così strano... Se [la contessa] fosse volata avremmo dovuto trovare le pantofole molto più in alto. Invece le abbiamo trovate troppo vicine l'una all'altra, dopo un volo di cento metri. Inoltre c'è assenza di altri segni: sangue, rametti spezzati, rocce fracassate..." Insomma, secondo lui la contessa non è assolutamente precipitata. A lui non la si fa.

"Non completamente sobria" l'avevano definita i primi flash di agenzia. In realtà sta emergendo ora dopo ora come la contessa la sera di lunedì 8 gennaio fosse piuttosto alterata. Dall'alcol, ma non solo. Per questo gli inquirenti si sono decisi a far analizzare la bottiglia di J&B ritrovata semivuota, per vedere se nel rimasuglio di whisky vi fosse disciolta qualche altra sostanza. Magari non messa da lei.

Niente sangue invece, almeno così pare, sull'accappatoio ripescato in mare.

Le ricerche subacquee sono effettuate a turno da quattrodici vigili del fuoco e undici carabinieri. A seguirli, oltre ai gommoni di appoggio, ci sono adesso le barche affittate dai giornalisti. Che possono così assistere in diretta, a pochi metri dal punto in cui era stato trovato l'accappatoio, anche al ritrovamento di un paio di occhiali rotti Christian Dior in plastica rossa, con cerniere in metallo dorato. La contessa, diranno poi i residenti di Villa Altachiara, solitamente li teneva in una tasca dell'accappatoio.

Ogni volta che qualche membro del personale della villa esce dal cancello viene attorniato dai giornalisti, che gli rivolgono ogni genere di domanda. Una mezza parola l'uno, due parole l'altro, risulterebbe che la contessa andava dicendo in giro che avrebbe lasciato "tutto a Tito", e "qualcosa a Susanna". Ce l'aveva con Maurizio, la contessa, sussurrano i componenti del personale di servizio, rifiutandosi però di sottoscrivere una vera e propria dichiarazione.

Si sparge inoltre la notizia che tra i documenti sequestrati dai carabinieri ci sarebbe un foglio scritto di pugno dalla contessa sulla pagina di un'agenda alla data di sabato 6 gennaio 2001 (l'antivigilia della scomparsa): poche righe non firmate per nominare Tirso erede di tutto il suo patrimonio. Il foglio non avrebbe ovviamente alcun valore legale.

Quello stesso 12 gennaio, a metà pomeriggio, Maurizio viene fermato dai giornalisti mentre sta rientrando a Villa Altachiara insieme al notaio di fiducia della contessa. Rispondendo a una domanda su cosa si aspetta dall'apertura del testamento, Maurizio dichiara che "i testamenti sono diversi" e sono tutti custoditi nella cassaforte del notaio (che, lì accanto, annuisce). Poi annuncia di aver incaricato i suoi avvocati di "valutare l'opportunità di impugnare eventuali testamenti qualora venissero pubblicati e non fossero favorevoli" a lui stesso.

Si apprende che l'accappatoio, le pantofole, la bottiglia di whisky, alcune scatole di farmaci e il foglio manoscritto con le indicazioni testamentarie sono stati inviati dagli inquirenti al RIS di Parma per ulteriori accertamenti.

Ormai le indagini sono documentate quasi in presa diretta dalla televisione, sulla scia di una prassi americana che aveva trovato un proprio culmine pochi anni prima nel caso di O.J. Simpson, quando CBS, ABC, CNN e NBC (quest'ultima addirittura interrompendo la trasmissione della partita di basket dei play-off NBA tra i Kings e i Rockets – uno degli eventi sportivi più importanti negli Stati Uniti) seguirono tutte insieme per ore la caccia a bassa velocità della polizia di Los Angeles alla Ford Bronco bianca al cui interno – sul sedile posteriore, armato di pistola – l'ex campione di football americano, accusato dell'omicidio dell'ex moglie e di un amico di lei, puntava l'arma alla testa dell'autista (l'amico ed ex compagno di squadra Al Cowlings) minacciando al contempo di suicidarsi.

In Italia è la prima volta che la televisione, con tutti i canali e tutti i programmi dedicati all'attualità, dai telegiornali agli approfondimenti, si concentra su un fatto di cronaca nera per giorni, che presto diventeranno settimane e poi mesi. Non sarà l'ultima. Anzi, quella è stata come l'apertura di una diga. Per citare solo pochi esempi nei dieci anni successivi: il delitto di Cogne (2002), la strage di Erba (2006), l'omicidio del piccolo Tommaso Onofri (ancora 2006), il delitto di Garlasco e quello di Perugia (2007), vennero seguiti con lo spiegamento di forze mediatiche testato per la prima volta a Portofino, fino ad arrivare nel 2010 al rinvenimento in diretta del cadavere della quindicenne Sarah Scazzi durante la trasmissione *Chi l'ha visto?*, in qualche modo il nostro scalcinato caso Simpson. In altri paesi europei lo spazio concesso ai fatti di cronaca nera è molto minore, pur avendo tassi di criminalità più alti rispetto all'Italia. È colpa dei nostri media, che creano cinicamente il proprio pubblico di voyeur? O siamo noi italiani a essere attratti dal crimine più di quanto lo siano francesi, tedeschi o danesi? Qualunque sia la risposta, questi fatti criminosi "generano angoscia ma, al tempo stesso, rassicurano. Ci sfiorano, ma toccano gli 'altri'. È come sporgersi sull'orlo del precipizio e ritrarsi all'ultimo momento. Per reazione. Si prova senso di vertigine. Ma anche sollievo. E un sottile piacere", come ha scritto Ilvo Diamanti sulla "Repubblica" l'11 ottobre 2010.

Breve intervista televisiva a uno dei legali della contessa e di Maurizio nella più che decennale causa contro Rocky per la spartizione dell'eredità di Corrado Agusta. Nella stanza in cui viene intervistato, dietro di lui, sulla parete, c'è una specie di Don Chisciotte a cavallo, scuro su fondo giallino. L'avvocato indossa giacca blu e camicia bianca, cravatta in tinta punteggiata da una serie di piccoli stemmi. Ha i capelli grigi forse da spuntare, gli occhiali senza montatura dalle sottili stanghette in metallo, un solenne doppio mento e un modo di parlare preciso, da persona abituata al confronto pubblico, purché temperato da un'autorità superiore. La erre è moscia.

"Io ho conosciuto Francesca come una persona fragile, sempre fragile. Però entusiasta della vita, molto portata all'esterno, sicura di sé, amante della sua persona, del suo personaggio, della sua figura, del suo vestire, della sua eleganz, del suo modo di conoscere e di rapportarsi con le persone. Entusiasta di vivere e di voler vivere. Forse anche troppo." Qui l'avvocato fa una pausa, segnalando una cesura nel suo ragionamento. “La latitanza, prima; la carcerazione a Milano, dopo; e gli arresti domiciliari, dopo ancora: le hanno cambiato la vita.”

Uno dei responsabili di quel cambiamento di vita è Antonio Di Pietro, che si fa intervistare infagottato in una giacca blu chiaramente troppo grande per lui. Anche il nodo della cravatta avana appare sproporzionato rispetto al colletto della camicia azzurrina.

In quel gennaio 2001, l’uomo simbolo di Mani pulite sta attraversando un momento delicato della sua carriera politica, iniziata cinque anni prima con la carica di ministro dei Lavori pubblici nel governo Prodi sostenuto dall’Ulivo, dopo le dimissioni dalla magistratura avvenute nel 1994. Da qualche mese ha fondato per la seconda volta il movimento Italia dei Valori, dopo essere uscito dai Democratici di Arturo Parisi per contrasti sulla linea politica. In vista delle elezioni, che si terranno in maggio, non riuscirà a trovare un accordo con la coalizione anti-Berlusconi, e finirà per presentarsi da solo, risultando alla fine non eletto: bocciato sia personalmente nell’uninominale nel nativo Molise che come lista nel proporzionale.

Come sempre quando parla pacatamente, Di Pietro dà l’impressione di un motore tenuto a bassi giri, che da un momento all’altro potrebbe scatenare tutta la sua potenza. Sta seduto su un divano beige, le mani dal dorso peloso appoggiate una sull’altra ed entrambe sul ginocchio della gamba accavallata. Sulla parete di destra spicca un suo ritratto, non bellissimo, in cui appare sorridente e con i capelli più folti. Lo scaffale dietro di lui è pieno di libri, per la maggior parte sembrano repertori giuridici e cataloghi d’arte. Il pavimento è bianco, lucido, freddo; spunta l’angolo di un tappeto, c’è una pila di giornali accatastata su un tavolino.

"Io non ho conosciuto di persona la contessa Vacca," dice (proprio così: Vacca, e basta) "ho però indagato sulla sua persona. Appunto sui conti correnti che facevano riferimento sostanzialmente a Bettino Craxi. Dal punto di vista umano [pronuncia la parola "umano" come se stesse per entrare in una vasca da bagno non abbastanza calda], per ciò che ho potuto prendere atto, rincorrendola in giro per il mondo [e qui una mano si solleva e col dito indice mostra la reiterazione di un movimento: gli ha dato filo da torcere, la contessa], esaminando carte e documenti, e soprattutto persone che le stavano vicino, mi è sembrata una persona infelice e alla ricerca di sé stessa. Una persona più pedina, che cavaliere."

"Era un carattere molto forte la contessa, non credo che all'infuori di me ci fossero altre persone che veramente potevano controllare, come io spesso, anzi no: non spesso, come io alcune volte sono stato in grado di controllare la situazione" dice Maurizio, seduto di notte nella sua BMW.

È un altro brano dell'intervista girata un paio di sere prima. La giornalista – dopo un inserto filmato in cui si chiarisce che la contessa viveva nella villa col suo "nuovo compagno" Tirso – gli chiede conto di quel loro rapporto che, pur senza essere sentimentale, era così forte da vivere vicini, abitando lui nella dépendance rosa della villa.

Maurizio si ferma, riflette. Pianta gli occhi azzurri in quelli invisibili della giornalista fuori campo e le domanda, freddamente risentito: "Perché non era sentimentale?"

Poi, imponendosi la calma, spiega: "Non eravamo più una coppia, ma forse sentimentale aveva sempre continuato a essere."

La giornalista fa notare che, visto dall'esterno, questo fatto che lui avesse accettato la presenza di un nuovo compagno...

Maurizio comincia ad annuire molto prima di iniziare a rispondere.

"Io l'accettavo perché era una decisione della contessa."

Durante una di quelle primissime notti dopo la scomparsa, Tirso firma un "accordo di spartizione", con cui accetta di dividere a metà con Maurizio il patrimonio della contessa una volta che ne sia stata dichiarata ufficialmente la morte, qualunque sia il contenuto del testamento. L'atto, scritto a mano dal notaio, viene firmato nel salone di Villa Altachiara, alla presenza di Susanna.

In uno degli innumerevoli servizi televisivi in onda in quei giorni, appare l'ingresso del negozio di Santa Margherita Ligure in cui lavorava Susanna prima di conoscere la contessa. Piove. L'insegna è bene in vista: Tadini. Una giovane e intimidita collega di Susanna la descrive come "molto bella".

Il servizio prosegue con una successione in rapida sequenza di fotografie di una donna in diverse età con capelli di vari colori. Le foto sono a stento riconoscibili come appartenenti alla stessa persona, ma si direbbe trattarsi della contessa, mentre la giornalista afferma che la bellezza e il divertimento "per lei erano di fondamentale importanza". A un tratto compare, seduta su un muretto, sul ciglio dell'unica strada che collega Portofino col resto del mondo, una donna sui cinquant'anni chiusa in un lungo piumino grigio chiaro, che non viene presentata e di cui non appare il nome in sovrimpressione. Inizia a parlare e non si capisce se si stia riferendo alla contessa o a Susanna. La grammatica implicita nel filmato suggerirebbe che stia parlando della contessa, visto che le ultime immagini mostrate erano le sue, e la giornalista l'ha appena descritta come "una delle protagoniste della Milano da bere degli anni Ottanta" (nel 1985 Susanna aveva appena quindici anni). Ma l'ultima persona intervistata (la ragazza nel negozio Tadini) era stata interrogata riguardo a Susanna.

"Aveva avuto un incidente dove effettivamente era rimasta sfigurata," dice la donna in piumino grigio chiaro seduta sul muretto "a diciannove anni. All'epoca dell'incidente si era lasciata andare, era ingrassata, era sfigurata. Si è presa la rivincita: ha fatto una dieta, si è fatta ritoccare. Tanto che quando poi è ritornata, poi a distanza, dai suoi amici, non l'hanno riconosciuta."

Di questo incidente che a diciannove anni l'avrebbe sfigurata non c'è traccia in nessuno dei testi biografici che riguardano la contessa. Probabilmente c'è un errore nella grammatica visiva (magari un taglio maldestro in redazione) e la signora sul muretto si riferisce a Susanna. Nessun incidente, però, appare neppure nei testi biografici che riguardano Susanna. Lei tuttavia non era un personaggio pubblico prima di venire coinvolta in questa vicenda, ed è molto più logico pensare che esistano parti importanti della sua vita (come un incidente devastante) mai venute alla luce in precedenza.

A questo punto si stacca su un uomo di circa quarantacinque anni, capello lungo e curato, somiglia un po' a Marco Civoli, il telecronista sportivo, forse indossa anche i suoi stessi braccialettini di stoffa colorata. L'uomo parla all'interno di un locale, Le Carillon di Paraggi. Fuori piove.

"L'ho sempre incontrata con la voglia di divertirsi" dice il similCivoli. Sta parlando della contessa. Poi ci pensa un attimo e ripete, per essere chiaro: "La voglia di divertirsi."

La giornalista gli chiede se divertirsi, in questi locali di Portofino, significa che "lei al Carillon di Paraggi saliva sui tavoli e ballava ubriaca fino al mattino. È vero?".

"Sì," risponde sorridendo il similCivoli "eravamo in due, c'ero anch'io, è vero."

"E Rocky?" si chiede la giornalista riferendosi al figlio di Corrado Agusta.

Stacco su Maurizio: in quella prima notte scura, la lunga intervista al volante della BMW.

"La contessa aveva rapporti inesistenti con Rocky" dice indurendo voce ed espressione.

La giornalista gli riferisce che Rocky ha dichiarato di aver suggerito più volte alla contessa di raggiungerlo da lui, in Sudafrica, perché aveva intorno "delle cozze".

Maurizio si fa, se possibile, ancora più serio. "Rocky dovrebbe tacere" dice molto lentamente. "Dovrebbe avere il pudore di rimanere in silenzio. Francesca non era cosa sua, e neanche persona della sua famiglia, per come ha portato avanti le vicende ereditarie in questi anni."

Il 15 gennaio, a una settimana esatta dalla sera della scomparsa, le guide del soccorso alpino si avviano ancora una volta verso il dirupo infagottate nelle tute arancioni, sulle spalle gli zaini con gli attrezzi, i cappellini con la visiera che prima di calarsi sostituiscono con i caschetti bianchi. Vengono in mente i sette nani. Biancaneve dov'è?

Ennio Morricone continua a essere molto gettonato. A tempo con la colonna sonora di *Indagine su un cittadino al di sopra di ogni sospetto* i giornalisti seguono carabinieri e magistrata passo passo, protendono le braccia verso i loro volti stringendo nelle mani i microfoni. La spettacolarizzazione della vicenda è già ampiamente in atto.

Finalmente placatosi il maltempo, i sommozzatori sono potuti tornare in mare in direzione ovest, il senso in cui si muove la corrente, ma senza alcun risultato. Risultato che servirebbe moltissimo alla giovane sostituta procuratrice, costretta con le spalle al muro a dichiarare che le indagini stanno proseguendo a tutto campo, "anche per reati colposi" e che la vicenda è "un collage" da mettere insieme poco a poco. I giornalisti si allontanano delusi, anche per oggi nessuna novità su cui imbastire un pezzo. L'unico accenno di notizia è un "si dice": sembrerebbe che i testamenti lasciati dalla contessa siano due: uno molto favorevole a Maurizio, l'altro a Tirso, con una piccola parte per Susanna. Maurizio, per cautelarsi, ha incaricato il suo legale di verificare se gli eredi siano "degni": non è degno chi procuri sostanze stupefacenti o chi non corra in soccorso di qualcuno intenzionato a farsi del male. In giornata salirà su un elicottero affittato per perlustrare di persona un ampio tratto di mare. Ieri è stato colto da un lieve malore. "Sono sei notti che non dormo, è la stanchezza e basta" ha minimizzato.

O anche il jet lag.

DENTRO

Lunedì 8 gennaio 2001

Miami Beach, ore 6,00 (12,00 ora italiana) – Maurizio

C'è questa ragazza piccola e bionda, come essenza somiglia a Rocio ma non è Rocio, che è alta e castana. Lo spinge a entrare in una barca già piena di molte persone, una specie di festa galleggiante. La proprietaria della barca, in effetti uno yacht lussuoso con doppio ponte e piscina, è Francesca, che si accorge del suo arrivo e lo guarda un po' così, urtata dal fatto che lui si presenti con Rocio – o con chiunque sia la ragazza piccola e bionda – ma troppo orgogliosa per dirlo apertamente.

Quando si sveglia ha dimenticato tutto.

Direttamente, non ci ha mai avuto a che fare. Ma è intorno alla famiglia Agusta che, di fatto, ruota da anni (da sempre) la sua esistenza. A volte gli capita di ripescare brandelli della vita parallela del suo predecessore, Corradino. Sono gli unici ricordi a cui concede spazio. Quelli non suoi. Appresi da Francesca durante i lunghi anni del loro grande amore.

Quaranta bimotori Breda sono schierati sul prato. Quattro file da dieci, domani avverrà la riconsegna: le modifiche richieste sono state eseguite.

"Pronti per il bombardamento a tuffo" dice Vincenzo con aria soddisfatta.

Corradino annuisce: "In picchiata" e corre a braccia spalancate mimando il volo.

"Speriamo" soffia Domenico, guardandosi intorno. "Il collaudo con le bombe vere non l'abbiamo potuto fare."

Corradino, virando, percepisce la preoccupazione del fratello maggiore. Nei suoi confronti prova un rispetto che confina con l'assoluto. Come se fosse un padre ma meno lontano, un caro amico ma ancora più rassicurante. In qualche modo ha intuito che Domenico non si fida pienamente delle proprie capacità di progettista. Più volte l'ha sentito dire, con lo sguardo stanco puntato sui lucidi, che ci sarebbe voluto loro padre per districarsi fra tutte quelle linee che la sera gli si intrecciano davanti agli occhi.

Ieri sono passati davanti al cancello di Casa Casuarina, dove tre anni prima è stato ammazzato Versace. Due colpi alla testa, un'esecuzione. Col piccione morto lì accanto. Hanno dato la colpa al serial killer gay, che poi hanno "suicidato" e fatto ritrovare sul barcone.

"E la gente ci crede" ha detto Maurizio.

Rocio gli si è stretta al fianco, ha sussurrato che quel luogo le dava i brividi, di portarla via di lì.

"Crede a tutto, la gente" ha detto Maurizio ricominciando a camminare.

L'abitazione non si vedeva, coperta dai teloni per la ristrutturazione. Casa Casuarina – costata a Versace dieci milioni di dollari per acquistarla e trentatré per ristrutturarla, soldi che non aveva e che prese in prestito – di fatto non esiste più, anche se l'albergo di lusso in cui la stanno trasformando manterrà quel nome.

Gli anni passano veloci come aerei all'orizzonte. I bombardieri per la Breda saranno pure stati un fallimento, ma quando si tratta di fare il proprio mestiere, *riparare*, bravi come gli Agusta non ce n'è. Sono anche riusciti a costruirsi, a due passi dallo stabilimento, una villa che assomiglia al loro modo di stare al mondo, in sobrio stile razionalista, con una piacevole alternanza di linee dritte e arcuate, intonaco bianco e ammattonato bruno. Gli interni sono foderati di legno scuro, avvolgenti come un abbraccio nella notte. È lì che Domenico scorre i dati del bilancio provvisorio 1938. Li conosce già benissimo, ancor prima di leggerli. Li annusa i numeri lui, li sente.

"Abbiamo battuto di nuovo tutti i record" dice senza staccare gli occhi dai fogli, con un accenno di sorriso.

Corradino, sedici anni, spia da dietro le sue spalle. Superati i quindici milioni di fatturato (quattro anni prima erano due), più di ottocento i dipendenti (nel 1934 non arrivavano a cento). Percepisce i trentadue anni del fratello maggiore come un fascio di muscoli ben allenati pronti a scattare, e a scattare, e a scattare ancora. Il peggio è passato, pensa. Il lavoro cominciato dal padre più di vent'anni prima non si è disperso, non si è annullato, si è anzi irrobustito, consolidato. I Cantieri Agusta sono diventati adulti. Come lo sono diventati Vincenzo e Mario, anche se quell'aria da ragazzi sempre alla ricerca di un'avventura nuova non l'hanno persa.

Domenico si alza dalla scrivania, versa due bicchierini di whisky dalla bottiglia nel mobile bar, ne offre uno al fratellino strizzandogli l'occhio. Il calore bruciante dalla gola allo stomaco, la lieve scossa dentro la testa. Voglio vivere così, pensa Corradino. Senza fermarmi mai.

Il mare stamani è calmissimo. Visto dalla suite ha un colore azzurro chiaro che poi quando arrivi sulla spiaggia ti sembra diverso, indefinibile. Forse per le piccole onde che anche senza vento si increspano, le voci, l'incidenza del sole a picco. Gli piace di più, da lontano. Maurizio cammina a piedi nudi di finestra in finestra, mentre aspetta che esca il caffè.

I partigiani della 127ª Brigata Garibaldi arrivano di notte, silenziosi come gatti. Non hanno nessuna intenzione di ingaggiare uno scontro a fuoco, vogliono soltanto portar via un po' di materiale bellico, accatastato nei capannoni in attesa di essere rimontato sugli aerei in corso di riparazione. Si intrufolano nello stabilimento sfruttandone le dimensioni, che rendono impossibile alle pattuglie tedesche una vigilanza completa.

La mattina dopo Corradino accompagna il tenente Buber in un giro di ricognizione nei magazzini. Hanno la stessa età, ventun anni, e forse per questo c'è una sorta di intesa istintiva tra di loro, che non sconfina in complicità ma che comunque consente di dialogare. Gli operai la avvertono, rimangono chini sui pezzi esprimendo con le spalle curve il loro disagio. Si fidano dei fratelli Agusta ma sono tempi difficili, non si è mai abbastanza prudenti, se venisse scoperta la faccenda dei volantini che chiamavano all'insurrezione distribuiti nei reparti non più di dieci giorni prima, sarebbe la fine. Fosse stato Domenico, con la sua potente bonomia, ad accompagnare il tenente, sarebbero più tranquilli. Corradino, così giovane, magro e distante, è meno decodificabile, li lascia in sospeso.

"Duecento pronti contro termine. Le obbligazioni lasciale lì. Le Generali solo se vanno sotto quota x. Ah, e spostane mezzo sul Credit Suisse. Chiamami alla chiusura di Milano. A dopo."

Pensa a quattro o quaranta cose insieme, Maurizio, mentre cura i propri affari.

Quando una guerra finisce quello che si vede sono gli abbracci, i balli per strada, un'euforia da primo giorno di una nuova era, la sensazione negli sguardi delle persone che mai più disastri del genere potranno ripetersi, il sollievo nel constatare che i Cantieri Agusta non sono stati danneggiati né dai bombardamenti alleati né dalla furia dei tedeschi in ritirata. Non si vede invece l'inflazione che divora i risparmi, il tessuto produttivo devastato, le clausole dei trattati di resa che impediscono alle aziende italiane di proseguire l'attività di produzione e riparazione aeronautica militare. Corradino e Domenico passano notti intere a spulciare i bilanci, a rifare i conti, a ricontrollare gli estratti bancari, ma poi devono ammetterlo: per la prima volta nella loro storia non ci sono i soldi per pagare gli stipendi arretrati degli ultimi, convulsi mesi.

È un impasto di sarcasmo e condiscendenza quello che, due giorni dopo, Corradino scorge negli occhi dei dirigenti del CLN di Gallarate, nel momento in cui accordano all'azienda il prestito salvifico di un milione.

Rocio la mattina è delicata, un po' svampita, rimasta per metà nel mondo dei sogni che non gli racconta mai, né lui glieli chiede, i sogni degli altri lo annoiano. Regge la tazza del latte con due mani, come una bambina. Mastica piano, si ferma, si apre in sorrisi senza motivo.

A volte tornano a letto lasciando la colazione a metà, è il momento per fare sesso che Maurizio preferisce.

Quando una guerra finisce quello che si vede è il risultato di un referendum in cui prevale la repubblica rispetto alla monarchia, e il re di maggio che sale su un aereo e fa un ultimo cenno di saluto alla sua patria. Quello che non si vede sono i dieci giorni di interludio tra votazione e proclamazione ufficiale della nuova forma di governo, durante i quali Umberto II dispensa titoli come un'estrema manciata di caramelle da lanciare a chi aveva dimostrato impegno e fedeltà nei confronti della corona e del suo esercito.

E Corradino Agusta, al pari dei fratelli, diventa conte. Un conte dell'ultimo minuto. Un conte ventitreenne nella cabina di comando di un'impresa sul punto di fallire: niente più soldi in cassa (subito speso il prestito dell'anno prima), niente più aerei da riparare, nulla più da produrre né da vendere.

L'Italia ti frega. C'è troppa bellezza. Se nasci nel posto sbagliato non ne esci più, quella bellezza ti tiene ancorato peggio di un magnete. Portofino è un posto così, piccolissimo e bellissimo, ti può soffocare, ti soffoca. Forse Maurizio è riuscito a essere quello che è perché, pur essendo di Portofino nell'anima, è nato a Bologna. Sua madre aveva preferito tornare a casa per partorire.

Era poco più di un ragazzo quando furono restaurati e riproposti al cinema alcuni grandi film di Alfred Hitchcock da tempo invisibili. Guardando *La finestra sul cortile* in una sala di Rapallo con la sua ragazza dell'epoca, Maurizio poté immaginarsi suo padre e sua madre da giovani innamorati. Suo padre non aveva mai avuto una gamba ingessata, non faceva il fotografo e non assomigliava neanche lontanamente a James Stewart, ma sua madre, da sempre, per la famiglia e per gli amici *era* Grace Kelly. Forse con un carattere più chiuso di quanto non fosse quello della Grace Kelly di quel film. Un'emiliana riservata che aveva sposato un ligure estroverso. Un ossimoro.

Il padre di Maurizio aveva aperto La Gritta, il primo bar con chiatta di Portofino, nel 1954, dopo essere tornato dal Sudamerica dove era andato per ricevere un'eredità. Comprò un magazzino sul lato sinistro della baia e lo adattò a club, tenendo i prezzi alti e facendolo diventare il posto preferito dai ricchi. Ci veniva sempre Rex Harrison, proprietario di una villa nel borgo, che nel 1965 festeggiò lì l'Oscar per *My Fair Lady*: alle pareti poi avrebbero appeso una fotografia col cartello "Welcome home, Rex".

Una decina di anni dopo Rex decise di comprare l'Euromarine 42, un offshore prodotto da una piccola azienda gestita da Rocky Agusta insieme a un socio che si chiamava Uccio. La passione per la motonautica era stata trasmessa a Rocky da Corrado, che era stato pilota, e dallo zio Mario, giunto fino alla presidenza della federazione internazionale.

Rex Harrison chiese che il natante gli venisse consegnato a Cap-Ferrat.

Il venticinquenne Rocky Agusta partì una mattina da Viareggio insieme a un tecnico per portare al quasi settantenne attore inglese il motoscafo, l'unico in effetti costruito dalla sua azienda fino a quel momento: la società contava proprio sulla pubblicità derivata dalla vendita a Rex Harrison per poter sviluppare l'attività. Giunti a Mentone, Rocky e il tecnico si fermarono per il rifornimento di carburante. Non si accorsero però che, mentre erano al ristorante, l'addetto alla pompa riempì i serbatoi di gasolio anziché di benzina. Fatte poche miglia, furono costretti a chiedere di essere rimorchiati di nuovo in porto. Persero due giorni per far smontare e ripulire i serbatoi e i motori, a cui dovettero essere sostituiti alcuni pezzi danneggiati. Quando poi riuscirono a ripartire si accorsero che i motori comunque non funzionavano più come prima.

Arrivati a Cap-Ferrat, Rocky fu invitato a cena da Rex Harrison nella sua magnifica casa in stile provenzale a picco sulla scogliera. La cena si prolungò fino a tardi. La mattina dopo, probabilmente in preda ai postumi della sbronza, l'attore accettò la barca senza volerla provare di nuovo. Firmò, pagò. Rocky rientrò in taxi a Viareggio, dove in quel periodo viveva, convinto di aver portato a termine un buon affare.

Un paio di settimane più tardi però, avendo riscontrato problemi ai motori durante la prima gita in mare con gli amici, Harrison confutò l'acquisto, restituì il motoscafo e pretese di riavere indietro i soldi.

Sulla società costruttrice di offshore di Uccio e Rocky Agusta calò il sipario.

"Qui?" chiede Corradino, perplesso.

"Qui" conferma Domenico, sicuro.

Mario e Vincenzo si guardano intorno stretti nei loro trench più grigi della nebbia che li avvolge insieme a quel pezzo di brughiera. La madre-regina annuisce, sembra essersi già convinta.

"Motociclette" mormora Mario, dubbioso. "La Breda si è messa a costruire autobus."

"Barche" fa Vincenzo. "Quelli giù in Puglia adesso fabbricano barche. Dice che non hanno dovuto modificare più di tanto le catene produttive."

"E tu lasciali costruire barche e autobus, a quelli là" dice Domenico. "Quanti autobus potranno mai vendere? Qualche centinaio? E le barche? Quanti italiani possono permettersi una barca?"

"In effetti," interviene Corradino "le motociclette..."

"Milioni" lo interrompe Domenico. "Potenzialmente, milioni. Un italiano su due, un giorno, potrebbe possedere una motocicletta."

"Hai già pensato anche al nome?" chiede Giuseppina sistemandosi il foulard sui capelli. "Il nome è importante."

"Verghera" dice Domenico facendo un gesto col braccio. "Qui siamo a Verghera. La chiameremo Meccanica Verghera Agusta."

Silenzio di nebbia nella brughiera di Gallarate. Tutti soppesano quel nome, così poco appetibile.

"Un po' lungo" si fa avanti Corradino.

"Lungo?" chiede Domenico rivolgendosi agli altri fratelli e alla madre.

"Sì, forse è un po' lungo, a dire la verità" rispondono quasi in coro.

"Lo abbrevieremo" conclude Domenico avviandosi verso la macchina.

Undici anni, pensa Maurizio infilandosi i bermuda. Undici anni di schermaglie, riunioni, telefonate, idee, piani di battaglia, assalti, prima di arrivare all'accordo con quel buono a nulla di Rocky Agusta. E a Francesca in fondo sta pure simpatico. Gli telefona ancora. Gli parla. In qualche modo gli vuole bene. Quando dopo quello che le ha fatto passare l'avrebbe dovuto cancellare dalla memoria. Non solo da quella del telefonino. Ma Francesca è fatta così. Sembra una stronza terribile ma ha un cuore tenero. Dentro di sé ha ancora il Rocky ragazzino di quando lei viveva con Corrado. Forse anche un briciolo di complesso di colpa per essere stata la causa della fine del matrimonio dei suoi genitori.

Rocky, pensa Maurizio scuotendo la testa, un uomo col cervello corroso dall'alcol.

Lui beve solo Coca-Cola. L'alcol, anche soltanto l'odore, gli dà la nausea. Ne ha viste troppe di facce gonfiate dal whisky, lì alla Gritta. Suo padre a Natale regalava confezioni speciali di J&B dentro sacchi di juta, con una dedica: "Chi beve whisky non corre rischi". Altro che rischi. Non si tratta di rischi, si tratta di certezze. "Chi beve whisky si rovina", questa doveva essere la dedica. Ma una dedica così non avrebbe avuto successo. E loro, in famiglia, il successo l'hanno sempre raggiunto. Col whisky, con la Coca-Cola, con qualsiasi altra cosa. L'importante è essere decisi, sapere quello che si desidera e come fare a prenderselo. Donne, soldi, case, tutto.

"Io non provo invidia. Mai. Una cosa bella mi piace, anche se non è mia, e mi chiedo cosa posso fare per averla."

C'è una scena, in *Continental Circus*.

Continental Circus è un documentario di Jérôme Laperrousaz, presentato al Festival di Cannes 1971: con uno stile metà realistico e metà psichedelico segue i piloti del motomondiale in alcuni gran premi di annate precedenti. Vi si contrappone la vita di Jack Findlay – pilota privato australiano che si sposta e vive tutta la stagione sportiva in un furgone con la compagna Nanou, pronta ad aiutarlo nei cronometraggi e in tutto il resto, addirittura portando insieme a lui la moto sulla pista poco prima dello start – a quella di Giacomo Agostini, pilota ufficiale della scuderia MV Agusta.

La scena mostra Findlay fasciato (si è rotto la clavicola per una caduta) che sale faticosamente sul lettino ricavato nel suo camper di fortuna, aiutato da Nanou dall'enorme treccia bionda che gli sfila amorevolmente i pantaloni del pigiama: siamo in luglio e fa caldo. Subito dopo (la mattina dopo) compare Agostini, che dorme negli alberghi di lusso e si presenta al paddock su una Porsche rossa targata BG 173156. Agostini sarebbe quello da odiare, nel film di Laperrousaz.

Però, pur provando un moto di affetto per quel Findlay così naïf, che in maglietta, ciabatte e fasciatura si aggira sulla linea di partenza filmando i colleghi pronti al via, si rimane folgorati dall'angelica grazia del pilota italiano, vittorioso in quasi ogni gara tirando la sua MV Agusta 350cc o 500cc al massimo della potenza, e smonta dalla moto come se fosse uscito a prendersi un gelato, con la pelle liscia e il sorriso malandrino, la maglia albicocca a maniche lunghe sotto la tuta e le ragazze intorno, corona di finto alloro dorato e inno di Mameli in giro per l'Europa. Viene naturale preferire lui, anziché quel Jack Findlay in ciabatte.

Le motociclette rimarranno il regno privato di Domenico, che dirigerà personalmente la scuderia, e diventeranno la cosa più visibile ma paradossalmente meno importante nella vita della famiglia Agusta. Sarà la parte aeronautica, il primo amore, a farli essere ciò che saranno. Già nel 1950, quando cadranno i divieti imposti dal trattato di pace, può essere riattivata la produzione di piccoli quantitativi di biplani, e la manutenzione degli aerei americani in dotazione all'aeronautica militare.

Proprio in questo periodo il maggiore dei fratelli, che ormai ha superato i quarant'anni – "il *sciur* Domenico," lo chiamano i dipendenti "che dà anima e corpo alla sua azienda senza risparmiarsi" – decide di creare un ufficio tecnico di progettazione aeronautica degno di questo nome, assumendo i migliori ingegneri e progettisti disponibili nella zona. Il vero e proprio boom per l'azienda di famiglia arriverà però, di lì a poco, dagli elicotteri, nuova frontiera nel trasporto via aria. Il giroplano per le popolazioni africane voluto dal papa, giunto solo allo stadio di prototipo qualche anno prima, era stato un'avvisaglia.

Sorseggiando una spremuta d'arancia, sotto l'ombrellone a larghe strisce bianche e rosse vicino alla piscina, mentre Rocio accanto a lui si è spalmata la crema ed è già stesa al sole su una brandina, Maurizio parla ancora a lungo al telefono con l'Italia e con la Svizzera di azioni, fondi da spostare, aspetti fiscali, opportunità di investimenti e disinvestimenti. Frasi secche che chiedono informazioni dettagliate e impartiscono indicazioni precise. Decisioni rapide, come se avesse già in testa le mosse da fare. A volte deve rallentare, ripetere, per dar tempo ai suoi interlocutori di capire bene, di prendere appunti. È costretto a controllare la rabbia, non c'è cosa che lo innervosisca di più che avere a che fare con una persona scarsamente intelligente, o lenta, o mancante di personalità.

Rocio gli fa un saluto muovendo le dita mentre cambia posizione sul lettino. Maurizio le restituisce un sorriso che da fuori sembra più tenero di quanto lo sia dentro di lui.

L'uomo più intelligente, incredibilmente intelligente, che abbia mai conosciuto è Bettino Craxi, lo Zio. La prima volta l'aveva visto alla Gritta, ancora poco più di un bambino, lui era venuto per festeggiare il compleanno di un compagno di partito. Si erano incontrati di nuovo anni dopo, Maurizio ormai non più ragazzo, diventato uomo a vent'anni il giorno in cui suo padre era morto d'infarto, e lo Zio aveva cominciato a manifestare stima e fiducia nei suoi confronti.

Fino ad allora nel borgo lo chiamavano Maurizietto. Quando però sui venticinque anni conquista quasi nello stesso momento il cuore di Francesca e la fiducia dello Zio, improvvisamente diventa "il principe consorte" o "il conte bar". Lui, semplicemente, non se ne cura. Ottiene ciò che ottiene perché lo merita, di questo è certo. Ed è felice di essere intimo di due persone così, che apprezza profondamente. Ama Francesca, vuole bene allo Zio, e le due cose sono reciproche. Quegli anni di rinascita e di feste e di elicotteri, fosse stato per lui, non sarebbero finiti mai.

Gli elicotteri Agusta nascono grazie a un uomo che non fa parte della famiglia Agusta. Si chiama Leone Concato, ha una decina d'anni più di Corradino, è un veneto appassionato di aerei e di giornalismo. Anzi è proprio un giornalista aeronautico con brevetto di pilota militare, per scrivere i suoi articoli ha solcato i cieli di tutte le guerre italiane, dalla Libia all'Africa Orientale, dalla Grecia alla Jugoslavia, ha volato sopra El Alamein, sulla Tunisia, sulla Sicilia: una medaglia di bronzo e una croce di guerra al valor militare se le è conquistate di diritto. Con la fine della guerra, quando è tra i trentacinque e i quaranta, visita gli Stati Uniti, e rimane impressionato dai primi elicotteri prodotti dalla Bell.

Solo da pochissimi anni inventori e ingegneri sono riusciti a venire a capo dei complessi problemi tecnici insiti nella costruzione di una macchina volante capace di decollare e atterrare senza bisogno di una pista, di rimanere ferma in volo, di muoversi liberamente avanti, indietro o di lato per centinaia di chilometri. L'idea delle pale rotanti era già presente nella Cina del v secolo avanti Cristo, veniva utilizzata come gioco per bambini, e circa duemila anni dopo un disegno (nel *Codice atlantico*) dimostra che Leonardo aveva afferrato l'idea di fondo di un macchinario di quel tipo, senza però tener conto della necessità di compensare il rinculo (e cioè lo sbandamento) dovuto al ruotare della doppia elica (il cosiddetto movimento di coppia). Dopo una serie di tentativi più o meno strampalati tra fine Ottocento e inizio Novecento, in parallelo a quelli che portarono all'invenzione dell'aeroplano, l'accelerata finale arriva come spesso accade grazie a una guerra. Dal 1945 l'elicottero comincia a essere prodotto negli Stati Uniti su scala industriale.

Tornato in Italia, Leone Concato oltre che giornalista-aviatore si scopre imprenditore. Fonda una piccola società che nel 1950 – sfruttando il blocco delle esportazioni americane di elicotteri dovuto allo scoppio della guerra di Corea, e la necessità per la Bell di continuare a produrli per rifornire un mercato in grandissima espansione – si assicura un'opzione per la licenza di produzione di elicotteri in Europa. La società di Concato però è *davvero* piccola, poco più di una scatola vuota, e non ha la capacità di produrre niente. Così propone l'acquisto della licenza in prima battuta all'amministratore delegato della FIAT, Vittorio Valletta.

"No, grazie."

Si rivolge allora a Domenico Agusta, il *sciur* Domenico.

Corradino appare più giovane degli altri fratelli Agusta in misura maggiore di quanto possa giustificare la reale differenza di età. Più alto, più snello, più sciolto, gli abiti di sartoria gli calzano a pennello, senza ingoffarlo come a volte accade agli altri tre. Domenico ha l'aria del buon padre di famiglia, che tutto vede e a tutto provvede; Vincenzo è massiccio, già canuto, con un sorriso quasi difensivo nella sua larghezza; Mario sembra sempre capitato lì un po' per caso, sguardo e postura di qualcuno smarrito che si dà un tono da sfrontato. Corradino, nell'apogeo dei suoi trent'anni, è il signorino di famiglia, il contino, quello che non ha bisogno di sporcarsi le mani, colui che raffinerà, luciderà e porterà nel futuro il lavoro fatto da chi lo ha preceduto.

"La FIAT ha rifiutato" dice Vincenzo.

Giuseppina, dall'altro capo del tavolo, lo guarda seria. Mario si allunga e pesca una noce dal cesto al centro tavola. Frantuma il guscio con una mano sola, fa un'espressione un po' schifata quando l'assaggia.

"Vecchie" dice.

"Ci sarà un motivo, se la FIAT ha rifiutato" insiste Vincenzo.

"Ci sarà, o magari non ci sarà" dice Domenico sorridendo. "La FIAT può permetterselo, di non rischiare. Ma noi?"

"Abbiamo le motociclette" fa Mario rivolto a tutti e nessuno.

"Ma li hai visti i bilanci?" gli chiede Corradino inarcando appena le sopracciglia. "Prima che riusciamo a camparci, con le motociclette..." La vendita della moto non era partita col ritmo sperato dai fratelli.

Domenico si alza, prende un portacenere, si accende una sigaretta. "Mamma?" domanda soffiando fuori il primo fumo.

Giuseppina sorseggia un poco di amaro dal bicchierino che ha di fronte. Cerca di immaginarsi cosa avrebbe detto Giovanni, cosa avrebbe pensato. Non ne ha la più pallida idea.

"Dobbiamo farlo" dice. "Papà non avrebbe avuto dubbi. Dobbiamo farlo, vada come vada."

Domenico le lancia uno sguardo che solo i primogeniti sanno, a volte, dedicare alle madri. Corradino si alza e poggia una mano sulla spalla di Vincenzo, che gliela stringe con la sua.

"Quando si comincia?" chiede Mario pescando un'altra noce.

Francesca era la più bella del reame, vista dalla Gritta. Maurizio aveva cominciato a osservarla di sotto in su da ragazzo, quando la vedeva salire o scendere dal gozzo del Tigre che la portava o la riportava dal *Mau Mau*. Era la bellezza inarrivabile se non per chi era molto più grande e soprattutto più ricco di lui. Era la regina di Villa Altachiara, che incombeva discreta sul borgo schermata da tutto quel verde. Era vita e colori, rispetto a quel marito sempre troppo ingessato nel suo aplomb lombardo e industriale. Erano i racconti che a un certo punto avevano cominciato a diffondersi sulle sue occhiate, i suoi approcci, le sue pazzie nei locali. Salire quegli ottanta metri di promontorio, occupare le stanze della villa, per chi non faceva parte di quel mondo lì, era più difficile che scalare il K2, e lui ce l'aveva fatta. Portarla a letto era possibile, anche altri da un certo momento in poi c'erano riusciti, ma entrarle nel cuore era stata un'impresa da capogiro, un'opera d'arte per il figlio del proprietario di un locale. E lui ci era riuscito perché non soffriva di vertigini, perché si era sempre sentito a suo agio con chiunque, perché la parola pronta e disinvolta non gli era mai venuta meno, perché sentiva di valere molto di più di quanto la pigrizia provinciale di certi suoi concittadini valutava. Gli sguardi erano diventati frasi, le frasi brevi chiacchierate con un bicchiere in mano, qualche volta l'aveva riaccompagnata su se lei non ce la faceva a camminare dritta, e da lì in poi l'ascesa non si era più fermata. Un amore tale da cambiarlo nel profondo senza che mai gli venisse meno la consapevolezza di essersi ritrovato in cima, e un'eventuale caduta sarebbe stata rovinosa. Ma lui è fatto proprio così, la testa che non molla mai, un metronomo insensibile ai latrati del corpo e del cuore, il pieno controllo costante del tempo e dello spazio. Amare Francesca e farsi amare da Francesca era stata anche una questione ingegneristica.

Giovedì 22 maggio 1952 (festa dell'Ascensione, neanche a farlo apposta) viene firmato l'accordo tra le Costruzioni Aeronautiche Agusta e la Bell Aircraft Corporation per la produzione su licenza in Europa degli elicotteri Bell 47. A Leone Concato, in segno di riconoscenza, è assegnata la vicepresidenza Agusta. Ricoprirà quella carica per venticinque anni, fondando e dirigendo la rivista aziendale "L'ala rotante", fino all'estate del 1977, quando, rapito dall'Anonima sequestri nella sua villa di Porto Cervo, nonostante il riscatto pagato dalla famiglia non verrà rilasciato, e il suo corpo non sarà mai ritrovato.

Bettino Craxi è morto il 19 gennaio 2000, in esilio (o in fuga) ad Hammamet.

Nel film *Hammamet*, che nel 2020 gli dedicherà Gianni Amelio, c'è una scena in cui il Presidente, come ancora lo chiamano ("Non sono più presidente!" sbotta lui a un certo punto), mimeticamente ricreato da Pierfrancesco Favino, detta un articolo alla figlia camminando ispirato, su e giù per la veranda della villa.

"Il termine 'popolo' indica la comunione di intenti che anima una comunità. Nell'idea di popolo c'è una coscienza universale, sovrannaturale, quasi. [Pausa craxiana.] Ma ormai 'popolo' non è più in uso. Al suo posto, la parola 'gente'. L'appello è alla 'gente', si parla in nome della 'gente', si va incontro alla 'gente'. [Altra pausa craxiana.] È un termine, questo 'gente', che allude a individui anonimi, senza distinzione storica, di classe."

Nel gennaio 2001 Antonio Di Pietro, l'uomo che Bettino Craxi riteneva maggiormente responsabile del proprio esilio, rilasciò un'intervista al settimanale "Gente". Rispondendo a una domanda spiegò chi fosse e che ruolo avesse avuto Maurizio negli avvenimenti di quasi dieci anni prima.

"Craxi sentiva il fiato delle nostre indagini sul collo. E più ancora di lui lo sentiva il suo fiduciario e amico d'infanzia Giorgio Tradati. Craxi aveva fatto confluire su certi conti correnti i soldi delle tangenti: circa trenta miliardi di lire. Il suo salvadanaio. Due di quei conti li aveva intestati a Tradati. Tradati si impaurì, andò da Bettino: 'Caro Bettino, non me la sento più di farti da prestanome. Prima o poi mi arrestano. Trovati un altro.' Ma non era facile: fuggivano tutti."

L'unico disponibile era stato Maurizio.

"In cambio," conclude Di Pietro "è evidente, di qualcosa."

"L'intelligenza è un'arma a doppio taglio" dice ancora Craxi-Favino alla figlia nel film di Amelio. "Ma la preferisco. Che te ne fai, della lealtà di uno stupido."

Maurizio sente di essere stato leale nei confronti dello Zio senza rinunciare a un briciolo della propria intelligenza. La morte dello Zio lo ha addolorato quasi quanto quella di suo padre.

Il sole di Miami Beach in questa mattina di gennaio è già tiepido, mica è un caso che i ricchi americani avessero cominciato a svernare qui appena erano riusciti a strappare quest'area ai nativi. Come quella di molti altri luoghi degli Stati Uniti, anche la terra dove adesso poggia il lettino di Rocio è intrisa di sangue indigeno, versato in quantità generose poco più di cent'anni prima. Basta non pensarci, ed è una mattinata bellissima. Così lui e Francesca, in Messico, non stavano lì a pensare ai milioni di morti provocati dagli spagnoli. La villa di Cuernavaca era grande, accogliente, e per di più sembrava perfetta come rifugio quando dovevi sfuggire a un mandato di cattura di Antonio Di Pietro. Cosa volere di più dalla vita?

Anni dopo Maurizio avrebbe raccontato così la fuga del 10 ottobre 1994 a Michele Masneri, sul "Foglio": "Era il compleanno di mia mamma. Ero qua su in villa, mi avvisano che c'erano cinquanta persone che mi cercavano e le motovedette che avevano chiuso il porto. Loro non avevano il mandato quindi non potevano entrare, dovevano beccarmi in giro. Era l'ora del tramonto, allora vado in magazzino, mi metto la tuta del giardiniere, e ho preso un'Ape carica di vasi, rastrelli, scope, cespugli, quella del giardiniere insomma, e vestito da giardiniere sono venuto giù, piano piano supero i posti di blocco, vado al garage di casa mia, lascio giù l'Ape e invece di prendere il Mercedes ho preso la Lancia Thema, però era la Thema col motore Ferrari, blu scura, sono andato da qui a Rapallo a quaranta all'ora, per non dare nell'occhio, poi entro in autostrada, lì scateno tutti i cavalli, in un'ora e quaranta sono all'Hôtel de Paris a Montecarlo. All'epoca avevo un jet Citation II in Svizzera, me lo faccio portare a Nizza. Da lì vado ad Hammamet, poi chiamo Francesca sul cellulare. All'epoca per intercettare i cellulari dovevi essere vicino, qui sotto, non potevi farlo dalla centrale come adesso, quindi le dico di raggiungermi a Montecarlo, poi siamo passati con l'aereo a prenderla. Facciamo un finto piano di volo, decolliamo verso Francoforte, dopo venti minuti dal decollo vado in cabina di pilotaggio e ordino al comandante di spegnere il transponder. Col transponder staccato da terra tu sparisci, nessuno ti può più localizzare. 'Adesso gira l'aereo' dico al pilota, siamo andati a Londra, in un minuscolo aeroporto, e poi siamo scomparsi nella città, è venuto a prendermi un mio carissimo amico che adesso non c'è più, era dell'MI6, senza passaporti né niente, siamo scomparsi dentro Londra. Erano anni belli."

Erano anni belli. I primi anni dopo la separazione di Francesca e Corradino, poco dopo che Maurizio si era installato a Villa Altachiara, disponevano di tredici persone di servizio. Il maggiordomo era uno spagnolo nato a Córdoba, Andrés Carlos Cerveza, che in quell'ottobre 1994 fu convocato come testimone da Antonio Di Pietro nell'ambito del processo Enimont.

Quando entrò in aula per la deposizione, anziché un imponente e austero personaggio come il suo ruolo lasciava immaginare, apparve un uomo non troppo alto, senza capelli, con un paio di baffoni spioventi, vestito in modo trasandato. Si accomodò, si presentò e riferì che a Villa Altachiara arrivava spesso in elicottero "il Presidente" (a domanda rispose che intendeva Silvio Berlusconi), e che la fine dell'anno 1993 era stata festeggiata dai padroni di casa in Messico insieme a un altro presidente: Bettino Craxi, accompagnato dalla moglie Anna.

Cerveza (davvero singolare questo cognome per un maggiordomo) soltanto pochi giorni prima aveva condotto di gran fretta la contessa a Montecarlo per raggiungere Maurizio, sfuggito all'arresto nel modo rocambolesco appena visto.

Poco prima della deposizione di Cerveza, in quello stesso 12 ottobre 1994, era avvenuto l'interrogatorio di Giorgio Tradati, amico d'infanzia di Craxi e suo prestanome per diverse operazioni finanziarie, come già indicato da Di Pietro. Tradati aveva confermato la titolarità di Craxi in conti esteri, società e immobili formalmente sottoscritti a suo nome. Subito dopo Di Pietro aveva tirato fuori dal cilindro alcuni fax appena arrivati dalle autorità giudiziarie svizzere, che dimostravano come dal 2 al 6 ottobre (dunque pochi giorni prima di fuggire da Villa Altachiara travestito da giardiniere) Maurizio avesse alloggiato all'Hotel Le Richemond di Ginevra. Da lì aveva fatto ottantadue telefonate, di cui l'albergo aveva inviato il tabulato. C'erano numeri messicani, americani, inglesi, italiani. Tre chiamate erano indirizzate a un numero tunisino. Il numero era intestato a Bettino Craxi, nella sua villa di Hammamet, dove si era da poco rifugiato in un esilio, o in una latitanza che sarebbe durata fino alla sua morte.

Quando Francesca fa perdere le proprie tracce insieme a Maurizio, fuggendo – via Montecarlo e Londra – in Messico, i magistrati, che fino a quel momento l'avevano lasciata fuori dall'inchiesta, si convincono che sia complice del compagno. Spiccano nei confronti di entrambi due mandati di cattura internazionali.

"Cara Francesca, la Farbin ha un conto in dollari alle Cayman Island. Devi contattare Alfonso a Cuernavaca. Le azioni al portatore devi darle al mio amico che sai."

È il testo di un messaggio lasciato, nei giorni immediatamente precedenti la fuga, da Maurizio in una cassetta di sicurezza, e sequestrato da Di Pietro prima che lo potesse trovare Francesca.

La Farbin è una delle due società panamensi in cui era stato svuotato "International Gold", il conto svizzero di pertinenza di Craxi intestato provvisoriamente a un certo Gabriel Vallada, detto Gaby, avvocato messicano, nonché amico di Tirso fin dai tempi di Londra.

Alfonso, da contattare a Cuernavaca, non è ben chiaro chi sia, così come il "mio amico che sai".

Di quali azioni al portatore si parli non è noto.

Il Messico, per Maurizio e Francesca, è molto più che Hammamet per lo Zio. È la possibilità di spostarsi in ville stratosferiche, di godersi il mare dei tropici su yacht da favola. Se possibile (è possibile) la loro vita diventa ancora più fastosa di quella che vivevano in Italia. Inoltre Francesca ha consolidato nel tempo – in virtù del suo matrimonio con il re degli elicotteri – amicizie importanti, che proteggono entrambi, almeno per un po', dall'arresto.

Agente 007 – Si vive solo due volte, M*A*S*H, *Poliziotto superpiù*, *La dolce vita* (nella meravigliosa scena iniziale con la statua del Cristo che sorvola una Roma assolata e distante) sono solo alcuni dei film in cui è presente l'elicottero Bell 47. È quello col grande bulbo in plexiglass e la fusoliera a traliccio. Gli italiani hanno cominciato a conoscerlo nel 1951, quando è stato usato per portare soccorso alle popolazioni colpite dall'alluvione del Polesine ed è apparso nelle foto sui giornali.

Riccardo detto Rocky Agusta è nato pochi mesi prima di quell'alluvione, il 21 ottobre 1950, dall'unione tra Corradino e Marisa Maresca. Si erano conosciuti grazie a Walter Chiari, amico di Corradino e fidanzato di Marisa, oltre che componente della sua compagnia di avanspettacolo.

Forse il sessantasettenne Walter Chiari quel 20 dicembre 1991, quando verso l'una e trenta – dopo aver assistito a uno spettacolo del suo amico e collega Gino Bramieri – rientrò nella camera-residence dell'Hotel Siloe a Niguarda, periferia di Milano, dove da qualche tempo viveva, e si accomodò in poltrona davanti al televisore per farsi cullare un po' verso un sonno che non sarebbe stato soltanto quello di un'unica notte, ripensò anche a Marisa e a quella sera di più di quarant'anni prima, quando Corrado era venuto a vederli a teatro e tutto improvvisamente era cambiato. Soltanto uno dei mille cambiamenti nella vita di Walter, certo, la sua era stata un'esistenza di continue mutazioni, la più evidente quella del cognome, che originariamente era Annicchiarico. E come Annicchiarico improvvisava per amici e colleghi d'ufficio, in piedi su una scrivania, l'imitazione di Hitler, quando Hitler era ancora vivo e potente, performance che gli aveva fruttato prima l'applauso e subito dopo il licenziamento da parte del capufficio, in banca, ma anche un imprevisto successo in un concorso per dilettanti al Teatro Olimpia di Milano. E poi la Repubblica sociale italiana, l'arruolamento nella Wehrmacht e addirittura il ferimento in Normandia, il giorno del D-Day, e la successiva prigionia nel campo americano di Coltano, vicino a Pisa, insieme ai futuri compagni di avventure Raimondo Vianello, Dario Fo, Enrico Maria Salerno. E poi, già non più Annicchiarico ma Chiari, il lungo periodo dell'avanspettacolo, le tournée sempre meno scalcinate, il Sarchiapone ripetuto un milione di volte con quell'anima fedele di Carlo Campanini; e il cinema, i flirt e i fidanzamenti con Mina, Ava Gardner, Lucia Bosè e chissà quante altre, il teatro serio, tonnellate di televisione, la cocaina e i tre mesi di galera, le porte che si chiudono, tanti gradini da scendere per ritrovare lavoro. Ma sempre stampato in faccia quel sorriso un po' guascone e un po' smarrito di chi da ragazzo aveva combattuto con i guantoni su un ring, e ci sapeva anche fare, campione di categoria, con le mani che dopo doveva tenerle nel ghiaccio per ore, microfratture mai guarite perfettamente, le stesse che forse, chissà, si era portato dentro tutta la vita da quando l'amico Corrado Agusta era venuto a vederlo fare il comico nella rivista di Marisa Maresca, "le più belle gambe d'Italia", sua datrice di lavoro e fidanzata, donna di classe nonostante i pesanti ammiccamenti legati al suo mestiere di soubrette, il perizoma e il reggiseno di banane, o le tre teste di volpe che le coprivano giusto i capezzoli e il pube. E Corrado, in camerino per i saluti, già si capiva che stava perdendo la testa, e lei lusingata, e lui, Walter, che aveva avuto subito la percezione di essere diventato in un istante il terzo incomodo, senza però che questo gli provocasse rabbia, solo una ruga in più in quel sorriso smarrito e senza rete che l'avrebbe accompagnato, accompagnando anche noi, per tutta la vita.

Correndo sul tapis roulant della palestra dell'albergo di Miami Beach, Maurizio punta lo sguardo sul grande schermo che gli sta di fronte. C'è l'ora in basso a destra, ci sono i balletti che spesso accompagnano i video musicali. Il volume però è tenuto a zero, la musica può soltanto immaginarsela. Ma non è capace di immaginare musica. Per lui la musica è un pianeta misterioso, al massimo tappeto informe per un viaggio in macchina, anzi quando può mantiene per ore una successione di brani di cui non saprebbe poi riconoscere neppure una nota, neanche un timbro di voce.

Correre gli piace. Non lo farebbe mai all'aperto – gli sembrano ridicoli quei cinquantenni che cercano di squagliare la pancetta sotto il sole e sotto gli sguardi di tutti – ma ama quel ritmo matematico interiore che si viene a creare dopo un po', quando il fiato è rotto e lo stomaco non preme più, quando i pensieri trovano connessioni inattese, e certe questioni complicate mostrano improvvisamente uno spiraglio.

Nel momento in cui gli avevano fatto capire che la polizia era ormai a un passo dall'arrestarlo, aveva deciso di nominare sul campo il messicano come protettore, tutore, possibile amante di Francesca. La persona giusta al momento giusto. Un belloccio gentile, pronto a innamorarsi di lei e a volare fuori dai coglioni quando le cose si fossero rimesse a posto. Tra lui e Francesca da tempo non andava più come nei primi anni, l'incazzatura di lei per le sue avventure era stata soltanto la gocciolina finale. Ma il loro rapporto non si sarebbe sciolto mai. C'erano ancora tanti soldi da recuperare, e un sentimento che rimaneva comunque fortissimo da entrambe le parti. Il messicano poteva essere il puntello per i tempi difficili.

Nel maggio 1995 Maurizio viene arrestato dalla polizia messicana e rinchiuso nel carcere di Cuernavaca.

Nei momenti bui, pensa passando al bilanciere per un po' di bicipiti, devi poter contare su due cose: soldi e amici. Se manca uno dei due elementi, è dura. Se mancano tutti e due, sei fottuto.

La detenzione di Maurizio nel carcere di Cuernavaca somiglia a quella di Pablo Escobar come descritta nelle serie e nelle docufiction sui narcos. Appena arrivato, fa immediatamente ristrutturare e cambiare arredamento alla sua cella, che in realtà è un villino posto all'interno del cortile della prigione. Nelle telefonate lui lo chiama "l'appartamentino". Perché Maurizio fa un gran numero di telefonate, quasi ogni giorno. Spesso chiama il numero di Craxi ad Hammamet. Si fa portare i pasti dal miglior ristorante della città e riceve regolarmente alcune prostitute, a cui fa regali molto costosi. Durante il successivo processo in Italia, un giudice rimarrà perplesso di fronte alla dichiarazione da lui rilasciata di aver fatto un regalo milionario a una ragazza che era andata a trovarlo nell'appartamentino. "Vostro Onore, se l'avesse conosciuta, gliel'avrebbe fatto anche lei quel regalo così costoso." (Dettagli, questi, rivelati da Marina Ripa di Meana nel suo instant book *La vita estrema di Francesca Agusta*, Maretti & Wilde, 2001.)

Maurizio rimarrà nell'appartamentino per due anni, in attesa che si completi la farraginosa procedura di estradizione dal Messico all'Italia, spendendo, o accantonando, una cifra colossale che la magistratura milanese ha ritenuto proveniente dal "tesoro di Craxi", in quel momento nella sua disponibilità. Bettino, prima in Italia e poi da Hammamet, ha sempre sostenuto che il "tesoro di Craxi" fosse un'invenzione giudiziaria. Maurizio venne comunque successivamente condannato in via definitiva a tre anni e quattro mesi per ricettazione e riciclaggio.

Se entro le undici Rocio non è sulla spiaggia, si rattrista. E a lui non piace la gente triste. Preferisce continuare a chiamare i suoi referenti in Europa dalla sedia da regista piazzata sotto l'ombrellone, con i piedi che aprono e chiudono minuscole voragini nella sabbia ogni minuto più calda. Tanto nella vita ha sempre fatto così, non ha mai avuto un ufficio vero e proprio. Ha lavorato tutti i giorni ovunque si trovasse, alla Gritta, a Villa Altachiara, su uno yacht, in carcere. Non ha bisogno di schedari, di pezze d'appoggio. Ha tutto in testa e dentro il Mac nello zainetto. Anche i rapporti con gli avvocati e i detective privati che cercavano di trovare i miliardi nascosti da Corradino nei paradisi fiscali li ha tenuti per più di dieci anni così, saltando su una barca o salendo su un aereo privato.

Il volo più brutto della sua vita era stato quello fatto insieme a Francesca da Città del Messico a Roma, con scalo a Miami, sotto custodia della polizia italiana. Era il 1997. Alla fine avevano beccato anche lei, li riportavano a casa. O meglio, in un carcere italiano. Ma non c'era niente di commovente in quell'incontrarsi dopo tanto tempo. Lei aveva consolidato quella sua relazione col messicano più di quanto Maurizio avesse preventivato. Lui, dopo tutte quelle ragazze di Cuernavaca, era ormai assuefatto a donne molto più giovani, di lui ma soprattutto di Francesca. D'ora in avanti il suo rapporto con lei somiglierà più a un lavoro – c'erano così tanti soldi in ballo – che a una storia d'amore.

O forse no: i sentimenti tra le persone si fanno a volte invisibili, ma non è detto che perdano la loro persistenza.

Nella sala d'attesa dell'aeroporto di Miami, circondati da una folla di *latinos* disperati sul punto di essere imbarcati e rispediti nei propri paesi d'origine, umanità stracciona che lui disprezza profondamente, Maurizio e Francesca rimasero a lungo in silenzio, tenuti a distanza di sicurezza dagli agenti, senza scambiarsi sguardi.

Rocio lo chiama dall'acqua. Lui molla il telefonino, corre sulla sabbia calda, si tuffa a raggiungerla.

FUORI
30 gennaio-10 febbraio 2001

E finalmente a Portofino una notizia arriva. Anzi, *la* notizia. Verso metà pomeriggio di lunedì 30 gennaio (sempre di lunedì accadono le cose in questa storia: un lunedì era sparita la contessa, un altro lunedì era stato avvistato un corpo in mare; come se ogni volta fosse sancito l'inizio di un nuovo capitolo), le autorità giudiziarie di Tolone segnalano a quelle di Chiavari che una settimana prima è stato ritrovato un cadavere di sesso femminile nelle acque antistanti Cap Bénat, in Costa Azzurra. C'è la possibilità che si tratti di quello di Francesca Vacca Agusta. Al dito medio di una mano sono state rinvenute due fedi. Una di queste ha incisa la data "4 novembre 1950", il giorno del secondo matrimonio di suo padre.

La voce si sparge in un baleno. Le redazioni preparano in fretta trasmissioni speciali per la serata, si scrivono gli articoli che appariranno l'indomani sui quotidiani, le agenzie e i siti internet (ancora pochi in effetti: nel 2001, per dare un'idea, esistevano già Yahoo! e Google, ma non c'erano ancora né Facebook né YouTube) rimandano via via gli aggiornamenti. In tutto quel profluvio di rilanci, passa quasi inosservata l'indiscrezione riguardante Marcin, il maggiordomo polacco, che pare abbia indossato per tutta la sera a Villa Altachiara la livrea, come estremo omaggio alla contessa.

La mattina successiva, molto presto, il fratello della contessa, accompagnato dai carabinieri di Genova, parte per Tolone portando con sé una radiografia delle arcate dentarie della sorella.

(Adesso devo scrivere qualcosa di terribile. Se siete persone impressionabili, o anche solo molto sensibili, se vi danno fastidio i dettagli crudi delle morti violente, o se in qualche modo avete conosciuto la contessa – anche soltanto mediaticamente – e volete ricordarvela da viva, vi prego di saltare i due prossimi blocchi, che descrivono lo stato in cui fu ritrovato il suo cadavere.)

Il giudice istruttore del tribunale di Tolone, che ha aperto l'inchiesta per omicidio volontario, sintetizza così, in un documento pervenuto ai giornalisti, i risultati dell'esame autoptico effettuato dal medico legale: "L'autopsia metteva in evidenza un politrauma muscolare, osseo, viscerale, consistente nella polverizzazione della scatola cranica, nella frattura degli arti, nella lussazione cervicale, in fratture costali, nella polverizzazione splenica, compatibile con un decesso rapido o immediato per precipitazione su un piano duro. Accanto ai segni della macerazione prolungata in acqua, il corpo non presentava tracce di ingestione di acqua di mare, né segni macroscopici di annegamento, il che convinceva che la morte, chiaramente violenta, della donna avesse preceduto l'immersione del suo corpo. Il cadavere putrefatto presentava, oltre ad alcuni morsi attribuibili all'azione di animali predatori marini, notevoli fratture ossee con vaste dilacerazioni delle carni, a livello dello scheletro facciale e delle due caviglie."

Lo stesso medico legale rilascerà più avanti queste dichiarazioni ai giornalisti: "Aveva fratture esposte alle gambe, volto sfondato, la gamba sinistra era quasi amputata, rimasta attaccata al corpo solo per qualche centimetro di pelle, e anche il piede era quasi staccato, quella destra aveva una frattura esposta alla caviglia, come i gomiti, le spalle, il torace. Il cranio era praticamente polverizzato, la scatola cranica spaccata, il cervello non c'era più, era finito in acqua."

Anche Maurizio avrebbe voluto salire su una delle sue potenti auto per raggiungere Tolone, ma i carabinieri lo hanno invitato a rimanere in zona, in particolare a non espatriare. Non è certo un indagato – come non lo sono Tirso, Susanna e i membri del personale di servizio – ma vista la situazione conviene a tutti seguire le indicazioni degli inquirenti.

Mentre si attendono notizie dalla Francia, nessuna novità è ancora emersa dalle analisi del RIS, a Parma. Maurizio intanto, instancabile, pare stia già organizzando il funerale della contessa ("Sarà una cosa privata" assicura) come se fosse un componente della famiglia.

Per tutta una giornata si aggira nel borgo l'esperto inviato della "Repubblica" Fabrizio Ravelli, capace di intuire aspetti che alla maggior parte dei suoi colleghi, forse già un po' stanchi di quelle lunghe attese così povere di colpi di scena, sfuggono. Nel pezzo che appare sul quotidiano il giorno dopo, Ravelli scriverà che il più sinceramente sconvolto per il ritrovamento del cadavere della contessa sembra essere Tirso, il messicano che non si concede a nessun tipo di intervista.

Invece dal Sudafrica il cinquantunenne erede di Corrado, Rocky Agusta, non si fa pregare per dire la sua: "Hanno scritto che ha ereditato cinquecento miliardi" dichiara. "Ma anche se fossero cinquanta o venticinque, chi si suicida con venticinque miliardi da parte?"

Siccome Maurizio rimane poco nella villa, e lo si trova spesso in giro per il paese, i giornalisti ne approfittano per riferirgli le parole appena pronunciate da Rocky, che nella stessa dichiarazione aveva elargito profondi attestati di affetto nei confronti della contessa. "Tutte balle" commenta Maurizio. "Rocky è una delle persone più false al mondo. E ha risparmiato venti miliardi."

Fra gli addetti alle ricerche che per tre settimane hanno scandagliato il braccio di mare di fronte a Villa Altachiara, si respira quasi una sorta di delusione, se non di incredulità, per il ritrovamento avvenuto in Costa Azzurra. Il comandante della capitaneria di Portofino, ad esempio, che di esperienza marittima si suppone ne abbia in abbondanza, tende a escludere che il corpo di una persona morta, sospinto dalla sola corrente, possa attraversare, non avvistato e quasi integro dopo due settimane di flottaggio a pelo d'acqua, le centinaia di miglia del mare Ligure-Provenzale, sfilando dinanzi a decine di porti tra i quali alcuni trafficatissimi come Genova, Savona, Imperia, Montecarlo, Nizza, Cannes, Saint-Tropez, per finire ad arenarsi a Cap Bénat, a un passo da Tolone, grande porto militare.

Poco dopo arriva però una dichiarazione dei magistrati francesi, convinti che il galleggiamento del corpo sia stato favorito dai polmoni pieni d'aria, e che il forte vento e le correnti di quei giorni abbiano fatto il resto. Inoltre sembra che nei polmoni del cadavere siano state trovate tracce di una specie di diatomee (piccole alghe) presenti sulla costa ligure ma assenti in quella francese, elemento che corroborerebbe l'ipotesi della caduta in mare a Portofino.

In ogni caso, come era prevedibile, il ritrovamento di quel corpo produce un'accelerazione nei comportamenti di tutte le persone interessate, per primi gli inquirenti. Nonostante i dubbi dei francesi, per i quali non vi è ancora piena certezza che quello ripescato a Cap Bénat sia davvero il cadavere della contessa, in Italia il riconoscimento lo si dà immediatamente per assodato, al punto che la sostituta procuratrice dispone nuovi esami tossicologici, allo scopo di chiarire lo stato fisico e psichico della contessa subito prima della morte.

Mercoledì 1° febbraio il direttore del dipartimento di medicina legale dell'università di Genova, dopo aver incontrato nella gendarmeria di Tolone il medico legale che ha effettuato l'autopsia, dichiara di essere convinto che molte delle ferite riscontrate sul corpo ritrovato a Cap Bénat siano compatibili con la caduta in mare: vi sono numerose fratture scomposte, mentre il fatto che non siano state rilevate lesioni esterne (sulla schiena, a differenza di quanto ci si sarebbe attesi visto lo strappo nell'accappatoio, non vi sono ferite significative) dipenderebbe dalla lunga permanenza in acqua.

Da parte sua il fratello della contessa, rientrato in Italia subito dopo il riconoscimento mediante le arcate dentarie, non nutre più alcun dubbio riguardo al fatto che il cadavere sia quello di sua sorella. Disperato, desideroso che la vicenda si chiuda il più presto possibile, è convinto che Francesca sia stata uccisa, in quanto il cadavere non aveva al polso il Rolex d'oro che lei, a suo parere, non si toglieva mai. La sua ipotesi è che la sera dell'8 gennaio un ladro si sia introdotto nel giardino di Villa Altachiara, mentre i cani in quel momento erano chiusi a mangiare.

Gli inquirenti, sollecitati a una risposta dai giornalisti, fanno notare con una certa aria di degnazione che il cinturino può essersi spezzato durante il volo, e l'orologio finito in fondo al mare: ritengono il particolare del Rolex irrilevante ai fini delle indagini. Ognuno faccia il proprio lavoro, sottintendono.

Il lavoro dei carabinieri è, tra le altre cose, quello di torchiare, giorno dopo giorno, le persone che vivevano, e vivono, dentro Villa Altachiara. Per qualcuno, questa pressione comincia a farsi insostenibile. Marcin, il maggiordomo polacco, durante il consueto giro in paese per gli acquisti si è confidato con una negoziante: "Non ce la facciamo più, tutti i giorni a dirci che se non collaboriamo ci arrestano."

Anche in Francia, intanto, sembrano a poco a poco convincersi che il cadavere ritrovato a Cap Bénat sia davvero quello della contessa. I primi risultati delle analisi segnalerebbero la presenza nel suo corpo di un'alta concentrazione di alcol e di un farmaco tranquillante.

Il ritrovamento del cadavere dà il via anche alle prime critiche esplicite nei confronti dell'operato della giovane sostituta procuratrice. È Antonio Di Pietro, all'interno della rubrica che tiene sul settimanale "Oggi", ad accennare a "notevoli ritardi" negli accertamenti tecnici: "Come se chi volesse nascondere qualcosa la tenesse proprio lì in bella mostra per tutto il tempo. La realtà non è quasi mai come nei telefilm, dove un superintelligente investigatore attira nella sua ragnatela l'assassino. Nella realtà prima si ammassano tutti gli indizi, poi li si elabora. Non si può partire prima dalla soluzione e poi trovare le prove. Bisogna fare il contrario. Proprio per questo si deve agire in modo che nessuna fonte di prova venga dispersa, come invece mi pare sia avvenuto nella immediatezza dei fatti di Villa Altachiara."

Cosa rimprovera Di Pietro alla responsabile delle indagini? Forse di aver permesso (suggerito) alle persone presenti la sera della scomparsa (della morte) della contessa di rimanere a vivere nella villa, senza isolare la scena del crimine. La magistrata, per il momento, non risponde.

I cronisti ormai bivaccano a Portofino, stringono amicizie, alleanze, antipatie, accordi. Spesso una notizia viene passata dall'uno all'altro, quasi per una verifica preventiva, prima di entrare nel circuito pubblico. Soprattutto quando le voci riferiscono ipotetici fatti in modo vago, senza i crismi della precisione, almeno quella minima di tempo e di luogo. È il caso di lunedì 5 febbraio, quando (da dove? non è ben chiaro) si diffonde la notizia che Tirso avrebbe firmato (non si sa se contestualmente alla firma del precedente accordo o dopo) una procura a Maurizio, che potrà così aprire conti correnti, emettere e riscuotere assegni, chiedere finanziamenti, effettuare prelievi, stipulare contratti: il tutto attingendo al patrimonio della contessa.

Alla fine di quella stessa giornata, durante la trasmissione Tv7, su Rai 1 in seconda serata, va in onda un'intervista a Rocky Agusta, in collegamento dalla sua tenuta vinicola in Sudafrica. "Prima non ci credevo," dice rispondendo a una domanda sull'ipotesi di omicidio "ora mi sembra diventi sempre più realistica."

È lui, si dice in giro, che ha prestato non si sa quale cifra a Tirso, per permettergli di far fronte alle prime spese legali. Risulta difficile pensare che Rocky abbia finanziato una persona da lui sospettata di essere un assassino. Quindi magari Rocky sta pensando a qualcun altro. Oppure si è pentito di quel prestito. Oppure non ha ancora un'idea chiara. In ogni caso gli effetti di quell'intervista si manifestano già il giorno dopo: i legali di Maurizio minacciano querele.

Mercoledì 7 febbraio le indagini sembrano prendere improvvisamente una piega più decisa. Al mattino un medico legale e un maggiore del RIS, armati di corde e scarponi chiodati, lanciano per ore dalla scogliera bottiglie vuote, bottiglie piene, ciabatte e altri oggetti. Giungono alla conclusione che la contessa precipitando abbia percorso un andamento a zigzag, battendo per tre volte la testa (l'ultimo impatto sarebbe stato quello mortale) mentre le pantofole saltavano e l'accappatoio si strappava.

Un investigatore che ci tiene a rimanere anonimo conferma a un ancora non molto noto Marco Travaglio (che lo scriverà il giorno dopo sulla "Repubblica") che "tracce biologiche del passaggio di un corpo non ne abbiamo trovate, anche perché il trauma mortale è sicuramente avvenuto sugli scogli, dove poi è passata tanta acqua. Ma abbiamo provato e riprovato a lanciare pantofole dall'alto: non si fermano mai, rimbalzano oltre il punto dove hanno trovato quelle della contessa: significa che quelle pantofole sono arrivate lì insieme al corpo della contessa, infilate ai suoi piedi, per rotolare via nell'ultimo salto". Il suicidio però, a suo parere, è impossibile: "Ci sono mille posti, nella tenuta, ideali per chi vuole ammazzarsi. Posti a picco sul mare. Quello no, proprio no. È un percorso complicato, a ostacoli, l'ultimo a cui uno potrebbe pensare."

Travaglio raccoglie anche le impressioni dello stesso detective rispetto ai personaggi coinvolti nella vicenda: osservando i movimenti di Maurizio, che si aggira sempre intorno agli inquirenti, e il modo autoritario in cui tratta Tirso e Susanna (sembra preoccupato soprattutto dello stato psicologico di quest'ultima, come se non se ne fidasse pienamente), l'anonimo investigatore commenta: "Pare quasi che su quei tre incomba una realtà ancora più drammatica della morte della contessa."

Nel frattempo i carabinieri – che insieme ai vigili del fuoco, ai medici legali e ai geologi (trenta persone in tutto) hanno setacciato anche quel giorno il parco intorno alla villa – portano via due chili tra terra, pietre e rametti spezzati ritrovati fra la terrazza e la scogliera. Verranno consegnati al RIS, che dovrà indicare se il terriccio rinvenuto sotto le ciabatte e tra le fibre dell'accappatoio – sul quale sono state trovate tracce maschili (non è chiaro se sangue o liquido seminale) – sia simile a quello raccolto, e se i rametti possano aver provocato lo squarcio sull'indumento.

Non è semplice il compito per i giornalisti. C'è da dar conto dell'atmosfera generale, con un senso di attesa e di cupezza ogni giorno più pesante. Senza però dimenticare di seguire gli esiti delle perizie tecniche, da cui potrebbe venir fuori, a saperle leggere, qualche spicchio di verità. I risultati dell'esame col luminol su una macchia trovata in veranda, ad esempio, hanno stabilito che non si tratta di sangue. I carabinieri tuttavia fanno trapelare di propendere per l'ipotesi che ci sia comunque stata una lite nella villa, seguita dalla caduta dalla scogliera della contessa in accappatoio.

Già, l'accappatoio. Per scoprirne i misteri, due capi gemelli di quello ritrovato in mare sono stati messi a bagno dai tecnici del RIS per verificare il grado di modificazione del tessuto al passare delle ore. E capire cosa ci si poteva e ci si può aspettare di rinvenire su quello che aveva indosso la contessa al momento della sua scomparsa.

Giovedì 8 febbraio ha finalmente luogo il primo incontro tra i responsabili italiani dell'indagine e quelli francesi. La sostituta procuratrice di Chiavari parte in auto per Tolone insieme a un maggiore dei carabinieri e a un medico legale. Al termine dell'incontro dichiarerà che "l'insieme delle circostanze è compatibile con una ricostruzione in termini di suicidio". È la prima volta che viene imboccata pubblicamente un'unica pista.

A differenza di quanto sembrava emerso precedentemente, i magistrati francesi avrebbero assicurato ai colleghi italiani che l'autopsia effettuata sul cadavere della contessa ha rilevato quantità di alcol e di medicinali minime.

Durante la riunione sarebbe stata inoltre messa a punto una sorta di divisione del lavoro tra gli inquirenti dei due paesi: gli italiani proseguiranno a vagliare le testimonianze e ad ascoltare le intercettazioni ambientali, i francesi provvederanno a indagare sul corpo della contessa (effettuando approfondite indagini tossicologiche sui suoi tessuti), e su una sua eventuale presenza in Costa Azzurra nei giorni precedenti al ritrovamento: non convince ancora del tutto l'ipotesi della lunga navigazione del corpo in mare. Il fatto che però quel corpo sia il suo a questo punto è diventato ufficiale anche in Francia.

È passato un mese dalla scomparsa. A metà pomeriggio arrivano a Villa Altachiara in rapida sequenza il notaio, il parroco e i genitori di Susanna: nel salotto della villa si svolgerà un momento di preghiera tra le persone che nell'ultimo periodo sono state più vicine alla contessa.

Il giorno dopo la sostituta procuratrice di Chiavari, che pure sembra propendere per l'ipotesi del suicidio, apre un fascicolo per omicidio al fine di non dover archiviare il caso, in modo da poter chiarire alcuni punti ancora oscuri, tra i quali: perché Tirso e Susanna (in loco) e Maurizio (da Miami) invece di avvertire immediatamente i carabinieri hanno tardato a dare l'allarme fino a notte fonda? Pare che quella sera sia partita da uno dei telefonini in possesso degli abitanti della villa una chiamata verso un pregiudicato per spaccio. È il motivo per cui le autorità francesi stanno cercando tracce di droga nei tessuti del cadavere della contessa, con la consapevolezza però che il mare potrebbe aver cancellato tutto. Questo vale anche per le minime quantità di alcol e medicinali rinvenute nello stomaco della donna: la lunga permanenza in acqua è un fattore che spesso falsa le analisi.

Il "diario della settimana" in edicola in quei giorni ipotizza che, riguardo all'eredità di Corrado Agusta, oltre al noto accordo tra la contessa e Rocky siglato in novembre a Lugano, che le destinava cinquanta miliardi di lire in rate annuali (altre fonti indicano che l'accordo di Lugano prevedeva una rata annuale di cinque milioni di dollari fino alla permanenza in vita della contessa), ce ne sarebbe un altro, segreto, firmato un mese più tardi negli Stati Uniti: in questo caso i miliardi che via via le sarebbero dovuti pervenire sarebbero stati cinquecento. L'esistenza del tesoro segreto degli Agusta sarebbe confermata da un documento ufficiale del fisco svizzero scovato da un gruppo di avvocati americani, guidati da Julius Kaplan. La stima sarebbe stata compiuta sotto la regia di Maurizio, attraverso vecchi contatti stabiliti grazie a Bettino Craxi.

"Dove l'hai messo il tesoro?" fa dire Gianni Amelio nel suo film a un turista italiano che ha riconosciuto Bettino.

"Di quale tesoro parla, lei?"

"I nostri soldi, quelli che ci hai rubato."

"Non li ho rubati. Me li avete tirati addosso. Erano monetine, che io ho raccolto da terra, una ad una, e poi le ho versate in un paradiso fiscale. Ecco il mio tesoro: monetine."

Urla del gruppo dei turisti che lo fronteggia, sul lungomare per niente pittoresco di Hammamet.

"Siete venuti apposta. Siete venuti apposta qui, a casa mia, per cercarlo. Venite, venite, casa mia è aperta per tutti quanti voi. Potete scavare nel giardino per cercarlo, il mio tesoro. Alzare i letti. Dove le avete trovate, quelle monetine? Nei salvadanai dei bambini? Siete entrati nelle sacrestie a rompere le cassette delle elemosine? Avete aggredito i mendicanti?"

I turisti se ne vanno maledicendolo.

"Torniamo a casa" dice Favino-Craxi, spossato, al suo accompagnatore.

DENTRO

Lunedì 8 gennaio 2001

Villa Altachiara, ore 12,15 – Francesca

Sta risalendo da un'immersione nel blu profondo, via via il bisogno d'aria cresce, ma anche la temperatura dell'acqua si fa meno fredda, apre gli occhi e il sole lassù è luce sparsa che ondeggia, continua a pinneggiare ma si chiede se davvero abbia indossato le pinne prima di tuffarsi, fa per piegare la testa e controllare ma quel semplice movimento non le riesce, la testa si muove di pochissimo, è come se il collo fosse diventato di cemento ma ora è su una pista da ballo, acqua che scende dal suo corpo e bagna il pavimento, acqua che scende dal cielo perché non c'è più il sole ma piove, fa freddo, prova a mettersi addosso la tovaglietta di un tavolino dove è seduto Corrado, Corradino, che la guarda con quell'aria sofferente e lei si sente un po' in colpa ma adesso è in un bagno, altre donne intorno a lei, tutte in fila per fare la pipì, che a pensarci bene scappa anche a lei, anzi le scappa proprio fortissimo e allora si sveglia, apre gli occhi davvero ed è già in piedi per fare i pochi passi che la portano in bagno.

Non si è più riaddormentata, dopo, nonostante la mascherina sugli occhi, la posizione fetale, il piumone che la avvolge morbido, la vescica che non preme più. A un certo punto ha suonato il campanello, con stizza, prendendosela dentro di sé con quel qualcosa che l'ha fatta svegliare. Da allora devono essere passate due ore, o forse due minuti, o forse una via di mezzo, chissà poi quale. Lo sente avvicinarsi col suo passo elastico da eterno ragazzo, golden boy messicano quasi tutta apparenza, uomo dentro una storia più grande di lui, ecco che bussa. Dovrebbe togliersi la mascherina dagli occhi ma non se la toglie, dovrebbe dirgli un grazie ma non glielo dice, dovrebbe fargli almeno un sorriso dopo che stanotte lo ha stretto tra le braccia e gli ha piantato le unghie nel culo ma non glielo fa. Sente che appoggia il vassoio sulla cassapanca ai piedi del letto, poi arriva la sua voce sommessa, titubante: “Posso aprire le persiane?”

Ha paura di me, pensa lei. Ha paura di me e fa bene ad averla, pensa mentre gli risponde mugolando ingrugnita più no che sì, ma lui le apre comunque, facendo entrare nella stanza un volo d’aria fredda che la irrigidisce e la riempie di brividi.

“Chiudi quella cazzo di finestra” gli abbaia.

È una giornata ventosa, il mare è agitato. Quando il tempo è così, si sente prigioniera più del solito, vorrebbe urlare contro il destino merdoso che l’ha rinchiusa qua dentro, circondata da uomini e donne che non valgono la metà di chi conosceva prima di conoscere loro, servita da camerieri stranieri e ignoranti perché costano meno, lei che frequentava capi di stato, che invitava i veri ricchi, che beveva champagne con le principesse, Marina di Savoia, la contessa Gancia, i principi Pallavicini, Carolina di Monaco, altro che commesse di boutique, altro che messicani golden boy sulla via dell’appassimento.

Lui ha chiuso la finestra, l’aria torna ferma, più fredda però. Che giorno è oggi? Spera che sia martedì. Fa’ che sia martedì, ti prego, non so chi tu sia ma fa’ che sia martedì.

“Che giorno è?”

“Lunedì, *chiquita*.”

Lunedì. Neanche a farlo apposta. Il giorno peggiore del mondo, dovrebbero averlo abolito da secoli, che cazzo ci sta a fare il lunedì nell’ordine del cosmo, è un buco nero, un’incudine contro cui si rompono tutti i pensieri.

Si tira un po’ su, ma quanta fatica. Devono essere i tranquillanti. Tranquillanti che tranquillano il corpo ma non tranquillano la mente. Mette tutta la sua energia nell'alzare un braccio, nel togliersi la mascherina dagli occhi.

"Giornata di merda" dice indicando che lui le porga il vassoio.

Glielo prende dalle mani ma non se la sente di guardarlo negli occhi, per guardare negli occhi Tito di questi tempi le ci vuole una forza che non ha, vorrebbe che lui si limitasse a servirla, a esserci quando è il momento giusto e poi sparire, ma lo sa bene che la vita di rado funziona così.

Mastica un paio di bocconi di pane tostato con marmellata di arance, soffia sul tè ancora bollente prima di mandarne giù qualche sorso. Sente lo sguardo di Tito sui capelli, i suoi capelli che erano l'invidia di tutte le amiche e non-amiche che frequentava e adesso sono quasi sempre stopposi, mezzi morti, setole buone soltanto a mostrare quel millimetro di ricrescita che a volte la sorprende prima dell'appuntamento dal parrucchiere. Percepisce l'attenzione di lui sui suoi occhi che non lo guardano, vorrebbe incenerirlo così che le borse sotto le palpebre che sempre più spesso la affliggono al risveglio sparissero insieme a lui.

"Cosa stai lì in piedi come uno stoccafisso" gli dice senza smettere di masticare. "Mi snervi."

Lui, esitante, prova a sedersi ai piedi del letto. La rabbia la assale, la voglia di essere sola, di non condividere niente con nessuno, tantomeno con un uomo, neppure con Maurizio se il tempo tornasse indietro, ma non torna, non torna, puoi stare sicura che il tempo non torna.

"Ma non hai proprio niente da fare? Vattene un po'."

Senza una parola lui si alza, sfila via.

Chazaro, pensa. Mi sposerò col grande Tito Chazaro, così orgoglioso del suo cognome di lontane origini europee. E fa bene a essere orgoglioso, pensa, l'orgoglio è la condizione, senza l'orgoglio il nulla.

Il cognome di lui, i cognomi di lei. Vacca Graffagni Agusta Chazaro. Ne avrà quattro, adesso. Pensa te, quanto rumore.

Vacca è quello di partenza, una partenza col botto. Graffagni è il lascito di uno zio senza figli, che nel testamento aveva chiesto ai nipoti di aggiungere al proprio anche il suo cognome. E poi, Agusta.

E poi Agusta, sì.

Nei primi tempi, quei due-tre anni in cui gli innamorati si dicono tutto e tutto sembra fresco e interessante anche se viene ripetuto più e più volte (mentre dopo, con l'andar del tempo, a poco a poco ogni novità risulta stantia, già sentita seppur nuova di zecca), Corrado le aveva raccontato, a pezzi e a bocconi, un po' qua un po' là, sull'aereo privato o di fianco a lei al sole sul *Mau Mau*, la lunga storia della sua famiglia, di come grazie a suo padre prima, e a sua madre e ai suoi fratelli poi, dal nulla era stata creata quella grande fortuna di cui adesso (allora) godevano insieme. E le era parso di assimilare tutto, di aver chiaro ogni passaggio, di padroneggiare quegli eventi come se li avesse vissuti anche lei, anche quelli di quando non era ancora nata, anche quelli di quando neppure Corrado era ancora nato. Avrebbe potuto scrivere un libro, in quei momenti, sulla storia della famiglia Agusta. Ma che bisogno c'era di scriverlo, visto che aveva già tutto in mente? E poi i giorni, che all'inizio erano così diversi l'uno dall'altro e duravano anni, erano diventati un po' più uguali, monotoni, e adesso erano gli anni che duravano giorni, l'amore tra lei e Corrado era morto e anche Corrado era morto, e un pomeriggio in cui non aveva voglia di far niente aveva scoperto con un certo horror vacui che di tutte quelle storie degli Agusta che un tempo era convinta di sapere così bene ormai conservava, conserva, solo frammenti, uno da una parte e uno da un'altra, tutto quel fuoco dei racconti di Corrado si è trasformato in brace, solo qualche tizzone qua e là è ancora acceso. Capua, Vizzola Ticino: nomi di città in cui non è mai stata, che le rimbalzano in testa come scintille fondanti di una dinastia a cui, nonostante tutto, è ancora orgogliosa di appartenere.

L'orgoglio, già.

A Capua il 14 febbraio 1910 faceva freddo, l'inverno nell'entroterra campano può essere feroce. Sulla piazza d'armi (esistevano ancora le piazze d'armi) un uomo di trent'anni, baffi scuri e cappello con visiera, era salito a bordo di un aliante, lo chiamava "veleggiatore", realizzato con l'aiuto di un gruppo di amici. Il veleggiatore AG-1 era un biplano con l'ala superiore posta più in avanti rispetto a quella inferiore, uno strano congegno pronto a scattare come un predatore. Uno degli amici aveva girato la manovella di accensione di un'auto, si era messo al volante e aveva cominciato a trainarlo. Tira, tira, tira, ma la piazza d'armi di Capua (che pure era molto lunga) era finita, e il veleggiatore non era riuscito a staccarsi da terra. Sospiro di delusione della folla.

Anche il secondo tentativo non era andato a buon fine. Ma al terzo, finalmente, l'AG-1 ce l'aveva fatta. Non si era alzato di molto: giusto un metro, e per il tempo di percorrerne non più di dieci. Ma l'assetto era stato "stabile, equilibrato", ed era atterrato "dolcemente senza scossa", secondo la cronaca riportata sulla pagina ingiallita di un giornale che Corrado le aveva mostrato durante il primo tour della villa di Cascina Costa. Il giorno dopo era andata ancora meglio, un veleggiatore lievemente diverso, l'AG-2, si era alzato di un metro e mezzo reggendo il volo addirittura per settanta metri. L'atterraggio non era stato dolce come il primo, e l'ala sinistra aveva riportato qualche danno. Ma Giovanni Agusta, futuro padre di Corrado, a trent'anni aveva dimostrato di potercela fare.

L'anno dopo si era arruolato volontario nella regia aeronautica e aveva partecipato alla guerra di Libia. Questo Francesca se lo ricordava. Ma poi cosa c'entrasse Giovanni Agusta con la Caproni e con Vizzola Ticino boh, deleted. "Senza cozzar dirocco", le risale alla memoria questo motto di D'Annunzio, boh. Ecco Teresa.

Teresa in fondo non è così male. È ruvida, è dura, ma ha il potere di farla sentire al sicuro, è come le due pareti verticali del bob, lei scivola giù, sempre più in basso, a sempre maggiore velocità, ma almeno evita di volar via e schiantarsi, le due pareti di ghiaccio-Teresa la tengono viva, ammesso che questo sia un bene. Parla un buon italiano con la cadenza delle persone dell'Est, alternando un tono monocorde a un'eco di ingiustificato risentimento. Per cosa dovresti essere risentita, Teresa? Perché ti permetto di vivere in una villa miliardaria di cui altrimenti non ti saresti neanche sognata l'esistenza? Perché ti pago lo stipendio puntuale ogni mese, contributi compresi? Perché mi lamento quando con quelle tue mani arrossate mi togli la bottiglia di mano? Ma lei lo sa che Teresa non è risentita, è soltanto chiusa in un guscio, al sicuro, in una tana da cui guarda da vicino quel mondo che da fuori può apparire fatato e invece come tutti i mondi del mondo è pieno di pustole, di noia e di orrori. Si muove, pulisce e prepara la cena, Teresa, ma la sua essenza profonda è chiusa nella tana, spuntano solo gli occhietti che scrutano e incamerano informazioni, dettagli, spunti per futuri racconti ai nipoti quando un giorno tornerà nella sua amata Polonia a sfinirsi di malinconia e di vodka, e forse allora mi capirà un po' di più, mica come ora che intuisco la sua disapprovazione celata dietro le maniere da serva fedele. Che stronza che sono, pensa mentre Teresa raccoglie il vassoio e piega la testa per fissarla negli occhi.

"Come andiamo stamani, signora?" le chiede.

Francesca la guarda e un grumo di pena le opprime lo stomaco, qualcosa di scuro che occupa uno spazio che dovrebbe essere vitale e invece non lo è. Almeno ora, almeno qui, almeno in questo lunedì di gennaio infame.

"Teresa, voglio farla finita."

Teresa si blocca, per un istante. Poggia a terra il vassoio, si avvicina e fa una cosa che non aveva mai fatto prima, che nessuna tra le decine di cameriere avute da Francesca aveva mai fatto e forse neppure mai pensato di fare: la abbraccia. Francesca rimane interdetta, per qualche secondo è come abbacinata dall'odore di lavanda e sudore, dal blu petrolio dell'uniforme a contatto con gli occhi, da un senso di eccesso che le invade i pori e fa scattare silenziosi campanelli d'allarme in alcuni punti sensibili: intestino, gola, gambe. Non alza le braccia, pensa "non sto alzando le braccia", Teresa la stringe ancora più forte. E allora ricambia l'abbraccio, Francesca. Abbraccia una cameriera che la sta abbracciando.

La vita, pensa, finisce sempre in qualche modo per sorprenderti.

Un'idea che le dà sollievo è il Messico. È come se, anche solo ripetendosi la parola "Messico", le si aprisse più spazio nei polmoni, il diaframma riuscisse a spingersi più in basso, le entrassero nella testa più colori e suoni meno cupi. Saranno quei muri bianchi di calce spessa, il contrasto col legno scuro delle fioriere e la pietra grigia, l'aria azzurra che si infila nel patio e lo solleva come fosse una cabina appesa a una mongolfiera, lo spagnolo cantilenante che si sente per strada, "*un mesecito*", "*un poquecito*", il mare che non è rabbioso o immobile come questo Mediterraneo che ormai è diventato il reticolo sul quale si muovono i suoi neuroni, ma è oceano potente anche quando sta in riposo, balena che può ucciderti ma non ti vuole uccidere, a differenza di queste onde che anche stamani percuotono la roccia sotto la villa come se ce l'avessero con lei. Ad Acapulco no, hai la sensazione di avere a che fare con un elemento cosmico più che con un lago agitato dal soffio rabbioso di un bambino, l'acqua è calda anche d'inverno, quando il mare è calmo puoi lasciarti andare sulle onde del Revolcadero come se fossero un massaggio energico ma poi rilassante, la sabbia ti accoglie in un abbraccio e ti asciughi osservando i salti delle *rajamantas*. Sarà l'altitudine delle *sierras* che rallenta i movimenti e schiarisce la mente, saranno le foreste di conifere che ti circondano senza bisogno di montagne aguzze come le Alpi, o l'aria triste ma dignitosa dei professori di storia dell'arte costretti a fare le guide per arrotondare lo stipendio. Sarà la corruzione vissuta con una noncuranza che la fa apparire innocua al pari di una mancia, o l'impasto di religioso e arcaico che non riesci mai a distinguerli, al punto che quando entri in una chiesa di campagna e vedi le immagini palpitanti, le candele rosse, gli ex voto quasi vivi, quei cristi realistici e pieni di piaghe purulente, hai la sensazione di precipitare in un buco temporale dove il sangue sacro e quello profano si mescolano e diventano una cosa sola. Sarà la lontananza da questa Portofino che da luogo dei sogni si è a poco a poco trasformata in gabbia, ma quando pensa al Messico sta meglio. Un matrimonio messicano è quel che ci vuole per tirarsi un po' su. E all'idea che oggi Susanna farà i biglietti aerei le spunta addirittura un piccolo sorriso. Da un mese va ripetendo al giornalaio che sta per partire per il Messico. Tra qualche giorno si parte davvero.

FUORI
14 febbraio-10 marzo 2001

Il giorno di San Valentino non c'è tempo per innamorarsi, a Villa Altachiara: alle otto del mattino tre auto civetta dei carabinieri si presentano davanti al cancello. Poco dopo escono Tirso, che indossa un giubbotto grigio, Susanna, che per la prima volta appare in pubblico struccata, e Teresa, in jeans e giacca a vento. Hanno l'aria tesa, forse spaventata, vengono fatti salire ognuno su una diversa vettura. Destinazione Genova, Forte San Giuliano.

In altri tempi essere portati a Forte San Giuliano avrebbe reso ancora più terree le loro espressioni: nel 1944 si veniva torturati per giornate intere dai nazifascisti, e poi spesso fucilati, a Forte San Giuliano.

Naturalmente i giornalisti si precipitano a Genova, di fronte all'ingresso, ma i piantoni non consentono loro di entrare all'interno dei locali del comando provinciale dei carabinieri. Stazionando fuori dall'edificio, assistono all'arrivo, poco dopo, di un paio di amici non meglio identificati della contessa, seguiti a poca distanza dal fratello, che sembra sempre un pesce fuor d'acqua, in qualunque situazione, in qualunque acqua.

Verso metà giornata trapela che per il momento la sostituta procuratrice, affiancata da personale dei carabinieri, ha parlato soltanto con Susanna e con Teresa. Tirso e gli altri aspettano in stanze separate, dopo aver pranzato in solitudine alla mensa. Nessuno è indagato, vengono ascoltati soltanto come persone informate sui fatti, senza quindi essere assistiti dagli avvocati.

Lunghe ore di attesa. La vita del cronista a volte è di una noia mortale. Ti illudi di star facendo qualcosa di importante mentre ti fanno male i piedi, hai freddo, fame, sonno. I pomeriggi d'inverno in Liguria possono essere infiniti. Auto che passano, cani che portano a spasso i padroni, umidità e salmastro sui risvolti delle giacche. Finalmente si avvicina la sera, qualcosa succederà. Poco prima delle otto da una nuova auto civetta spunta Maurizio. "Credo che cenerò qui dentro" soffia con un ghigno passando tra i giornalisti. Subito dopo arriva Marcin, a occhi bassi, senza dire una parola.

È notte. I tramezzini e le pizzette sono ormai digeriti, o si sono piantati irrimediabilmente sullo stomaco. In fondo a una giornata come questa ci si attende il colpo di scena, l'arresto risolutore, il titolone per l'edizione di domani. Ma un quarto d'ora prima di mezzanotte escono tutti quanti, liberi come quando sono entrati.

Il primo è Tirso, subito circondato dai cronisti. Appare sull'orlo del pianto. Dice di essere stato aiutato da un interprete, e spera che le sue risposte siano state tradotte correttamente. Gli hanno contestato l'omesso soccorso, che se fosse dimostrato gli varrebbe l'esclusione dal testamento per indegnità. "Quando sono uscito in giardino la contessa non c'era più" ripete, poi i carabinieri lo fanno salire a bordo dell'auto civetta per riportarlo a Villa Altachiara.

Teresa non rilascia dichiarazioni.

Susanna prima di chiudere lo sportello sussurra che quella sera era uscita "dalla porta di dietro" e che non ha visto cadere la contessa.

Il fratello di Francesca, arrivato e ripartito con la propria auto, ribadisce con poche e sofferte parole di non credere al suicidio, e di aver chiesto con forza il rimpatrio della salma. "Abbiamo bisogno di fare il funerale. Era mia sorella, lo capite?" I cronisti annuiscono. "Spero che lo capiscano anche loro."

L'ultimo è Maurizio. Con uno scatto evita l'assalto dei microfoni e si infila nell'auto civetta che lo ricondurrà alla villa.

Ancora qualche minuto di pazienza (gli ultimi disponibili per chi è in ballo dalla mattina presto) e compare il comandante provinciale dei carabinieri di Genova. Si scusa per la lunga attesa, dice che purtroppo non ci sono grandi novità. Qualcosa però si sente in dovere di dare in pasto a quel gruppo di giornalisti sfranti dalla stanchezza. Per esempio: è definitivamente accantonata l'ipotesi della presenza di sangue in camera da letto e nel giardino, il RIS ha stabilito che quelle su tappeto, parquet e veranda erano solo macchie di vomito. Con ogni probabilità proprio della contessa, visto che Susanna e Tirso sostengono che si sia sentita male dopo aver bevuto e assunto sonniferi e forse anche droga. È emerso inoltre che entrambi venivano sovvenzionati dalla contessa. Al messicano, proveniente a differenza di Susanna da una famiglia benestante, era riconosciuta una cifra mensile più piccola.

Il giorno dopo dovrebbe essere di tutto riposo, per attori e spettatori. Invece arriva Marina. Ed è una mezza tempesta.

Marina Ripa di Meana, che in questo periodo lavora per una tv privata e sta già raccogliendo materiale per scrivere il suo instant book sulla vita della contessa, ottiene da Tirso e Maurizio il nullaosta per visitare il giardino di Villa Altachiara, purché non vengano effettuate né riprese degli ambienti né domande agli interessati. Accompagnata da un operatore, istruito a non azionare la macchina da presa, si aggira per una ventina di minuti tra l'eliporto, la piscina svuotata, il muretto della caduta. A un tratto dalla dépendance rosa spunta Maurizio (sono già uscite interviste in cui i due si sono denigrati a vicenda): "Ti avevo detto che non ci dovevano essere riprese della casa!" urla indicando l'operatore. Marina gli assicura che la telecamera non è stata azionata, Maurizio si volta allora verso Tirso, fermo a osservare la scena: "Ma che mi guardi tu, con quell'aria melensa!" Tirso reagisce: "Hijo de puta!" Maurizio fa un paio di passi nella sua direzione: "Ti stacco la testa!" "Te mato!" Poi Marina si mette in mezzo e la situazione non degenera oltre, ognuno rientra nelle proprie stanze, lei si avvia a lasciare Portofino.

Il fratello della contessa continua intanto ad andare e venire da Milano. Rilascia brevi dichiarazioni. "Non impugnerò il testamento, anche se quello ritenuto valido non mi dovesse nominare. Intendo a tutti i costi rispettare la volontà di mia sorella." Con i suoi tic, le incertezze nascoste dietro l'apparenza inappuntabile, l'incapacità di padroneggiare un mondo troppo diverso dal suo, l'angoscia che gli fa vedere il funerale come l'unico obiettivo positivo da perseguire, è un'anima in pena.

E Susanna?

A Susanna – forse perché è bella, forse perché ha un ruolo più defilato rispetto a Maurizio e a Tirso nelle dinamiche ereditarie – è stato chiesto di rendere partecipe il grande pubblico di cosa si prova a trovarsi nella sua condizione. Lei non si fa pregare, e comincia a tenere una specie di diario sulla rivista "Chi", diretta da Alfonso Signorini. Nel numero in edicola il 21 febbraio scrive, rivolgendosi direttamente all'amica che non c'è più: "Sei tutto ciò che vorrei essere a quarant'anni. Ti ricordi? Ti dicevo che avrei voluto sommare le nostre età per dividercele. A questo modo nessuno avrebbe potuto fermare due splendide quarantaquattrenni come noi."

Una delle scene più famose di *Aprile*, film del 1998 di Nanni Moretti, è quella del "metro della vita". Un amico presente al suo quarantaquattresimo compleanno gli mostra un rollmeter: "Questo è un metro, vedi? Cento centimetri. Oggi è il tuo compleanno, auguri, però è parecchio che non fai un film."

"Son successe cose più importanti, è nato Pietro..."

"Sì sì sì, però cerca di stringere. Quanti anni è che vuoi vivere? Settanta, settantacinque...?"

"Ottanta!"

"Ottanta. Allora tolgo venti [fa rientrare il metro di venti centimetri], e questo è ottanta. Oggi compi quarantaquattro anni, quindi lo facciamo arrivare fino a qua [fa rientrare il metro di altri quarantaquattro centimetri]. Ecco guarda: questo è quello che resta [e gli passa il moncherino rimasto]. Auguri eh, comunque."

Nanni rimane senza parole, a guardare i pochi centimetri di vita che gli restano.

La scena immediatamente successiva lo vede in Vespa (come nel primo episodio del suo film precedente, *Caro diario*), che scorrazza per la Roma estiva in Lacoste bordeaux e caschetto bianco. La sua voce fuori campo ci ripensa: "Ma no ottanta, che stupido! Che senso ha ottanta, volevo dire novantacinque! Novantacinque anni volevo dire, mi ha preso in contropiede! Ottanta meno quarantaquattro... Ottanta meno quarantaquattro..."

È proprio all'inizio di *Caro diario*, invece, che viene pronunciata la celebre frase: "*Voi* gridavate cose orrende e violentissime e *voi* siete imbruttiti. Io gridavo cose giuste e ora sono uno splendido quarantenne!"

Tirso di anni ne ha cinquanta, e in condizioni normali avrebbe fascino a sufficienza per poter essere definito uno splendido cinquantenne, ma la pressione a cui è sottoposto fa sì che nelle fotografie appaia sempre con l'aria smarrita, tesa, troppo consapevole di essere al centro di una scena che lascerebbe volentieri appena possibile. È l'unico tra i vari personaggi a non rilasciare interviste vere e proprie, a non partecipare alle trasmissioni televisive, nonostante le telefonate dei grandi conduttori lo blandiscano, facendogli anche intuire che cedere il campo in quel modo a Maurizio, a Susanna e a Rocky potrebbe non essere una scelta saggia ai fini della risoluzione di tutta quella matassa. Ma lui preferisce il silenzio.

Silenziosamente, fino alla fine di febbraio segue una strategia incerta come a volte si rivela il suo carattere, firmando come abbiamo visto atti e liberatorie per poi pentirsene subito dopo. Ma con i primi di marzo, sempre in silenzio, cambia qualcosa. Anzi cambia tutto. Grazie a una connessione familiare, il milionario messicano Carlos Peralta (già ospite di Villa Altachiara, nonché proprietario della rete per cellulari IUSACELL, che proprio in quel 2001 cederà a Vodafone) gli ha aperto una linea di credito, che Tirso si è impegnato a ripagare a vicenda conclusa (lo farà). Con quei soldi Tirso restituisce a Rocky quanto gli era stato anticipato, e cambia avvocato. Il nuovo legale come prima mossa gli fa annullare qualsiasi accordo firmato in precedenza. "Ero sconvolto, debole psicologicamente. Poi mi sono accorto che intorno a me c'erano molti 'amici' d'accordo tra loro" dirà Tirso ai giornalisti che gli chiedono spiegazioni sul suo voltafaccia.

È giovedì 8 marzo 2001. Il giorno in cui, esattamente due mesi dopo la sua scomparsa, la salma della contessa Francesca Vacca Graffagni Agusta viene restituita alla famiglia.

Quarantotto ore più tardi, effettuata la cremazione e una breve cerimonia nel piccolo cimitero di Portofino, ha inizio il funerale. A Milano, nella basilica inferiore del Corpus Domini.

Strana chiesa, quella del Corpus Domini. Eretta poco più di cento anni fa sul perimetro di Parco Sempione, a vederla da fuori, con l'imponente facciata in mattoncini scuri, richiama qualcosa di nordico, uno di quegli edifici inglesi dove durante la rivoluzione industriale venivano ammassati telai ed esseri umani per produrre merci, ricchezza e alienazione. Non si immaginerebbe mai che di basiliche ne contiene due.

Quella superiore è ampia come una cattedrale, massiccia, scura, con grandi colonne rettangolari, cappelle spesso decorate con mosaici, pavimento di graniglia come nelle case delle nonne e pareti con un ammattonato dipinto e attraversato da grandi scritte in latino.

Per accedere a quella inferiore, sede del funerale, occorre uscire, costeggiare la fiancata e scendere alcuni gradini.

L'ambiente è lungo e stretto come una cripta, il soffitto basso e arcuato, per terra un caldo parquet scuro. Anche qui pareti dipinte con simboli geometrici, gigli dorati, croci greche. Sul pavimento, le passatoie.

Il tutto, superiore più inferiore, dà una strana idea di potenza posticcia.

Sono presenti trecento persone tra le quali molti curiosi, qualche vecchia compagna di collegio, nessun bel nome e, per volontà del fratello, nessun giornalista. Durante l'omelia, il sacerdote dice: "Siamo davanti a una scomparsa un po' misteriosa, però in questo momento non siamo chiamati a soffermarci su questo aspetto, ma ad affidare la sorella Francesca alla misericordia del Padre."

Per volontà di Maurizio, a un tratto tra le volte della basilica risuonano le note di *My Way*.

Frank Sinatra non amava *My Way*, nonostante sia una delle sue incisioni di maggiore successo. Trovava la melodia non particolarmente originale e il testo autoindulgente e un po' tronfio. La canzone gli era stata proposta nel 1968, ma aveva già una sua storia.

Qualche anno prima un ex cantante francese che si era ritirato dalle scene per dedicarsi soltanto alla composizione, Jacques Revaux, aveva proposto le prime strofe di un nuovo pezzo (senza il ritornello) al suo produttore, e a un cantante che gli sembrava adatto per interpretarlo. Il testo, come si fa per i provini, era stato provvisoriamente composto in inglese storpiato, il titolo era *For me*. Produttore e cantante si erano accomodati in studio e avevano ascoltato il nastro. Alla fine si erano guardati e avevano decretato che la melodia era già sentita e comunque troppo triste. "No."

Invece sì. Tempo dopo quello stesso nastro era capitato tra le mani di Claude François, ventottenne cantante di buon successo lasciato da poco dalla fidanzata. Le note così tristi gli fecero risuonare qualcosa dentro. Aggiunse il ritornello e lavorò con un paroliere a un testo che esprimesse il suo dolore per la fine di una relazione che forse era sì diventata di routine, ma che lui non avrebbe comunque voluto chiudere. La intitolò *Comme d'habitude*, la registrò, e il quarantacinque giri schizzò in testa alle classifiche.

In quel periodo si trovava in Francia Paul Anka, già famosissimo da più di un decennio, che un giorno in macchina ascoltò la canzone alla radio e quasi inchiodò nella prima piazzola disponibile: aveva immediatamente capito che sarebbe stata perfetta per il suo amico, il grande Frank. Tornò negli Stati Uniti, comprò i diritti, scrisse un testo diverso rispetto a quello originale (anziché limitarsi a tradurlo) e andò a proporre il tutto a Sinatra. Boh, non so, non credo... Ma le figlie, catturate da quel crescendo da resa dei conti con finale stoico, riuscirono a fargli cambiare idea.

Fu un successo immediato, divenne un classico nel repertorio di Sinatra e un passe-partout universale: la canzone è stata incisa da più di centoventi artisti in tutto il mondo e ancora oggi, più di cinquant'anni dopo, Paul Anka e gli eredi di Claude François percepiscono qualcosa come settecentocinquantamila euro l'anno ciascuno per i diritti d'autore.

My Way, proprio a causa del suo incedere marziale e del suo tono, ebbene sì, autoindulgente e un po' tronfio, è spesso usata nelle cerimonie di addio (Schröder la utilizzò al momento del passaggio di consegne ad Angela Merkel) e nelle commemorazioni funebri.

Finita la musica, Maurizio si alza dalla panca in prima fila e si avvicina all'altare. Si è preparato un breve intervento, ma deve interrompersi più volte per mandar giù il nodo alla gola. Tornato al proprio posto, è il momento di Susanna, che dopo le prime parole scoppia in lacrime, non riuscendo a proseguire e correndo via con una mano sugli occhi. È la volta di Tirso. Fa quei pochi passi senza incertezze, poi dice solo: "Stai bene, *chiquita*." A quel punto uno dei due nipoti (figli del fratello) della contessa, legge un messaggio anche a nome della sorella: "Siamo qui per renderti l'ultimo saluto. Ti abbiamo conosciuto, ti abbiamo voluto bene, come tu ne hai voluto a noi. Siamo stati la tua famiglia, gli ultimi, dopo la scomparsa della nonna Gianna, rimasti a tenere saldo il legame che ci ha sempre uniti. Abbiamo sempre apprezzato i tuoi slanci di generosità e abbiamo saputo comprendere anche i tuoi occasionali malumori. Eri per noi un punto di riferimento che adesso non abbiamo più, perché sei scomparsa nella notte fredda senza chiedere aiuto. Noi ci chiediamo da quella notte, da quella brutta notte di gennaio, il perché di quanto è accaduto e come sia potuto accadere... Possiamo solo sperare che adesso, nella tua nuova dimensione, tu possa trovare quella serenità che hai rincorso, forse invano, durante tutta la vita."

La bara della contessa viene portata fuori a spalla dai portantini coadiuvati da Maurizio e da Tirso, che nel corso della cerimonia non si sono rivolti né una parola né uno sguardo. Finirà il suo viaggio nel loculo di un colombario del cimitero comunale di Portofino.

"Dove sei riuscito a nascondere gli ottocento miliardi di eredità di tuo padre?" chiede Maurizio a Rocky, mentre la bara viene introdotta nel carro funebre.

"Se riesci a scovarli ti lascio il dieci per cento di quella cifra" risponde il cinquantenne erede dell'impero Agusta.

DENTRO

Lunedì 8 gennaio 2001

Villa Altachiara, ore 13,00 – Francesca

Qualche sera prima erano andati a prendere un aperitivo a Nervi. Il gestore del bar – sui quaranta, l'aria simpatica, tatuaggi sulle braccia e un accenno di pizzetto – l'aveva riconosciuta, era la seconda volta che la vedeva lì. Alcune versioni dell'accaduto apparse sulla stampa dell'epoca sostengono che, dopo l'acquisto, Tito e Susanna erano andati in bagno "per provarla subito". Due quattordicenni in gita scolastica. Lei era rimasta al tavolo, sorseggiando il suo whisky con ghiaccio, guardandosi intorno per scovare qualcosa di interessante nella fauna del bar. Ma c'erano solo coppie giovani, terzetti di impiegate eccitate da qualcosa di inconsistente, tipi smorti. Quando i due quattordicenni erano tornati dal bagno con le pupille dilatate, il barista si era avvicinato al loro tavolo.

"Oh, ragazzi," aveva detto in un mezzo sussurro "fatelo fuori di qui, che io non voglio casini."

Loro si erano scusati, erano persone educate, incidente chiuso. Poi avevano alzato gli occhi al cielo, sbuffato, detto "che posto di merda".

Prima di uscire lei si era avvicinata alla cassa per pagare, mentre gli altri due la aspettavano fuori, figli annoiati dal genitore appresso.

"Nessuno mi vuole bene" aveva scandito piano mentre aspettava lo scontrino. "Prima o poi sparirò."

Il barista l'aveva guardata imbarazzato, aveva farfugliato qualche mezza parola di conforto. (L'episodio è riportato più o meno in questi termini da Massimo Calandri sulla "Repubblica" del 22 novembre 2001 e da Antonio Rossitto nel suo *Sangue blu. Delitti e misteri dell'alta società*, edito da Mondadori nel 2006.)

Susanna ha un'essenza di farfalla, leggera e dolce come una macchia di colore che si sposta nell'aria di maggio, è questo forse che le ha toccato il cuore la prima volta che l'ha vista in quella boutique di Santa. Andava e veniva facendole provare i vestiti con un ritmo perfettamente intonato al suo, porgendo e ritirando mai in anticipo né in ritardo, commentando con grazia e acume e ironia. Da allora è come se a intermittenza fosse legata a lei da qualcosa di più che amicizia, di diverso che amore, una sorellanza che non ha passato né futuro ma solo presente, un madre-figlia privo di complessi edipici, una meta-fisicità che le permette di sentirla arrivare anche quando è ancora lontana, i passi felpati attutiti dalla passatoia, le nocche distanti dalla porta che le separa. L'immagine del suo corpo, soprattutto il sorriso che emana forza e freschezza dagli occhi alle labbra morbide ai denti regolari e bianchissimi, si insinua tra gli importi delle bollette e i fogli, ognuno di dimensione diversa, delle fatture, numeri che la impensieriscono nonostante non abbia (o proprio perché non ha) l'esatta percezione dell'ammontare delle uscite che ogni mese decurtano i conti correnti italiani o svizzeri, che dovrebbero servire alla sistemazione definitiva delle pendenze con gli avvocati e con Maurizio per il maledetto periodo del contenzioso con Rocky e per il maledettissimo periodo della latitanza seguita poi dagli arresti, dal patteggiamento, dai domiciliari, cosa si è dovuta sorbire, cosa. Eppure se non ci si mette di lunedì appena sveglia, se non affonda in quel mare di cifre oggi che è tempo brutto fuori e dentro di lei, non troverà mai più la spinta per farlo, visto che fra tre giorni se ne andranno tutti in Messico, e comincerà una nuova vita matrimoniale (l'avresti detto? ma no) e per un po' (un mese? due mesi?) nessuno si occuperà più di niente, qui a Villa Altachiara, a parte Maurizio che a tutto sovrintende e tutto guarda ma, si dice Francesca, è arrivato il momento di riprendere in mano la situazione, basta con questo Maurizio, basta.

"Vieni!" le dice.

Senza togliere gli occhi da quella bolletta della luce che le pare iperbolica le fa cenno di avvicinarsi. Ne avverte il profumo prima ancora che il rumore, ecco una cosa da ricordarle ogni tanto è di non esagerare con lo Chanel, soprattutto prima di sera. Le porge la guancia indicandola col dito, per evitare il bacio sulle labbra che ogni tanto si scambiano e di cui adesso, improvvisamente, non ha voglia.

"Hai da fare?" chiede Susanna.

"Controllare i conti, qualche telefonata..."

Gli avvocati, gli avvocati. Adora gli avvocati. Li odia. Le piace fare l'amore con Tito. Lo odia.

"Lui è giù?" chiede.

"Sì, 'Gazzetta'."

"Bene." E si riconcentra sui fogli. Ma quanto cazzo è costato questo fertilizzante?

"Ti lascio lavorare, vado a fare i biglietti per il Messico, ci vediamo dopo."

"Tanto poi prima di cena arriviamo su a Nervi, no?" dice lei chinandosi verso un cassetto e porgendole i passaporti, il suo e quello di Tito.

"Sì, che non ce n'è rimasta neanche un grammo." Sorride.

Francesca annuisce. Speriamo che non si ripetano scene come quella dell'altro giorno, pensa con un sospiro. Fare figure di merda nei locali proprio no.

"Ieri sera tutto bene?" chiede Susanna prima di uscire dalla stanza.

"Tutto tranquillo" dice Francesca. "L'ho fatto tornare a dormire qui."

Da donna a donna. Sono io che comando, sono io che decido, qua dentro.

"Meglio così" fa Susanna. La voce un quarto di tono sotto il suo standard normale. *Touché*.

La adora. Si farà perdonare. Vuole essere amata, Francesca. Vuole fortissimamente essere amata. Ma non perché si comporta bene. Non perché è buona. Non perché è fedele. Non come si amano i cani, vuole essere amata per quello che è. Vuole ricevere amore per il solo fatto di stare al mondo. Come un bambino appena nato, che urla caga e poppa ed è amato. Forse questo suo modo di essere dipende dalla morte troppo precoce di sua madre. L'amore della madre le è mancato come l'aria a un annegato, come il pane a un morto di fame. Le è mancato in modo irrimediabile. Una di quelle mancanze destinate a segnarti per sempre. Una mancanza che le fa esigere dagli altri un amore incondizionato e totale, un amore che non esiste. Già ai tempi delle Orsoline, a Milano. "Sono la Vacca che ha studiato lingue in viale Majno." Uno di quei viali dove si alternano palazzi di qualità e scempi edilizi, auto che corrono come cavalli con i paraocchi, fruscio di città grande e notti che si addensano intorno a cosce nude anche quando fa freddissimo.

Marisa Maresca, "le più belle gambe d'Italia", era nata un po' per caso a San Giovanni Rotondo, il paese della provincia di Foggia oggi noto per ospitare le spoglie di Francesco Forgione, che lì aveva vissuto e operato a lungo. Proprio nel 1923, anno di nascita di Marisa, il trentasettenne Forgione aveva rifiutato di farsi visitare da padre Agostino Gemelli, futuro fondatore dell'Università Cattolica Sacro Cuore di Milano, che lo aveva descritto come "un bluff. Ha tutte le caratteristiche somatiche dell'isterico e dello psicopatico. Le ferite sul corpo: fasulle, frutto di un'azione patologica morbosa. Si procura le lesioni da sé, tipico della patologia isterica".

Francesco Forgione viene proclamato santo il 16 giugno 2002 (poco più di un anno dopo la morte della contessa) da papa Giovanni Paolo II. È meglio conosciuto come padre Pio.

Anche i genitori di Marisa Maresca erano gente di teatro, impresario il padre e soubrette la madre. A quindici anni Marisa era già una delle "donnine" di Macario. A ventitré aveva messo su una compagnia tutta sua. Possedeva un lato imprenditoriale.

Sarebbe stata un'ottima segretaria di direzione, Francesca. Svelta, attenta, disponibile. Se solo avesse avuto un altro carattere. Il carattere di suo fratello, per esempio. Ma nonostante il diploma, come segretaria non ha lavorato neanche un giorno.

"Una *soubrette*" ripete Giuseppina poggiando la tazza di tè sul tavolino accanto al divano. "Una che come lavoro si presenta sul palcoscenico nuda..."

"Non *completamente* nuda..." la interrompe Corradino.

"Nuda!" alza la voce Giuseppina.

Non aveva mai sentito sua madre alterarsi così, ne rimane colpito. Per questo evita di tirare in ballo le teste di volpe o i caschi di banane.

"Nuda," incalza lei, più piano "per eccitare tutti quegli uomini in platea."

Come negarlo? Anche lui ne era rimasto eccitato, quella sera di quattro mesi prima.

"Ma sta chiudendo la compagnia" dice conciliante scorrendo con le dita la piega dei pantaloni. "Le ultime tre repliche e poi lascia le scene."

Giuseppina si riporta la tazza alle labbra, manda giù un piccolo sorso guardando i rami della quercia attraverso la finestra. È una domenica ventosa, domani il giardiniere avrà il suo daffare. Da quando è rimasta da sola a vivere lì nella villa, le giornate si sono come accorciate, i giorni della settimana si susseguono a un ritmo indiavolato, domani è di nuovo lunedì e ci voleva pure questa bella novità di Corradino. Ha le narici frementi, le guance contratte. Essere la madre di quattro maschi è una fatica che non finisce mai.

"Va bene," si decide "domenica prossima portala a pranzo."

Corradino si alza, si curva per abbracciarla, un po' impacciato da quella tazza di tè che li separa.

"Una cosa però sia chiara" aggiunge lei quando lui è quasi sulla porta.

Si volta. Magro, dritto, slanciato, distinto: il più bello e fine tra i suoi figli.

"Finché sono viva, non si parli di matrimonio."

Avete presente cos'erano quegli anni in una città come Milano? (A Francesca capita di pensare, quasi di gridare nel pensiero, quando i ricordi diventano realtà.) Avete idea di cosa significasse avere vent'anni nel 1962 in una città come Milano? Sapete cosa significava essere bella, simpatica e sboccata a Milano nel 1962? Anzi bellissima, simpaticissima e sboccatissima? Alta, disinvolta, affascinante, trasgressiva. Con i capelli rosso Tiziano che le ricadevano folti sulle spalle. Milano era una bottiglia di champagne a cui ogni sera il tappo saliva un altro po', ribolliva di un'energia selvaggia che durante il giorno si diffondeva per le mille fabbriche della cultura del fare e la notte si coagulava nei locali, dove nobiltà e borghesia rampante si incontravano unendosi solo per brevi istanti ma restando divise nel profondo, come le onde di Atlantico e Pacifico a Capo Horn. (Il proletariato e la borghesia piccola, che non rampava, andavano a letto presto, sfiniti dagli orari e dal ritmo incalzante del lavoro.)

Le piacevano i ricchi. Più erano ricchi, più le piacevano. Ed era un amore ricambiato. Uno dei più assidui organizzatori di nottate era il conte (le piacevano i conti) Gigi, un playboy specializzato nel combinare incontri sentimentali, diciamo così. Qualcuno dice che fu lui, pochi anni dopo, a presentarla a Corradino.

Nella primavera 1954 il primo Bell 47 costruito su licenza dall'Agusta (che nel frattempo è diventata una S.P.A. e può contare su macchinari di altissima precisione fatti arrivare dagli Stati Uniti) è pronto.

Giuseppina non ha voluto perdersi il momento del carico su un aereo cargo alla Malpensa. Negli ultimi mesi ha accusato momenti di vuoto, di improvvisa debolezza fisica e mentale, ma stamattina si sente di nuovo al meglio, come non accadeva da tempo. Il tacco delle scarpe picchietta con sicurezza sul lastricato di cemento, un lungo cappotto dalle maniche svasate si apre su un vestito elegante. Filo di perle, capelli ossigenati, sopracciglia disegnate come le attrici di qualche anno prima. Lo sguardo forte e aperto, senza sorrisi, di una madre di famiglia che si è trovata a dover diventare regina e ce l'ha messa tutta per farcela. Se Giovanni lo vedesse, questo primo elicottero. Se Giovanni li vedesse, cosa sono diventati Domenico (un signore, un vero industriale, forte, capace, deciso, allegro), Vincenzo (farfallone, geniale, un controcanto utilissimo), Mario (una forza della natura, pronto ad accorrere in aiuto quando serve), Corradino (furbo, acuto, educato, principe più ancora che conte, se non fosse che si è accompagnato con quella soubrette, però in fondo ha ragione lui, è una brava ragazza, madre tenerissima di Rocky, a volte da fuori si giudica male, magari uno di questi giorni glielo dico che se proprio si vogliono sposare...).

Giuseppina Turetta, vedova Agusta, muore serenamente il 28 novembre 1954, a settantaquattro anni.

Nei primi anni Ottanta invece Milano era una versione adulterata, pompata, glassata e per certi versi farsesca di quei ruspanti e vertiginosi Sessanta. Nel 1984 il conte Gigi fu coinvolto nel crac della CGI, una società paravento creata dal conte (ci mancherebbe) Achille Caproni, erede della gloriosa stirpe che per prima aveva iniziato a produrre aeroplani in Italia. La CGI serviva al giovane Caproni per procurarsi fondi neri, e i fondi neri furono il passo che portò al punto di non ritorno la crisi dell'azienda di famiglia. Il conte Gigi, nel complesso meccanismo messo in piedi dall'amico conte Achille Caproni, aveva il compito di chiamare le banche e rassicurarle per ottenere nuovi finanziamenti. Le banche si fidavano di lui, era notoriamente un gran signore. Finì in prigione insieme ad altri cinque esponenti del consiglio di amministrazione. Il conte Achille Caproni invece riuscì a fuggire, forse alle Seychelles, forse in Venezuela. Venne condannato a diciotto anni di carcere e fu arrestato molto tempo dopo, nel maggio 2011, mentre stava progettando nuovi investimenti a Berlino.

Alla fine dei giochi la Caproni Vizzola, con i suoi oltre cinquecento dipendenti, venne rilevata dall'Agusta. Erano passati più o meno settant'anni da quando Giovanni Agusta – il padre di Corradino – aveva trovato proprio alla Caproni il suo primo lavoro in campo aeronautico.

"Protto?"

"Pronto?"

"Sì!"

(Voce fuori campo: "Chi è? Chiedi chi parla!")
"Chi palla?"
"Sono un amico del papà. Tu sei Rocky?"
"Sì!"
(Rivolto alla v.f.c.: "È un amico del papà.")
"C'è il papà? Me lo puoi passare?"
"No, il papà è andato a sposarsi con la mamma."
"A sposarsi!?"
"Sì!"
(V.f.c.: "Dammi, passamelo!")
"E a te, ti hanno lasciato a casa?"
"Sì pecché ci ho il raffeddore."

Corradino aveva mostrato a Francesca una fotografia di suo padre accostato al tronco squamoso di una palma, stivali da cavallerizzo, pantaloni alla zuava, camicia e giacca bianca, cravatta scura. Era stata scattata in Libia negli anni Venti, quando Giovanni vi aveva aperto un'officina di riparazioni per aerei. Era un quarantenne in piena salute, con un pugno puntato su un fianco e l'altra mano poggiata sul bottone chiuso della giacca. Baffi, capelli e occhi scuri, emanava la forza non aggressiva di chi nella vita qualche importante obiettivo l'ha già raggiunto.

Non molto tempo prima la famiglia Agusta si era trasferita a Cascina Costa, nella brughiera di Gallarate, per gestire un campo volo, primo nucleo del loro futuro impero. Lì Corradino avrebbe passato l'infanzia, con la madre e i tre fratelli più grandi, a naso in su per osservare le evoluzioni degli aerei progettati da suo padre.

PRIMA
Corradino

1956: Agusta produce e consegna in diversi paesi europei cento elicotteri Bell. La produzione di elicotteri Bell durante gli anni Sessanta arriverà fino a seicento esemplari l'anno.

A Rocky piace molto che suo padre vada veloce in macchina, e che sua madre si spaventi e gli chieda di andare più piano, e suo padre sorrida e vada ancora più forte, e sua madre si aggrappi alla maniglia dello sportello e non dica più niente. Gli piace molto arrivare la sera della vigilia di Natale quando è già buio alla villa di Cascina Costa, che da lontano sembra un'astronave grande grande arrivata a illuminare il paesino. Gli piace molto entrare e rimanere quasi stordito dal calore, e dall'odore di brodo e di arrosto, e dalle canzoni natalizie che vengono su dal giradischi, ed essere sballottato dagli abbracci ruvidi degli zii e da quelli morbidi delle zie e dalle carezze e dagli sbaciucchiamenti delle cugine che gli appaiono quasi delle estranee. A Rocky piace molto l'albero di Natale, talmente pieno di decorazioni da nascondere persino i rami, gli piacciono molto le palline che se le tocchi fanno musica, rimarrebbe lì sotto tutta la sera. A Rocky non piace avere il batticuore di dimenticarsi le parole di quella poesia scritta come ogni anno dalla mamma, un pensiero scherzoso e affettuoso per ognuno dei parenti, che ha dovuto imparare a memoria e adesso dovrà recitare in piedi su una sedia. Non gli piace dover suonare l'*Ave Maria* di Schubert, o la *Marcia turca* con la fisarmonica, ogni volta sbaglia qualche nota e vede da come cambiano i sorrisi che se ne sono accorti tutti. Non gli piace dover cantare *White Christmas* vestito da Bing Crosby. A Rocky piace essere chiuso dopocena nel disimpegno insieme alle cugine per aspettare l'arrivo di Babbo Natale, ogni volta gli sembra quasi di riconoscerlo ma poi invece chi lo sa. Gli piace molto scartare i regali rendendosi conto che è tardissimo, un'ora che quando è a casa a Milano non può nemmeno immaginare possa esistere. Gli piace ricevere una batteria su cui pestare come un forsennato, carrarmati da lanciare sul pavimento, zoo in miniatura. Gli piace alzarsi la mattina dopo quando sono ancora tutti a letto e utilizzare le bestie feroci dello zoo per fare scempio di pecore e pastorelli del presepe di famiglia. Gli piace rotolarsi sulle pelli di leopardo e scovare i buchi prodotti dalle tarme per infilarci le dita e allargarli ancora un po'. Non gli piace capire dalle parole e dagli sguardi che pure per quest'anno i giorni di Natale a Cascina Costa sono finiti, le cugine con cui ormai è diventato amico si ritrasformeranno in quasi estranee, e c'è da tornare a Milano per vivere le lunghe serate con la mamma in attesa del papà che arriva sempre tardi.

A primavera cominciavano ad aspettarne il ritorno sul terrazzo, lei seduta su una poltrona di vimini con un libro in mano, lui su e giù con macchinine, auto a pedali, aerei o missili da far decollare o atterrare. Ogni tanto arrivava il cameriere a chiedere se la signora desiderava qualcosa, e lei si faceva portare un gin tonic per poi lasciarlo lì col ghiaccio che si scioglieva. Lui allora provava a bere un po' dell'acqua tonica, però era troppo amara e finiva sempre per sputarla. Lei rideva e si alzava per controllare l'uva del pergolato, era così tanta da poterci fare il vino, lei allora alle cene sosteneva che era buonissimo e invece Corrado faceva quel suo sorrisetto e diceva: "Marisin..." Poi finalmente il papà arrivava e se non era troppo stanco, o se non c'erano persone a cena, li faceva muovere ("Andiamo, andiamo!"), e prendevano l'ascensore che arrivava dentro casa e scendevano giù per infilarsi in un cinema, e lei alzava gli occhi al cielo quasi sempre per le boiate che il marito li costringeva a vedere, western o film di guerra buoni per maschi bambini-per-sempre ma terribilmente noiosi per lei, a lei piacevano le storie romantiche, le commedie, ma non si sarebbe mai sognata di rinunciare a una serata del genere, con marito e figlio in mezzo a tutta quella gente che magari un giorno anni prima aveva assistito ai suoi spettacoli, e però da quando aveva incontrato Corradino non aveva più occasione di frequentare.

La morte a volte è una bomba a frammentazione che scaglia le sue schegge lontanissimo, a volte è una catena che stringe ancora di più tra loro i superstiti. Quando era morto Giovanni, più di trent'anni prima, Giuseppina e i quattro figli si erano stretti in un abbraccio forte e duraturo, che aveva permesso all'azienda di crescere e poi ricrescere, dopo i traumi della guerra. La morte della madre, poi, aveva unito ancora di più i fratelli in un rapporto così privo di attriti da sembrare finto, dove ognuno riconosceva all'altro lo spazio per muoversi, sbagliare, agire, comandare, divertirsi.

Il collasso improvviso che si è portato via Vincenzo è sentito dagli altri tre come un'offesa, l'ingiustizia che ti priva di una gamba, di un occhio, facendoti sentire d'un tratto di non essere eterno, di stare navigando su un fiume largo e apparentemente placido che però nasconde insidie, da un momento all'altro chiunque può cadere giù dalla piroga ed essere trascinato via dalla corrente. E da lontano, da laggiù, si comincia ad avvertire l'eco di un ronzio, di un rombo, dentro cui prima o poi precipiteranno tutti.

Domenico, mentre la bara viene calata, mette un braccio sulle spalle di Corradino e uno su quelle di Mario. Non c'è bisogno di parlare, ha già detto tutto il prete. I pensieri però sì, possono andare. E quelli di Corradino tornano alle scorribande giovanili, quando lui e Vincenzo la notte tornavano tardissimo, parcheggiando lontano dalla villa e togliendosi le scarpe perché la ghiaia del giardino sotto i piedi non facesse rumore. E alla prima volta che Vincenzo era tornato in licenza durante l'addestramento, in bicicletta e con la piuma sul cappello, e lui l'aveva preso in giro per mezza giornata, ma dentro era orgoglioso e avrebbe pagato per essere al suo posto. E ai lunghi anni in cui Marisin era guardata un po' così dalla mamma ma un poco anche dagli altri due fratelli, mentre Vincenzo faceva sentire e vedere il suo affetto e la sua piena comprensione, perché lui la capiva quella fissa di Corradino per le donne vistose e un po' oltre il limite, non a caso poi anche lui aveva sposato Dolores, una mannequin bellissima e ora eccola lì, vedova nera che si stringe al petto il piccolo Giovanni.

Un anno dopo, ottobre 1959. Ci sono tre uomini di fronte a una macchina fotografica. Tengono le mani intrecciate dietro la schiena, alle spalle hanno il tondo muso di un AB102. L'AB102 è il primo elicottero interamente progettato in azienda, anzi il primo elicottero interamente progettato in Italia, frutto delle idee dell'ingegner Zappata e del suo gruppo di lavoro. L'uomo a sinistra, dritto e fiero nel suo spezzato con pochette, è proprio Filippo Zappata, già progettista indipendente per la gloriosa Blériot, poi direttore delle Officine Aeronautiche dei Cantieri Riuniti dell'Adriatico e di Monfalcone e responsabile dei progetti Breda, ora capo progettista Agusta. A destra, perfetto in un coordinato principe di Galles, Domenico Agusta, presidente, grande capo, primo ministro. Pende lievemente verso il centro, dove, in una posa un po' imbarazzata e leggermente curva, c'è quello che appare il più anziano fra i tre: è Corradino D'Ascanio (un altro Corradino), nome leggendario della storia elicotteristica italiana. Anche lui, per qualche anno, collaborò con gli Agusta.

"Il signor Domenico non aveva particolari conoscenze tecniche, ma aveva grandissime capacità nei rapporti umani: sapeva scegliere gli uomini giusti e li sapeva ascoltare." (Un ex dirigente del reparto qualità.)

Quando però ci dovevi parlare ti costringeva a lunghissime attese nella sala d'aspetto, prima che l'eterna signora Nuccia, la sua segretaria, ti permettesse di entrare.

"L'unico vero datore di lavoro. Un grande lavoratore, senza possibilità di confronti. Al mattino dalle nove era in azienda fino alle tredici, tredici e trenta; andava in villa a Cascina Costa e si fermava fino alle quindici, quindici e trenta; rientrava poi in azienda e se ne andava via all'una o alle due di notte. A quell'ora veniva riportato a Milano, dove abitava in piazza San Babila; alle nove del mattino successivo rientrava in Agusta. E faceva questo per trecentoquaranta giorni l'anno. Le sue ferie consistevano in una settimana a Sirmione, dove faceva delle cure (e io e la signora Nuccia tutti i giorni venivamo portati fin lì dall'autista con la posta e con l'attività del giorno che lui leggeva e firmava), e quindici giorni in agosto a Portofino con il famoso panfilo *Rosetta*, un tre alberi acquistato dal re Faruk." (Un assistente di segreteria.)

C'è già Portofino, nel destino degli Agusta.

"Era un capo che dava l'esempio, che quando si faceva notte veniva giù a salutarci, magari con una birra in mano. Ci sapeva fare, oltre ad avere una testa molto fine. Facciamo gli elicotteri o restiamo sulle moto? È stata una scelta sua. Facciamo il nostro prodotto: il 109 è stata una scelta sua, come andare in officina a suggerire una modifica al gruppo cilindri delle motociclette." (Un tecnico.)

"La vigilia di Natale chiamava la ventina dei suoi collaboratori, dopo aver preparato sulla scrivania i mucchietti di banconote. Usava le diecimila lire grandi. Uno alla volta entravamo in ufficio, e lui tirava fuori le banconote e diceva: 'Tanti auguri per la famiglia e grazie per quello che hai fatto'." (Un collaboratore.)

Possedeva una Cadillac azzurra, sostituita poi da una Flaminia bianca, ma a differenza di Corradino, che amava guidare, le faceva condurre sempre da un autista.

Non molto alto, il *sciur* Domenico, per i nipoti zio Micuzzo, ricorda un po' Humphrey Bogart. Di poche parole, dà l'impressione di essere burbero, ma a conoscerlo meglio è allegro, giocherellone, a Carnevale si diverte a sparare petardi. A volte cena con Rocky, nel periodo in cui il bambino, insofferente alle regole scolastiche, viene spedito dai genitori a frequentare la scuolina di Cascina Costa. Gli racconta storielle strampalate, gli insegna qualche parolaccia e si mette d'impegno perché impari la tecnica delle pernacchie.

La volta che Rocky a un pranzo di famiglia spernacchia e tutti lo redarguiscono, zio Micuzzo nega, di fronte alle accuse del bambino, di essere il responsabile.

La sera sulla scrivania del suo ufficio, pieno di cimeli aeronautici e già di qualche coppa motociclistica, resta accesa una lampada verde fino a notte fonda. Controlla personalmente ogni documento aziendale, annotando le sue osservazioni con una sottile penna rossa. Forse come riconoscimento per questo impegno assoluto, un giorno i dipendenti smettono di rivolgerglisi come "*sciur* Domenico", e prendono a chiamarlo "il commendatore".

Ha una figlia, Giovanna, una delle cugine di Rocky, che riesce a vedere poco a causa degli orari massacranti. Cerca di recuperare durante le vacanze.

"Rocky, è vero che ieri sera hai fumato?"

È metà mattina, il *Paloma* sta uscendo dal porto di Marina Grande. È lì, a Capri, che i fratelli Agusta con le loro famiglie si ritrovano in agosto, nei primi anni Sessanta. Zio Micuzzo e i suoi sul meraviglioso *Rosetta*, Corradino sul *Paloma*, Mario sul *Peppina*. La sera prima, al cinema all'aperto, l'undicenne Rocky è stato beccato dalla bambinaia mentre se la spassava con le cugine, un po' più grandi di lui. Adesso a Corradino tocca interrogarlo.

"Sì papà, mi dispiace."

Ceffone.

"Lo avevi già fatto?"

"Sì papà, qualche volta."

Ceffone.

"Hanno fumato anche Giovanna e Maria Cristina?"

"No." Lo stoicismo del non-traditore.

"Vedremo, lo chiederò ai tuoi amici."

Al rientro in porto, qualche ora dopo, gli amici confessano senza bisogno di particolari minacce. Corradino risale a bordo e riprende a schiaffeggiare il figlio, nonostante gli inutili tentativi di fermarlo da parte di Marisin.

Più tardi anche Maria Cristina le prende dal padre, Mario. Zio Micuzzo viene invece tenuto all'oscuro: conoscendolo, i fratelli risparmiano alla quindicenne Giovanna conseguenze troppo gravi.

Nella calura di agosto, protetto da un tendalino sul ponte del Rosetta, zio Micuzzo lavora alle sue pratiche sorseggiando un americano e osservando sornione fratelli, cognate e nipoti che si tuffano e risalgono, si tuffano e risalgono di fronte ai faraglioni. La meno acquatica fra tutti è Marisa, che passa ore e ore ad abbronzarsi a pancia in giù col reggiseno slacciato. Lì non ha il coraggio di voltarsi, ma zio Micuzzo sa che sul *Paloma*, quando nessuno la vede, ama prendere il sole completamente nuda.

La sera, mentre i ragazzi cenano a bordo e poi rimbalzano tra cinema e juke-box, gli adulti si ritrovano per l'aperitivo sulla terrazza del Quisisana. I fratelli in lino bianco, le mogli ingioiellate, profumo di gelsomini e di gardenie mischiato al doposole, quel piacevole stordimento notturno dopo una giornata in mezzo al mare. Più tardi, qualche volta, tutti al Number Two a sentire Carosone, Peppino di Capri o Fred Bongusto.

La loro estate finisce il 23 agosto, Santa Rosa. I soliti bagni sotto l'Arco Naturale, poi all'una tutti sul *Rosetta*. Con perfetta coordinazione, due elicotteri della guardia di finanza spuntano dal golfo di Napoli e lanciano sul ponte cassette di polistirolo stracolme di dolci siciliani. Si avvicina una barca con la banda di Scialapopolo, che attacca con le tarantelle e le canzoni mentre a bordo ci si abbuffa. Al ritorno, quasi al tramonto, il molo dove ormeggiano le barche Agusta è decorato con festoni e palloncini, e gremito di bancarelle.

Capri era la loro Donnafugata, zio Micuzzo il loro principe Salina. Presto sarebbe arrivata una Angelica a far perdere la testa al più giovane tra i suoi fratelli, il Tancredi-Delon della situazione. *Il Gattopardo* era stato pubblicato nel 1958, il film di Visconti era uscito nella primavera 1963.

"Forza Rocky, mettiti la tuta."

Rocky trasecola. Afferra la tuta arancione e bianca che gli porge il padre dall'offshore, la deposita con attenzione sul moletto, poi prende anche il casco, lo tiene tra le dita come se fosse qualcosa di prezioso. E lo è, lo è.

"Veloce, che non abbiamo tanto tempo."

L'altoparlante scandisce nomi e cilindrate, tempi, orari. L'acqua del lago è grigia e ferma come il volto di un vecchio che dorme di un sonno leggero, basta niente perché si rianimi di nuovo. Rocky entra dentro la tuta, gli sta larghissima, e sale a bordo. Prima di infilarsi il casco dà un'ultima occhiata dubbiosa al padre, non sarà mica uno dei soliti scherzi: adesso magari gli dà un buffetto e gli dice che è un pirla e di tornare subito sul molo. No, suo padre gli ricambia lo sguardo con un sorriso da uomo, poi lo aiuta a infilarsi il casco integrale. Larghissimo anche quello, ma va bene così. Poco prima suo padre ha vinto la penultima prova, Rocky ha esultato dal molo insieme a zio Mario (che come ogni volta gli ha ricordato di non parlare di quella giornata con zio Micuzzo, lui non vorrebbe che Corrado facesse quelle pazzie), perché ormai la vittoria era certa, l'ultima prova era inutile. E invece non sarà inutile, sarà straordinaria.

Quando raggiungono la velocità di planata, e il motoscafo sembra rimbalzare sull'acqua, e il motore urla rabbioso, e la paura si mischia con una sensazione di potenza infinita, Rocky si volta verso suo padre per ringraziarlo con un sorriso che si percepisce anche attraverso lo spessore dei due caschi. Suo padre neanche si gira, è troppo impegnato nella guida. Ma ha capito, certo che ha capito. E domani lui potrà raccontarlo ai compagni di terza media: "Ho corso in offshore in una gara ufficiale." In due o tre (sa pure chi) nemmeno ci crederanno. Peggio per loro. Vanno piano. Sono gli Agusta che vanno veloci.

Gli Agusta sono tifosi del Milan. Nel 1962 il campionato è vinto proprio dai rossoneri, allenati dal tandem Nereo Rocco-Gipo Viani. Il capitano è Cesare Maldini – futuro allenatore della Nazionale, padre di Paolo e nonno di Daniel – la stella è Gianni Rivera e il goleador è il brasiliano José Altafini, testa matta e amante della bella vita. Proprio Altafini, per la stagione successiva, consiglia ai dirigenti l'acquisto di un suo connazionale che milita nel Flamengo, José Germano de Sales, per tutti semplicemente Germano, che già era stato visionato da Rocco e Dino Sani. È il secondo giocatore di colore – all'epoca viene tranquillamente scritto "giocatore negro" – a entrare a far parte della serie A (Jair sarebbe arrivato all'Inter solo in autunno) dopo l'uruguayano La Paz, gigante meticcio ormai dimenticato, che nei tumultuosi anni Quaranta era stato in forza al Napoli. Intorno a Germano si accende un certo interesse. Anche perché gli inizi sono esaltanti: doppietta all'esordio in campionato, un gol in Coppa dei Campioni. Poi però cominciano le difficoltà: gli avversari gli prendono le misure, il clima freddo e nebbioso non gli si confà, l'allenatore lo chiama "Bongo Bongo", sui giornali sportivi si susseguono dibattiti su quanto sia giusto aprire le porte del nostro calcio ai "negri". C'è una copertina di "Football – Grande settimanale illustrato" del settembre 1962 che ritrae Germano con la maglia del Milan mentre palleggia sorridente, con sotto la didascalia: "1962-'63 Il negro è di moda." (Gli altri strilli di copertina: "I GLOBULI NERI del campionato", "Hitchens-Jair ai poli opposti", "I MAGHI sono già in trincea", "I PORTIERI questi sconosciuti".)

Dopo cinque partite Germano viene spedito in prestito al Genoa, dove gioca dodici volte e segna due gol, nulla di speciale. Rientrato a Milano, si ferma a causa di un incidente stradale che gli procura la frattura della mandibola. Per un po' deve star fermo.

Il ragazzo non ha ancora trovato casa, oppure chissà, preferisce vivere vicino ai campi di allenamento, nella foresteria di Milanello, appena inaugurata. Milanello – il primo centro sportivo del genere in Italia, costruito per volere del presidente Andrea Rizzoli – si trova a una certa distanza da Milano (i primi tempi i giocatori che vivevano in centro con la famiglia non apprezzarono particolarmente la novità), in un'area vicino a Varese densa di cittadine col nome che termina con la desinenza "-ate". Proprio tra Gallarate e Samarate, a Cascina Costa, in uno dei suoi giri nelle lunghe ore libere che hanno i calciatori, un giorno il ragazzo entra in un maneggio e rimane colpito da una cavallerizza di vent'anni dai lunghi capelli neri e dal fare disinvolto, che nulla sa di calcio.

"Mi chiamo Germano" dice lui tendendole la mano.

"Giovanna" risponde lei, sorpresa e incuriosita.

Cominciano a frequentarsi, si innamorano.

Giovanna Agusta è la figlia del commendator Domenico e di sua moglie Claretta Artia.

I due ragazzi cercano di tenere segreta la loro relazione, ma presto diventano una pietanza prelibata per giornali e riviste: troppo succosa questa storia per rispettare la privacy. Germano – un po' per scarso rendimento, un po' per lo scandalo che sta iniziando a irritare la famiglia Agusta – rientra in Brasile. A quell'età però l'amore trae forza dagli ostacoli, e i due si scrivono lettere piene di passione, nelle quali la contessina si sbilancia: "Ti sposerò."

Nel 1966 Germano torna in Europa, ingaggiato dallo Standard Liegi. Giovanna, nel frattempo diventata maggiorenne, lo raggiunge. I due innamorati finalmente riuniti fanno sapere ai giornali, scatenati, che presto convoleranno a nozze. Il commendatore, furibondo, prima nega il consenso, poi lo concede a patto che il matrimonio sia celebrato solo con rito civile.

La data viene fissata per l'11 marzo 1967, ma il giorno prima il commendatore fa recapitare a Germano un'istanza formale di opposizione al matrimonio: si va in giudizio. In Italia è una pacchia per rotocalchi, avvocati, sociologi, teologi.

Durante l'udienza, nuovo colpo di scena: un certificato medico attesta che la contessina è incinta. Il matrimonio viene così autorizzato dal tribunale belga, ed è celebrato il 17 giugno 1967 ad Angleur, periferia di Liegi, come prevede la legge del luogo: prima in municipio, poi in chiesa. I due sposi partono subito dopo per il Brasile, dove di lì a qualche mese nasce Giovanna (jr), detta Lulù. Giovanna (sr), invece, viene allontanata dalla famiglia. Pazienza: la favola sembra giunta comunque al meritato lieto fine.

Tuttavia quell'amore, che aveva resistito agli anni di lontananza e alle potenti correnti contrarie della famiglia Agusta e dei benpensanti, non regge alla prova del fuoco della convivenza (e all'inflessibile muro contro muro economico del commendatore). Nel 1970 la contessina e il quasi ex calciatore si separano. Il commendatore (da buon padre di figliola prodiga) riaccoglie in famiglia Giovanna e Lulù, che non rivedrà mai più il padre, e offre una notevole somma di denaro all'ex genero. Con quei soldi l'ex bomber si comprerà una fazenda a Conselheiro Pena, suo luogo di nascita. L'ex si rifarà una famiglia, vivrà una vita più o meno normale e a cinquantacinque anni, nel 1997, morirà d'infarto. Giovanna si risposerà altre due volte (sempre con uomini di colore) e si stabilirà a Los Angeles, con Lulù.

Ogni tanto le capiterà forse di ripensare con tenerezza a una sera, stavano ancora insieme, in cui a Milano si erano trovati a passare davanti a due carabinieri in alta uniforme che presidiavano l'ingresso di un palazzo pubblico. Il primo aveva continuato a guardare dritto davanti a sé, ma il secondo si era voltato per un istante con aria ironica a osservare quell'anomala coppia. Lei (lo ricorda ancora: indossava un abito a fiori smanicato) aveva finto di non accorgersene, per non dargli soddisfazione. Germano – maglietta bianca a maniche corte e fisico già un po' ingrossato rispetto al momento del suo primo arrivo in Italia – aveva lanciato verso il militare uno sguardo di sfida, e le aveva circondato le spalle col braccio.

Giovanna fu la principessa azzurra per Germano come Corradino fu poi il principe azzurro per Francesca. Francesca a sua volta fu la principessa azzurra prima per Maurizio, poi per Tirso, e in fondo in parte anche per Susanna.

Vacanze romane (William Wyler, 1953) in poco meno di due ore fa tre cose in una: ribalta il mito costringendo Gregory Peck alla cenerentolitudine; ci offre una straordinaria Audrey Hepburn come principessa azzurra; fa conoscere al mondo la Vespa. Quarant'anni dopo ne avrebbe beneficiato anche Nanni Moretti, in giro per le strade di quella stessa Roma.

La Vespa era stata inventata otto anni prima, per conto della Piaggio, proprio da quell'ingegner Corradino D'Ascanio immortalato nella fotografia davanti a un Agusta AB102, con l'ingegner Zappata e il commendator Domenico, tutti e tre un po' impacciati con le mani dietro la schiena, sul prato che costituiva la pista di prova per gli elicotteri.

La sede delle Costruzioni Aeronautiche Agusta sorgeva in mezzo al verde, con due colonne sormontate da aquile all'ingresso e una garitta di legno per le guardie (che oltre a controllare chi entrava, si assicuravano che gli operai in uscita non portassero via nemmeno un cacciavite). Gli uffici erano sparsi, c'erano palazzine di legno molto vecchie insieme a una nuova in muratura per l'ufficio tecnico, con su la lapide di Giovanni Agusta.

La sirena avverte che è il momento, atteso fin dalla mattina, dell'adunata. I milleduecento dipendenti si muovono ordinatamente, fino a riempire il grande spiazzo di fronte alla palazzina dell'ufficio del personale. È il primo pomeriggio di un giorno di ottobre. Il commendatore sale i gradini, si fa passare il megafono. Mario non c'è, sarà a qualche riunione nautica, Corradino invece osserva poco lontano. È il rappresentante sindacale dei lavoratori – lui, il padrone – in quella prima metà degli anni Sessanta: i problemi, in Agusta, si risolvono come in una famiglia.

"Signori" attacca il commendatore. "Il sindacato in sede di rinnovo nazionale del contratto chiede il cinque per cento di aumento. Io vi do immediatamente il dieci a tutti. Se alla fine della contrattazione sarà di più vi do di più, se sarà di meno vi lascio quello che ho promesso. Signori, ora andate avanti a lavorare perché abbiamo bisogno."

Fine dell'adunata, si torna in reparto.

"In quegli anni i conti non erano conti, erano Agusta e basta." (Un operaio.)

Assumevano di preferenza persone di Cascina Costa, forse anche per un debito di riconoscenza verso chi gli aveva ceduto i terreni all'inizio.

"Il commendatore, con chi voleva far su la casa, gli dava quattro o cinque milioni, magari a interessi zero. E quando questi andavano per saldare il conto, 'Ma va' vai' e con quattro o cinquecentomila chiudeva la faccenda." (Un operaio.)

Quasi tutti i dipendenti Agusta si sono costruiti la casa in questo modo. Così intorno a Cascina Costa si è sviluppata un'urbanizzazione selvaggia fatta di casette unifamiliari. Uno di quei luoghi dove non ti orienti. Se non c'è il sole (e spesso non c'è) il Sud, il Nord, l'Est e l'Ovest si equivalgono. Ci vorrebbe il pilota automatico. Ma sulle auto ancora non è stato messo. Neanche sugli elicotteri. Neppure su quelli militari.

Arriva il vescovo di Varese. È la mattina della vigilia di Natale, cade qualche fiocco di neve, i convenevoli sul piazzale sono ridotti al minimo.

Dentro il capannone, sul pianale di un elicottero militare, è stato approntato l'altare. I conti Agusta si mettono in prima fila. Subito dietro di loro i dirigenti, poi i funzionari, gli impiegati, gli operai. Ci sono tutti, anche perché la partecipazione è obbligatoria. Il vescovo sale a bordo dell'elicottero, comincia a celebrare.

"Grazie a voi, conti Agusta, perché consentite questa esperienza di lavoro importante, perché contribuite a creare ricchezza per il paese, grazie a voi lavoratori perché con le vostre mani... scambiamoci un segno di pace."

Spostando lo sguardo a destra o a sinistra dell'ostensorio e della croce si scorgono gli alloggiamenti per le mitragliere. Fuori continua a nevicare.

St. Moritz d'inverno è un posto incantato. La vallata è ampia, la neve ha modo di stendersi sui prati e riempire gli occhi e le orecchie col suo silenzio corposo. Il Corvatsch domina con la sua "nera" ripida che parte da più di tremila metri, nel centro della cittadina i grandi marchi si alternano alle botteghe artigiane del legno e ai caffè con le torte ipercaloriche. Per strada si conoscono tutti e si salutano facendo scricchiolare i doposci.

A St. Moritz Corradino ha due ville: una per gli ospiti e una di famiglia, a due piani, la Rayo de Sol. Quando si trasferiscono lì, dopo l'ultimo dell'anno, Marisa non rinuncia alla silenziosa e attenta compagnia di Armenia, la sua giovane cameriera personale, toscana della zona dei marmi, che è la moglie di Salvatore, il cuoco di famiglia. Durante le vacanze scolastiche fanno venir su anche la loro figlia, Tiziana. Appena arriva, Marisa la accompagna subito in una boutique, la riveste da capo a piedi. Anche ad Armenia ogni anno rimborsa i soldi per il rinnovo della *mise*, e le fa tagliare i capelli secondo la moda del momento.

Poco prima dell'ora di cena, che ci siano ospiti o meno (e quella sera gli ospiti ci sono), Armenia ha il compito di controllare che la sala da pranzo sia in ordine, che non ci sia bisogno di un ultimo ritocco. No, tutto bene: i piatti sono allineati, le posate al loro posto, i tovaglioli con la giusta piega, i bicchieri riflettono bagliori dalla luce delle candele. Può dirigersi verso la cucina per fare un saluto a suo marito.

La cucina è a vista, separata dal corridoio da una parete di vetro. I cinque uomini stanno in fila, in quella posizione rigida che Armenia capirebbe che sono guardie del corpo anche se non lo sapesse. La pelle scura (ma non scurissima), le spalle larghe (ma non sono altissimi), le pistole che producono un rigonfiamento nelle giacche, poco sotto l'ascella. Non perdono un solo movimento di Salvatore, che è al lavoro intorno ai fornelli. Armenia non osa avvicinarsi. Salvatore si volta, mostrando il contenuto di una zuppiera. La guardia più a sinistra fa un gesto con le dita, portandosele verso le labbra. Salvatore allora prende un cucchiaio, assaggia la zuppa di pesce. Armenia, nell'ombra, deglutisce insieme a lui.

Quando meno di un'ora dopo la zuppiera viene portata in tavola, lo Scià ha già rifiutato senza toccarli la crudité di gamberi e il sauté di cozze e vongole. Non li giudica freschi? Eppure è tutto pesce arrivato la mattina da Portofino, in elicottero. "Solo pesce" si erano raccomandati quelli del cerimoniale. Non si sente bene? Eppure sgranocchia con gusto pane e grissini mentre un po' in italiano e un po' nel suo inglese da collegio svizzero intrattiene Corradino, Vittorio Emanuele di Savoia e le signore sui problemi economici dell'Iran, sulla necessità di investimenti esteri e sui preparativi per la cerimonia di incoronazione – una specie di ascesa alla posterità in vita – che avrà luogo a Teheran quasi un anno dopo. La zuppa è l'ultimo tentativo, poi Corradino, che sta iniziando a sudare freddo, dovrà intervenire. Niente: lo Scià fa una piccola smorfia, si scosta leggermente dal tavolo e fa segno al cameriere di portar via.

"Altezza, c'è qualcosa che non va?" si decide a chiedergli Corradino.

"È allergico al pesce" interviene Farah Diba, che stava seguendo con attenzione l'imbarazzo crescente. "È l'unica cosa che non può mangiare, il pesce."

Corradino sbianca: "Mi era stato detto che Sua Altezza mangiava *solo* pesce..."

Lo scià scioglie il gelo con una risata: "Non si preoccupi, un classico malinteso diplomatico: tra le cancellerie capita di continuo. A volte così nascono anche le guerre, ma non è certo questo il caso. E poi questi grissini sono buonissimi!"

Corradino sussurra a Gino, il capocameriere, di correre in cucina e far preparare a Salvatore qualcosa, qualsiasi cosa che non sia pesce, anche uno spaghetto al pomodoro, ma veloce! Due minuti dopo Gino è di ritorno con un vassoio pieno di *khoresh bademjan*, lo stufato di vitello e melanzane tipico della cucina persiana. Lo Scià si illumina al solo vederlo, mentre Corradino e Marisin si guardano negli occhi, sollevati, ma senza capire.

"L'aveva cucinato Salvatore per suo piacere personale" sussurra Gino all'orecchio di Corradino. Vittorio Emanuele gli strizza l'occhio e propone un nuovo brindisi, questa volta all'amicizia e alla comprensione tra i popoli, che stufato ed elicotteri non potranno che rafforzare.

Se Domenico è il primo ministro, Corradino è il ministro degli esteri degli Agusta, e Vittorio Emanuele il suo più importante ambasciatore. Il Savoia ha accesso a quasi tutti i potenti del mondo, attiva i contatti, poi arriva Corradino e porta a casa l'affare. Il figlio dell'ultimo re d'Italia, però, non nuota in buonissime acque. Ogni volta che giunge a St. Moritz, Corradino deve rivestirlo. Tre sere prima Adriano, il cameriere personale di Corradino, aveva chiamato Armenia mentre stava stirando i vestiti del principe, che intanto era andato a rifornirsi dalle boutique in centro dove Corradino ha il conto aperto.

"Guarda qua" le aveva detto Adriano mostrandole un paio di mutande bucate e con l'elastico sfilacciato.

A entrambi era presa una risarella irrefrenabile.

"Marisin, devo andare in Arabia. Vieni?"

"No, lo sai Corradino, io dell'aereo c'ho paura..."

Oppure: "Marisin, vieni stasera al Palace? Ceniamo con..."

"Ma no, vai tu. Io sto a casa, mi guardo un film..."

Marisa sa che in quei viaggi e in quelle cene intorno a Corradino ronzano giovani ragazze, belle, disponibili. Scappatelle, pensa. Cose da nulla. Come cosa da nulla è la gelosia esasperata di Corradino: ha fatto sparire tutte le foto che possano ricordare il suo passato di soubrette, e la chiama dall'ufficio, quando sono a Milano, per controllare che dopo il parrucchiere torni subito a casa. Non le va di andare alle cene al Palace, di mettersi alla prova, di confrontarsi con quelle ragazzette, si sentirebbe a disagio. Preferisce rivedersi per la millesima volta *Via col vento* avvolta dal plaid, sprofondata nella poltrona da cinema, assistita da Armenia e Salvatore, nel piano interrato della Rayo de Sol che la protegge da qualsiasi avversità. Non ha neppure quarantacinque anni, ma sente di essersi spesa tanto, forse troppo, prima il teatro poi la famiglia, e adesso comincia ad apprezzare la solitudine, o magari è soltanto che con tutti i viaggi (le fughe) di Corradino, e con Rocky ormai non più bambino, ci si è abituata a rimanere da sola, e non c'è magnete più sottilmente potente di un'abitudine.

I padri ricchi e impegnati fanno spesso regali costosi e impegnativi, segni perlacei del proprio passaggio nel mondo. A sedici anni Rocky riceve un'Ape cabinata di fabbricazione Agusta, a strisce rosse e blu. A diciassette un fuoribordo Boston Whaler. A diciotto una Cinquecento. Pochi mesi dopo, per Natale, una Cooper s. Per la maturità, un cabinato Chris-Craft di dodici metri.

La frase letta nella sala di aspetto di un dentista (una di quelle estratte dal pensiero di un filosofo di cui ci si dimentica il nome un istante dopo), lì per lì, anni prima, a Corradino era piaciuta. La morte non ci riguarda, diceva più o meno, perché quando siamo vivi lei non c'è, e quando c'è lei noi non ci siamo più. Era quello che pensava anche lui. Non aveva paura della morte, altrimenti non sarebbe andato a mille all'ora in automobile, o in motoscafo, o sulla nera del Corvatsch, o non avrebbe spinto i piloti dell'aereo privato a partire nonostante le condizioni meteo sfavorevoli.

Adesso però, che è costretto a sotterrare un altro dei suoi fratelli – Mario, il gaudente con cui condivideva i weekend nella casa di caccia del vogherese, con amici divertenti e amiche che lo erano ancora di più, il compagno di scherzi goliardici in azienda (una volta, in assenza di Domenico, si era travestito da principe arabo in visita per un possibile acquisto di elicotteri), il complice con cui godersi l'adrenalina degli offshore – adesso pensa che quella frase sia una cazzata. La morte esiste anche quando siamo vivi, se muore qualcuno che faceva parte di noi. Esiste, e scava, e rode, e indebolisce, e indurisce.

A volte si sente spento, Corradino. Ha mezza vita davanti ma è come se facesse fatica a vederla, in certe sere. Avrebbe bisogno di una scossa. Di aria nuova.

Il figlio del padre ricco, d'estate, scivola nello stereotipo più scontato: frequenta i locali notturni, passa da una donna all'altra, beve. Aperitivi per aprire lo stomaco, vino a cena, mezza bottiglia di whisky per chiudere la serata.

Suo padre, da lontano, lo osserva senza trovare un modo per fermarlo.

La sera di un ultimo dell'anno, completamente estraneo a ciò che la maggior parte dei suoi coetanei sta vivendo in quello spicchio finale degli anni Sessanta, dopo la classica cena con i genitori, gli zii e le cugine, Rocky saluta tutti e si infila al Number One, un locale appena aperto dal suo amico Gigi Rizzi, playboy il cui nome all'epoca era noto anche a chi niente sapeva dei playboy. È ancora presto, non riconosce nessuno, si siede a un tavolino. Una bellissima ragazza dai lunghi capelli rossi lo nota e gli si avvicina.

"Sei Rocky?"

"Sì."

"Sei solo?"

"Sì."

"Vieni al mio tavolo?"

Il mattino dopo si sveglia tardi, un gran mal di testa, suo padre e sua madre sono già partiti. Sale sulla Cooper e guida fino a St. Moritz per raggiungerli.

Sciare lo snebbia. L'altitudine, il freddo, la velocità e lo sforzo muscolare gli fanno bene. Scia fino all'ultima corsa della seggiovia poi, rientrando verso la Rayo de Sol, si ritrova accanto a suo padre. Sarà la stanchezza, sarà la serenità un po' stranita da primo dell'anno, ma si rende conto di provare verso Corradino un'inedita sensazione di complicità. "Sembriamo due fratelli" fa recitare la pubblicità dell'acqua Fiuggi a un padre e a un figlio, e così si sente Rocky nei confronti di suo padre in quel momento. Gli racconta della notte prima al Number One, gli dice di quella "rossa da sballo" che non vede l'ora di richiamare.

"Non credo avrai un seguito con quella donna" lo interrompe Corradino, gelido più del ghiaccio sotto gli scarponi.

Corradino e Francesca si frequentavano già da qualche tempo. Lui era nella fase in cui si stava rendendo conto che forse quella non era un'avventura come le altre che nascevano al Palace o in viaggio, che c'era qualcosa di più. Può darsi che lei fosse finita al Number One e avesse turbato Rocky solo per divertirsi un po', o magari per una piccola vendetta nei confronti di Corradino, ancora per una sera impastoiato nei suoi legami familiari. Se andò così, se quell'incontro ci fu davvero, e non è soltanto frutto dell'immaginazione di Rocky, il segnale raggiunse il suo scopo.

A metà gennaio Corradino e Francesca partono per Acapulco. Tornano un paio di settimane dopo, pazzamente innamorati l'uno dell'altra.

FUORI
18 marzo-7 aprile 2001

Il 18 marzo, più o meno una settimana dopo il funerale di Francesca e la ritrattazione effettuata da Tirso delle firme apposte in precedenza, Maurizio alza il tiro: "Mi sento tradito," dichiara "perché quei documenti Tito li ha firmati davanti a due testimoni, dopo averli letti tre volte. Gliene è stato spiegato il contenuto e nessuno gli ha puntato una pistola alla testa. L'ha fatto di sua volontà. 'Francesca si fidava ciecamente di te' mi ha detto. Al funerale aveva un vestito e anche belle scarpe. Pagato da me, tutto. Lui non ha mai lavorato un minuto in vita sua: lo mantenevo io, ma adesso se n'è scordato. Tito era solo l'autista di Francesca. Le portava i sacchi della spesa. Era un cameriere."

Una bordata niente male.

Due giorni dopo però sul settimanale "Oggi" compare un'intervista a Marcin, che sembrerebbe supportare la posizione del messicano. Il maggiordomo di Villa Altachiara sostiene che la sera del patto di divisione *el señor* Tito aveva avuto un'accesa discussione con gli altri ospiti, era stato minacciato da Maurizio, e già il giorno dopo gli aveva confessato di essersi pentito di aver apposto quella firma.

Sono sufficienti poche ore a Maurizio per annunciare querela nei confronti di Marcin. Il quale a quel punto cerca di correre ai ripari dichiarando che quella pubblicata su "Oggi" era soltanto una chiacchierata informale, che sarebbe stata caricata a forti tinte. Ma il giornalista subito dopo conferma il contenuto del colloquio, e si dice disponibile a fornirne la registrazione.

In ogni caso, per effetto di quell'intervista, qualche giorno dopo la procura della repubblica di Chiavari apre un'indagine per truffa nei confronti di Maurizio. (Mesi dopo, l'accusa verrà archiviata.)

I cronisti intanto sono lì come una muta di cani ad aspettare l'apertura dei testamenti. Non è ancora chiaro quanti ce ne siano né quando avverrà la cosiddetta pubblicazione, ma è comunque solo dopo l'apertura che la vicenda assumerà finalmente contorni più decifrabili. Siamo vicini, forse vicinissimi, ma non è ancora il momento, a quanto pare.

Poi improvvisamente, uno (uno solo) dei testamenti fa la sua comparsa. È giovedì 5 aprile, e Maurizio, mentre cercava di entrare in Svizzera in compagnia di un amico, è fermato dai finanzieri a Ponte Chiasso. Sul sedile posteriore della sua Porsche viene trovato un testamento della contessa. Risale al 1998, tre anni prima, e prevede la divisione del patrimonio fra lui e Tirso, metà per uno. Insieme al testamento, su quello stesso sedile c'è anche la procura (poi annullata dal messicano) in cui Tirso gli dava carta bianca nella gestione del patrimonio della contessa e accettava di dividere a metà ogni suo avere.

Le guardie di frontiera non concedono l'autorizzazione all'espatrio. Maurizio non si scompone: fa inversione e riprende la strada per Portofino.

C'è qualcosa di strano, indubbiamente: dovere di un notaio è aprire i testamenti alla presenza di tutti gli interessati. E il notaio di fiducia di Francesca (e di Maurizio) più avanti subirà alcune conseguenze giudiziarie per questa sua azione. Quanto a Maurizio, una volta rientrato a Portofino cercherà di minimizzare l'accaduto con i giornalisti e con la magistrata, sostenendo di aver dimenticato quei fogli lì per caso, e che se li avesse voluti occultare non li avrebbe certo lasciati sul sedile.

Sono giornate movimentate, anche se in apparenza il borgo continua la sua vita secolare fatta di barche da pesca e di chiacchiere lente, nell'attesa che il polverone si posi e i locali sul molo si riempiano nuovamente di turisti ricchissimi anziché di giornalisti assatanati. Ciascuno degli attori in gioco vorrebbe trovare il miglior posizionamento, come i cavalli alla mossa del Palio di Siena. La corsa poi sarà breve e tumultuosa, non ci sarà tempo per pensare, è decisivo partire da un punto strategico.

Ad esempio i carabinieri hanno scoperto, attraverso le intercettazioni, che sono in corso trattative segrete per mettere in vendita Villa Altachiara prima ancora che venga assegnata ai legittimi beneficiari. In quest'ottica potrebbe essere forse valutata la tentata sortita elvetica di Maurizio, e le altre che seguiranno a breve.

Ma anche Tirso e i suoi nuovi legali sono diventati all'improvviso iperattivi: hanno spedito trecento telegrammi ad altrettanti istituti di credito svizzeri, cercando di rintracciare i conti correnti della contessa. E poi, finalmente, hanno rotto gli indugi, pagando al notaio i due milioni e mezzo di lire necessari per la richiesta di pubblicazione dei testamenti.

Venerdì 6 aprile, nel suo studio genovese, alla presenza degli interessati, di alcuni legali e di un ufficiale dei carabinieri, il notaio procede all'apertura dei testamenti in suo possesso. L'ammontare dell'eredità della contessa, a quanto è possibile ricostruire, comprende Villa Altachiara (valutata all'epoca trentacinque miliardi di lire), due appartamenti milanesi (tre miliardi e mezzo), gioielli (otto miliardi, tra cui il "marquise" che da solo vale un miliardo e mezzo), cinque miliardi in contanti depositati in banche svizzere, più un piccolo appartamento romano e altre proprietà minori per un importo complessivo stimabile sui sessanta miliardi di lire. A fronte di questa cifra ci sono i debiti: avvocati, boutique, una cooperativa agricola (le rose, i glicini), l'ufficio imposte che esige ventinove miliardi di tasse non pagate, lo stesso Maurizio che ne pretende indietro dodici, per un totale di cinquantasei miliardi al passivo. L'attivo ereditario netto sarebbe quindi pari a circa quattro miliardi di lire.

Primo testamento, datato 28 ottobre 1991 (nove anni e settantuno giorni prima della morte della contessa). Revoca i precedenti testamenti, "in particolare quello ricevuto dal notaio Hugo Salgano Castaneda, del Messico, di cui non ho nessuna fiducia". La contessa nomina eredi universali, in parti uguali, suo fratello e Maurizio. A Maurizio viene conferito l'incarico di "portare a termine nel migliore dei modi la nota vertenza giudiziaria in atto relativa alla successione di mio marito Corrado Agusta". In caso di commorienza con Maurizio, unico erede sarà il fratello. "Villa Altachiara rimarrà per sempre proprietà di tutti i discendenti dei miei eredi."

Secondo testamento, datato 19 aprile 1993 (sette anni e duecentosessantatré giorni prima della morte della contessa). "Addì 19 del mese di aprile in Portofino, Villa Altachiara, piazza Martiri della Libertà 1, alle ore 18,00. Per iscritto come segue: revoco ogni mio precedente testamento." La contessa nomina di nuovo eredi universali, in parti uguali, il fratello e Maurizio, che viene anche indicato come esecutore testamentario.

La differenza principale rispetto a quello precedente è la caduta dell'obbligo per gli eredi di mantenere la proprietà di Villa Altachiara.

Terzo testamento, datato 23 gennaio 1998 (due anni e trecentocinquanta giorni prima della morte della contessa). Vengono nominati "eredi universali in parti uguali" Tirso e Maurizio.

È questo il testamento di cui Maurizio aveva chiesto e ottenuto la pubblicazione, in segreto, per poi tentare di portarlo in Svizzera.

Quarto testamento, datato 18 dicembre 1998 (due anni e venti giorni prima della morte della contessa). La parte di Maurizio non viene toccata, quella di Tirso è divisa a metà col fratello della contessa.

Quinto testamento (l'unico olografo), datato 17 dicembre 1999 (un anno e ventuno giorni prima della morte della contessa): non viene aperto quel venerdì 6 aprile 2001.

Sesto e ultimo testamento, datato 22 maggio 2000 (duecentotrenta giorni prima della morte della contessa). Alla presenza di Susanna "è comparsa la signora Francesca Vacca Graffagni, casalinga" che nomina Tirso come suo erede universale.

"La signora Francesca Vacca Graffagni, casalinga": a volte le scritture legali nascondono tesori di poetica comicità.

Nonostante Tirso sia stato beneficiato dall'ultimo testamento, non si sente sicuro. Sa che Maurizio, sostenuto da Susanna (ormai gli schieramenti si vanno chiarendo), farà di tutto perché sia annullato quel sesto testamento, cercherà di dimostrare la mancanza di lucidità della contessa il giorno in cui aveva apposto la firma. Per questo, appena uscito dallo studio del notaio, chiama al telefono Luigi F., uno dei carabinieri che conducono le indagini, con cui intrattiene rapporti cordiali fin dai giorni immediatamente seguenti la scomparsa della contessa. Gli dice che il testamento olografo del 17 dicembre 1999 non è stato aperto. Se risultasse a lui favorevole, bagnerebbe le polveri di Maurizio.

E Tirso lo sa, che il testamento olografo gli è favorevole. Ricorda perfettamente quel venerdì 17 dicembre 1999, poco più di un anno prima. Quando erano usciti dall'autostrada ed erano entrati in città, Francesca gli aveva chiesto di dirigersi verso lo studio del notaio. Giunto nei pressi, Tirso si era fermato in doppia fila, aveva acceso i lampeggianti, pensando di doverla aspettare lì.

"Tieni" aveva detto Francesca allungandogli una busta. "Vai a portarla tu." Tirso si era voltato con aria interrogativa.

"Con questa è tutto sistemato" aveva detto lei. "Tutto a posto."

Lui non aveva fatto domande. Però, interpretando il tono della voce e l'espressione del volto, si era sentito bene. Molto bene.

Il notaio non gli era mai stato simpatico. Quel riporto, quel sorrisetto in punta di labbra. Questione di pelle. Probabilmente era vero anche il contrario, di solito funziona così. Introdotto nella sua stanza da una delle segretarie, lo aveva trovato a correggere un atto con larghi freghi di una stilografica blu. Dopo qualche secondo aveva interrotto l'operazione con evidente fastidio, si era alzato e aveva salutato il messicano con una stretta di mano molto breve.

"Da parte di Francesca" aveva detto Tirso porgendogli la busta. "È un testamento."

"Ah, sì..." aveva fatto il notaio tenendola per un angolo tra due dita come fosse bagnata e poggiandola sulla scrivania.

Aveva ripreso in mano la stilografica e accennato a sedersi di nuovo.

"Ma scusi, non la mette in cassaforte?" aveva detto Tirso.

Il notaio, reprimendo l'istinto di alzare gli occhi al cielo, si era voltato e aveva infilato la busta nella cassaforte semiaperta alle sue spalle.

L'apertura dei (cinque su sei) testamenti scatena i giornalisti. Maurizio non si sottrae alle domande. Il giorno dopo, sabato 7 aprile, di nuovo tempaccio in quella parte di Liguria, appare un'intervista sulla "Repubblica" in cui si dichiara "tranquillo, rilassato, sereno". Fa notare che il sesto testamento (che nomina Tirso erede universale) non riporta la clausola di revocare i precedenti (e quindi rientrerebbero in ballo il terzo e il quarto, nei quali a Maurizio toccherebbe il cinquanta per cento). Lancia sospetti sullo stato di salute psicofisica della contessa nel momento in cui l'aveva firmato. Ricorda il documento sottoscritto (e poi sconfessato) da Tirso, in cui il messicano riconosceva quel sesto testamento come non valido. Si chiede come mai Tirso e Teresa gli abbiano raccontato versioni diverse sulla scomparsa della contessa. E, infine, annuncia di avere tra le proprie carte un jolly che giocherà al momento opportuno.

"Se dice di avere una carta da giocare," dichiara il vicepresidente della camera dei deputati, Alfredo Biondi, riferendosi a Maurizio "allora state sicuri: è un asso di briscola. Pigliatutto."

Ormai il caso Vacca Agusta ha travalicato la cronaca nera, è diventato un caso nazionale (seguito anche all'estero) che coinvolge politica, economia, costume, modi di stare al mondo.

Nel pomeriggio Tirso, accompagnato da due carabinieri, si presenta allo studio del notaio per sollecitare l'apertura del quinto testamento, l'unico olografo.

Quinto testamento, datato 17 dicembre 1999 (un anno e ventuno giorni prima della morte della contessa). Francesca nomina esecutore testamentario un avvocato milanese, a cui chiede di "accertare con controlli bancari quanto da me effettivamente dovuto" a Maurizio "come giusto compenso per il lavoro da lui effettuato" nel corso della causa ereditaria, calcolando però che a Maurizio "tocca anche l'onere del cinquanta per cento speso da me dal 1986 al gennaio 1993 per il mantenimento delle mie case e per, via intesa da lui, il mantenimento del medesimo. Dal gennaio 1993 a fine settembre 1994 io devo a lui il cinquanta per cento del mantenimento delle mie case più l'intero ammontare di spese mie personali, abiti eccetera. Da ottobre 1994 a ottobre 1997, cioè i mesi di latitanza e prigione da me affrontati, li ritengo totalmente a suo carico", comprese le parcelle degli avvocati per la difesa "davanti al pool di Milano. Tocca invece a me il cinquanta per cento delle spese di manutenzione e di mantenimento delle mie case, tranne quella di Cuernavaca, che lui si è già intestato, il cui valore va dedotto dalla somma finale a lui dovuta dal novembre 1997 al giorno della mia morte più l'intero ammontare delle mie spese e ciò stabilito e conteggiato dopo aver pagato quanto dovutogli". Prega poi l'avvocato di vendere l'appartamento milanese "più Villa Altachiara in Portofino e di devolvere la somma ricavata, più quello che mi toccherà dalla mia quota ereditaria, come segue": la metà a Tirso, un quarto al fratello, un quarto ai due nipoti (figli del fratello).

Da questo quinto testamento (che come il sesto non revoca il precedente, e quindi ha valore solo nei punti che non lo contraddicono), si deducono alcuni elementi.

Primo: la storia d'amore tra la contessa e Maurizio era iniziata nel 1986 (quarantaquattro anni lei, ventisette lui), momento dal quale la contessa dichiara di averlo mantenuto.

Secondo: da gennaio 1993 a settembre 1994 è Maurizio a provvedere al mantenimento della contessa; la contessa riconosce di dovergli restituire la metà delle spese.

Terzo: nel periodo della latitanza e della prigionia (da ottobre 1994 a ottobre 1997) continua a pagare Maurizio, ma la contessa, considerandosi vittima delle sue azioni, non ritiene di dovergli restituire nulla, anzi gli addebita anche le parcelle degli avvocati che l'hanno difesa.

Quarto: Maurizio si è intestato la villa di Cuernavaca, il cui valore va perciò dedotto dai conteggi che lo riguardano.

Quinto: da quel 17 dicembre 1999 in poi, e quindi per tutto l'ultimo anno di vita della contessa, Maurizio è estromesso dall'asse ereditario.

DENTRO
Lunedì 8 gennaio 2001

Villa Altachiara, ore 14,00 – Francesca

Mi sono innamorata degli occhi blu di Corradino, lo stesso blu dei suoi elicotteri A109. Mi sono innamorata dei suoi soldi, a quel tempo mi innamoravo sempre dei soldi. Mi sono innamorata dei suoi modi, mille volte più raffinati di quelli di tutti gli uomini che avevo incontrato fino ad allora. Mi sono innamorata perché la sera in cui l'ho conosciuto mi ha chiesto di andare con lui a Beirut sul suo aereo privato. Mi sono innamorata perché dopo tre giorni mi ha detto che ero l'amore della sua vita. Mi sono innamorata perché scopava come un riccio, per ore e ore e gli tornava sempre duro, chi l'avrebbe immaginato a quell'età. Perché dopo un mese mi ha detto che avrebbe lasciato la moglie. E che entro poco tempo in Italia sarebbe stato approvato il divorzio. E dopo il divorzio mi avrebbe sposato. Mi sono innamorata perché non mi ha mai fatto pesare il fatto che quando mi ha conosciuto facevo la commessa in un negozio di lingerie. Mi presentava a tutte quelle persone importanti con orgoglio.

"Francesca carissima!"

Voci in sottofondo, rumori di piatti e stoviglie.

"Ti disturbo? Sei a pranzo?"

"Sì, ma dimmi pure!"

"Vi siete romanizzati? Quando ero giovane, a Milano si mangiava alle dodici e trenta. Non ti voglio disturbare ma tanto è cosa breve. Hai novità sul contenzioso con quel tuo collega del cazzo che mi ha fatto pignorare cento milioni di mobili in ottobre?"

L'avvocato ride.

"Tu ridi, io piango. L'accetta o no la transazione?"

"Senti, al momento non ho novità. Quando rientro in studio però gli faccio una telefonata. Richiamami più tardi, verso le diciassette e trenta."

"Va bene. Buon pranzo. Cosa stai mangiando?"

"Risotto."

"Mmmm. A dopo."

Quella mattina di ottobre aveva guardato i due ufficiali giudiziari come fossero ratti. Li osservava inventariare mobili e vasi, l'uno dopo l'altro, e pensava a come era cambiata la sua vita, incatenata lì a Villa Altachiara a fare la guardia a mobili e vasi ormai anche per obbligo legale, rispetto a quella vacanza di Natale di mille anni prima quando Corradino – la loro storia era iniziata da poco – l'aveva portata per due settimane ad Acapulco insieme a un gruppo di amici e a Rocky con la sua ragazza Vivienne, una bella australiana più grande di lui di qualche anno. Corradino era spesso in pena per Rocky, lo giudicava fragile, sbruffone esagerato e fragile, si sentiva anche in colpa nei suoi confronti per essersi separato da Marisa, e appena poteva cercava di compensare con dei gran regali o portandolo in vacanze da sogno come quella. Era pure un modo per farlo familiarizzare con lei, per fargli capire che Francesca non era una fiammata, un fuoco fatuo, che avrebbe dovuto abituarsi alla sua presenza, era davvero la nuova donna di suo padre.

Una vacanza da sogno: lo si era capito già alla partenza da Milano, quando tutti erano scoppiati a ridere vedendo arrivare Giorgio, un amico di Corradino, con sci, racchette, scarponi, tute e un pelliccione, convinto evidentemente che stessero imbarcandosi per due settimane sulla neve messicana. C'erano pure Vittorio Emanuele con Marina, e Paolo Nicolas dei Conti di Robilant e Cerealto; il gioielliere Alberto Pederzani ("Gioielli importanti a Milano dal 1947") li aspettava lì. Francesca si trovava benissimo con tutti, i nobili e i ricchi erano ormai la sua casa. Avevano affittato una villa nel complesso di Las Brisas, a disposizione c'erano tre jeep color fenicottero.

Acapulco aveva ancora pochi grandi alberghi, in quel 1969. La spiaggia di Revolcadero era una lunghissima distesa di sabbia percorribile con le jeep, solo l'Hotel Princess spiccava da una parte. Una meraviglia i picnic che si fermavano a fare in luoghi isolati, o le gite a Pie de la Cuesta, davanti alla laguna, dove aspettavano il tramonto distesi sulle amache sotto ricoveri di foglie di palma sorseggiando *coco loco*, latte di cocco e rum.

Corradino era inebriato quanto lei da quella vita, la notte scopavano e riscopavano e il giorno poi era pieno di energie per nuove proposte, imprese, azzardi. Un giorno con Vittorio Emanuele e Rocky si erano messi a fare le corse con le jeep sulla sabbia come scemi, ma Corradino aveva esagerato, aveva perso il controllo e toccato la jeep di Vittorio Emanuele. Erano finite entrambe nell'acqua alta, le avrebbe tirate fuori il giorno dopo un trattore. Corradino allora era andato alla baracca di un *campesino*, e per una cifra assurda aveva noleggiato tre muli, grazie ai quali erano riusciti a raggiungere il Princess (lontano dieci chilometri), senza mancare di fermarsi a ogni baretto per un margarita. Da lì, completamente sbronzi, un taxi li aveva riportati alla villa di Las Brisas.

L'idea che un giorno avrebbe dovuto assistere al pignoramento di mobili e vasi apparteneva in quel momento, per Francesca, all'universo delle idee non pensabili.

Corradino era un introverso. Nonostante la ricchezza delle relazioni sociali, praticava l'understatement. Era dotato di grande sensibilità, parlava poco, aveva i modi del gentiluomo. Francesca si era resa conto fin da subito che si era innamorato di lei senza difese. Era entrato in un rapporto di quasi-dipendenza nei confronti dei suoi entusiasmi, delle sue stravaganze e dei suoi umori, che potevano alternarsi come il sole e l'ombra a primavera. A volte si ritrovava senza accorgersene sopra le righe, acquisendo per osmosi una parte del suo esibizionismo. Come ad Acapulco. O come a Genova, quando passava sotto casa sua strombazzando a bordo di una decappottabile grigia metallizzata e lei, per salutarlo, si affacciava a seno nudo.

Il suo principe azzurro. Il suo principe grigio metallizzato.

Cinque anni. Cinque lunghissimi anni di attesa, lunghissimi ma anche bellissimi, pieni di viaggi e progetti che uno dopo l'altro diventavano realtà, mentre l'Italia faceva avanti e indietro con l'idea di trasformarsi in un luogo dove fosse possibile rifarsi una vita, oscillando intorno a un referendum, quello sul divorzio, che invece di dividerla la unì. Corradino a volte un poco ombroso i primi tempi, quando Armenia e Salvatore gli comunicavano preoccupati notizie da casa, dove Marisin sembrava non riuscire ad accettare la realtà e cominciava fin dalla mattina a bere calici di Rosatello, e la sera anche J&B, e grappa. Ma poi pure quel momento (un annetto) era passato, e Francesca nel frattempo perdeva un po' di quella volgarità chiassosa di ragazza pronta a sparare tutte insieme le proprie cartucce, senza però rinunciare a un briciolo della sua estemporaneità, dei suoi colori, delle risate che tanto facevano ridere il suo uomo.

Quando a Porto Santo Stefano si erano trovati col *Mau Mau* a fianco del *Rosetta* (che da re Faruk era passato a Giuseppina Turetta in Agusta, e da Giuseppina a Domenico, e da Domenico a Corradino, e da Corradino a Marisin) e c'era stato il primo incontro tra l'ex moglie e la nuova compagna (un aperitivo lì sul ponte bianco e blu del *Rosetta*, con i gladioli bianchi spruzzati di colorante blu, il personale di bordo vestito di bianco e di blu, Armenia in bianco e blu, Marisa in bianco e blu, i cuscini, gli asciugamani, le tovaglie, le ciabattine, i costumi e gli abiti da sera bianchi e blu), Francesca aveva notato lo sguardo di Marisa (gentile, accogliente, una vera signora) appuntarsi sul suo collier, con al centro uno smeraldo grosso come una noce. E poi aveva colto le parole sussurrate sottovoce ma non troppo da Marisa ad Armenia ("Armenia, ha visto? Il mio l'ha visto, no, com'è..."), in un tono quasi di divertimento rassegnato, era proprio imparagonabile l'ormai matura avvenenza di Marisa con la prorompente bellezza di Francesca, alta, abbronzata, disinvolta, vent'anni di meno, tutti che si voltavano a guardarla; il tono di quel commento di Marisin significava (così lo aveva interpretato Francesca) che non poteva essere altrimenti, era giusto così, Corradino non aveva sbagliato nulla, nemmeno a regalare a Francesca uno smeraldo grande tre volte quello che un tempo aveva regalato a lei, e se c'era qualcuno ad avere sbagliato qualche cosa semmai era lei, Marisa, dandosi anima e corpo al suo Corradino, chiusa in casa e controllata a vista, per poi ritrovarsi messa da parte così. Ma anche Marisa (Francesca lo sapeva), anche Marisa in realtà aveva trovato il modo di scavarsi una tana confortevole, Corradino le faceva grandi regali, qualche giorno prima aveva mandato un marinaio con una busta per la signora, che ogni tanto gli telefonava e gli faceva un piantino e lui scuciva per il mantenimento della barca, per gli esami in clinica, per le cure alle terme... Si erano dovuti dividere anche i basset hound. Corradino ne era innamorato, Marisin pure, non era stato facile. Tabasco era rimasto a lui, Elis a lei. Dei loro figli: Tomaso a lui, Temistocle e Toro a lei. Francesca sapeva che quando Elis andava in calore Marisa la faceva portare dall'autista giù a Carrara, a casa di Armenia: mezzo chilo di carne di prima scelta e riso in bianco. ("È andato via l'ospite?" commentava il macellaio appena gli acquisti giornalieri terminavano.)

In quel primo periodo entusiasmante della storia con Corradino, quando pareva che ogni giorno avesse la capacità di squadernare tesori di divertimento e di senso, la vita arrivava come aria fresca che bastava respirarla ed era sempre nuova. Anche Rocky ubriaco a Cuernavaca sembrava nuovo ogni volta, quando urlava contro la fiamma del momento (Jean? Alison? Mavis?) strappandole a morsi una giacca di guanaco, e Corradino era costretto a farla rimpatriare la sera stessa per non rovinare la vacanza a tutti quanti. Intanto Gloria Gaynor in giardino cantava *I Will Survive* e tutti ballavano scatenati, gonfi di cocaina e di tequila, gridando la loro gioia animalesca verso il cielo messicano, come se per quegli anni (i Settanta) vissuti nelle loro ville d'avorio non ci fosse mai fine, o quella fine fosse il giorno dopo. Lei ballava e gridava, come gli altri, quella era la vita per cui era nata, la vita adatta a lei, l'unica vita che poteva e voleva vivere.

Cos'è questo silenzio? Il vento, il mare che sbatte sugli scogli, i passi di Teresa, uno dei cani che abbaia, l'altro gli risponde, i ricordi generano suoni, rumori, voci. Ma tutto avvolto in un'ovatta che la schiaccia, la demolisce. Da quanto tempo non sente la mitraglia ronzante di un rotore?

A volte atterravano elicotteri che portavano ospiti diretti ad altre ville. A Villa Recchi per esempio, lì accanto. Quanto la infastidiva questa cosa. L'eliporto l'aveva costruito Corradino. Se li costruissero anche loro, gli eliporti.

Per vendicarsi, se le ville dei vicini erano vuote e Corradino era via, all'imbrunire portava gli ospiti a pisciare sul bordo delle piscine altrui. O sguinzagliava i cagnolini quando incrociava qualche dama che le stava particolarmente antipatica, sperando puntassero alle caviglie. Una delle peggiori era per lei Maria Pia Vecchi, da poco diventata Maria Pia Fanfani per essersi sposata l'Amintore, con quelle sue arie da principessa di carità, le crocirosse e il resto della paccottiglia. "Attacca!" sussurrava ai cagnolini appena la vedeva in lontananza. E quelli attaccavano, sì che attaccavano.

L'Amintore era stato cinque volte presidente del senato, sei volte presidente del consiglio, nove volte ministro, presidente dell'assemblea generale dell'ONU, segretario e presidente della Democrazia cristiana, alla fine senatore a vita. L'unica cosa che non gli era riuscita era stato farsi eleggere presidente della repubblica. Si era inventato il piano INA-casa per incrementare l'offerta abitativa a basso costo per le classi lavoratrici. Anche la sinistra aveva riconosciuto che si trattava di una grande novità per l'Italia del tempo. ("Che ci abitassero le classi lavoratrici nelle case a basso costo" concordava Francesca.) Con tutti i suoi limiti. Amava dipingere e aveva sette figli, con cui manteneva un rapporto distaccato, privo di slanci fisici. Quando però era rimasto vedovo e si era accorto di non riuscire a dormire solo, aveva chiesto loro di alternarsi nel letto matrimoniale con lui. I figli avevano accettato, uno per ogni giorno della settimana, come i sette nani devoti all'ottavo nano, anziché a Biancaneve che non c'era più (la Maria Pia, matrigna, non c'era ancora). Alzavano gli occhi al cielo quando veniva il loro turno: il padre russava e aveva i piedi freddi.

L'Amintore e la Maria Pia si erano corteggiati anche in alcune ville di Portofino, tra le quali la Villa Recchi delle pisciate a bordo piscina. Alla notizia del matrimonio, i figli di lui avevano perso ogni titubanza e si erano allontanati definitivamente (solo una delle figlie aveva presenziato alla cerimonia). Niente più notti in bianco con russate e piedi freddi, nel caso in cui fosse rimasto vedovo un'altra volta.

Villa Altachiara ha più di cent'anni, eppure profuma ancora di nuovo. Dopo che i tre fratelli Agusta allora superstiti l'avevano acquistata intorno alla metà degli anni Sessanta dall'ultimo degli Herbert, era rimasta per qualche anno così com'era, simile all'aspetto che doveva avere negli anni Trenta, quando l'aveva affittata Riccardo Gualino dopo il confino a Lipari (e in visita arrivavano la Masino, Bontempelli, Badoglio e Winston Churchill), soltanto un po' più cadente. Ci viveva solo il custode, alloggiato nella dépendance rosa che un giorno sarebbe diventata la casa di Maurizio.

Poi era arrivato il 29 gennaio 1971.

Un tipo di bulimia diversa da quella dell'Amintore, ma sempre bulimia, era stata quella di Urho Kekkonen: partigiano con i bianchi nella guerra civile del 1918, agente investigativo della polizia centrale, socio del circolo accademico careliano per l'ideale delle tribù, campione nazionale di salto in alto nel 1924 (un metro e ottantaquattro), centometrista di buon valore (undici secondi), triplista interessante (quattordici metri), presidente della federazione di atletica leggera, presidente del comitato olimpico nazionale.

Il 29 gennaio 1971, un venerdì, Urho Kekkonen, settantun anni, era in visita agli stabilimenti Agusta in qualità di presidente della repubblica finlandese. In assenza del ministro degli esteri Corrado, impegnato in Iran, a fare gli onori di casa provvedeva direttamente il premier: Domenico. In fondo era un piacere per lui percorrere di nuovo – non lo faceva più così spesso – le linee produttive, passare in mezzo agli operai. Anche se da un paio d'anni le cose in fabbrica erano cambiate – aveva fatto la sua comparsa perfino *il sindacato*, avevano dovuto accettare addirittura le visite di un prete rosso che infiammava i dipendenti – ed era in corso un ricambio generazionale, alcune delle vecchie facce erano sempre lì, e le riconosceva ancora, come loro riconoscevano la sua. Una parola, un sorriso, una pacca sulla spalla: bastava poco a far riaffiorare i tempi eroici, le nottate passate a modificare un giunto, le birre bevute insieme a mezzanotte parlando dei primi successi di Agostini, tenere a bada sonno e zanzare con le battute spinte tra colleghi e le bestemmie edulcorate all'ultimo momento, Zio can, Zio porco. Era bello camminare tra quegli uomini che gli volevano bene, a cui voleva bene. Kekkonen doveva riportare a Helsinki l'idea di un'azienda dove si lavorava in armonia, dove gli elicotteri ordinati dal suo governo venivano prodotti con la massima attenzione ma senza attriti, più per il piacere di fare un lavoro a regola d'arte che per il dovere di eseguirne uno senza errori.

Qualcosa però doveva essergli rimasto sullo stomaco, a Domenico, fin dalla prima colazione. Una pesantezza strana, che non andava via nonostante l'Alka-Seltzer e il bicarbonato che si era fatto portare da Nuccia, quando c'era un problema fisico si fidava solo di lei. Una specie di debolezza generale e anche di nausea, e la difficoltà crescente di rispondere alle domande in inglese di Kekkonen – molto tecniche, talmente tecniche che a volte non sapeva cosa replicare – che l'interprete gli traduceva direttamente in milanese. E adesso, ecco, adesso gli era arrivata anche un'oppressione, e subito dopo un dolore sordo sulla sinistra, lì, tra spalla e braccio, come se qualcuno dotato di forza sovrumana si fosse messo a premere sulle sue terminazioni nervose più sensibili.

La linea era disturbata, cadeva in continuazione. Il taxi già fuori dall'hotel con le valigie caricate a bordo, non aveva senso aspettare un altro mozzicone di chiamata e rimandare di mezz'ora la partenza. Tanto aveva capito, Corrado, nonostante le parole per metà rassicuranti. L'aveva capito dal tono di voce di Nuccia.

In taxi cercò di contenersi. Ci riuscì. Era come dopo un'esplosione, nessun dolore ma avvertiva caldo alle guance e una specie di silenzioso ronzio nelle orecchie, capace di coprire tutto il resto. Teheran scorreva fuori dal finestrino col solito caos di auto che si infilavano in diagonale e motorini zigzaganti, le case grigiastre e brutte in modo inutilmente diverso l'una dall'altra (niente piano INA-casa, qui).

Appena l'aereo si sollevò da terra, crollò. Rocky si alzò per chiudere la porta di comunicazione con la cabina (suo padre amava tenerla aperta per poter conversare col pilota), poi cercò di confortarlo con qualche parola banale (se ne rendeva conto anche lui) mentre le luci della grande città, dove fino a poche ore prima avevano frequentato i palazzi del potere, si allontanavano ogni istante di più. Corradino piangeva senza freni, le mani sulla faccia, un pianto rumoroso. "Era tutto, per me" ripeteva. "Era un fratello, un amico, un padre, tutto." Scuoteva la testa e piangeva, e tirava su col naso, poi sembrava placarsi ma ricominciava. "Non l'ho avuto un padre, io. E ora sono morti tutti, tutti." Rocky non sapeva come fermarlo, non sapeva neppure se fosse giusto fermarlo. Vedere piangere a dirotto il proprio padre è un'esperienza forte, a cui nessuno ti prepara, e anche se sei appena diventato maggiorenne non ti senti uomo abbastanza per farvi fronte. Poi si mise a pensare allo zio Micuzzo, a quando ci cenava insieme a Cascina Costa e lo zio gli insegnava le parolacce, alla volta che aveva fatto le pernacchie, a quando Giovanna gli aveva parlato male di lui al telefono, nel periodo dell'amore contrastato per Germano. È morto come un attore sul palcoscenico, pensò abbandonandosi al tepore dei luoghi comuni. Come un eroe sul campo di battaglia. Gli spuntarono due lacrime anche a lui ma allo stesso tempo si sentì più leggero, liberato quasi, mentre suo padre, sul seggiolino di fronte, si era tolto le mani dalla faccia e lo guardava, lo guardava con un'espressione di pena ma anche di tenerezza, come se quelle parole banali e confortanti oltre che Rocky le avesse pensate anche lui, e questa cosa di immaginare insieme Domenico, lo zio e il fratello più amato, li unì come niente li aveva uniti fino a quel momento, un cavo sottomarino che continuò a legarli anche quando il mare dei loro rapporti difficili ricominciò ad agitarsi.

Dopo il funerale – migliaia di persone e Samarate in lutto come fosse morto un re – Corrado prese possesso della nuova carica. L'Agusta la conosceva così bene che non ci fu bisogno di studiare da "capo", bastò continuare a fare quanto aveva sempre fatto. Con l'unica differenza di non poter più confrontarsi con nessuno. Si sarebbe abituato in fretta. E poi c'era Francesca, a rinfrancarlo.

Insieme a lei, mise mano ai lavori di ristrutturazione di Villa Altachiara: non la voleva più vedere in quello stato. All'esterno fece costruire l'eliporto, la piscina, un campo da bocce, una palestra scoperta. Nel parco disegnò con gli architetti viuzze pedonali e gradini con la puddinga, la pietra tipica di Portofino, una roccia costituita da frammenti di ciottoli e ghiaie. Rese carrabile l'accesso da piazza della Libertà che però, vista la pendenza e le curve secche, poteva essere affrontato solo da una macchina piccola con quattro ruote motrici: per questo fece attrezzare una Cinquecento giardinetta verde oliva, con gli interni fantasia *ton sur ton*, targata MI X24105, e fece costruire dalla MV un Risciò Portofino a quattro posti, bianco con i sedili in similpelle, modificando il motocarro Tevere.

Per gli interni, si rivolse a Renzo Mongiardino.

Mongiardino era l'architetto più apprezzato per decorare le dimore dei ricchi di mezzo mondo, aveva uno stile che rivisitava la classicità facendola rifiorire, era immune dalle svolte minimaliste dei suoi colleghi più alla moda. Conduceva una vita appartata (stava per i cazzi suoi, pensa Francesca), coltivava pochissime amicizie, nella maturità si fece crescere una lunga barba profetica. Quando parlava, Francesca lo ascoltava ammaliata.

"Tutto quello che facciamo è imitare, rifare, ricreare ciò che la natura e la storia ci offrono."

Aveva lavorato a New York per la mecenate letteraria Drue Heinz, a Londra, a Villa Frescot per Gianni e Marella Agnelli.

"A differenza della facciata di una casa o di una chiesa, e a differenza di un dipinto o di una scultura, la vista di una stanza risiede precisamente nel suo spazio vuoto, al centro delle sue quattro pareti. Nella stanza, una persona è circondata dalle pareti; la luce – la luce del mattino, del pomeriggio, della sera o anche della notte con le luci artificiali – trasforma tutto. La mattina la stanza è accesa dal sole, con ombre decise; nel pomeriggio si ammorbidisce; all'alba è fredda ma diventa dorata verso sera, per poi infiammarsi con le luci notturne. Ogni oggetto, materiale, dipinto, bronzo, pezzo di arredamento sarà coinvolto nel processo, e ogni stanza avrà la sua ora più bella."

A Villefranche-sur-Mer, a Milano, a Daylesford House nel Gloucestershire per Hans Heinrich Thyssen-Bornemisza.

"A differenza dei dipinti che possono essere acquistati, o dei vestiti, del cibo, e delle molte altre scelte disponibili per le persone – scelte fatte sulla base di oggetti finiti – le decisioni che riguardano la nuova casa si riferiscono al futuro, sono basate sulla fiducia, sui modellini, sugli accordi."

A Villa dei Laghi di Venaria Reale per Anna Bonomi Bolchini, a Cetona, a Roma, a Villa Ronche vicino a Sacile per la famiglia Zanussi.

"La casa è una necessità primaria, lo spazio di molte ore della nostra esistenza, un rifugio che ci protegge dalla folla, dal caos; è una scelta nella vita, una cittadella – piacevole e disarmata, ma equipaggiata per tenere alla larga coloro che non sono i benvenuti e per abbracciare gli amici."

Lavorò a Crespières, a Torino (anche per la Casa Scaccabarozzi, la "fetta di polenta"), a Venezia, nel Buckinghamshire; all'Isola di Skorpios per Jacqueline Onassis.

"Quando parliamo dei secoli che ci separano dall'antichità, dobbiamo pensare che non si tratta che di attimi nella storia della terra, e impariamo anche che 'i tempi antichi non sono tanto un passato da ricordare quanto un futuro da scoprire', come diceva Giuseppe Pontiggia."

A Positano, all'Argentario.

Riguardo a Villa Altachiara, anni dopo, raccontava: "La mia prima timida occhiata 'fuori', il mio desiderio di portare la natura esterna nella casa, portò a uno schizzo per una stanza dove alcuni dipinti del Diciannovesimo secolo decoravano già i soffitti. Nella stanza di Portofino che fu dipinta da Irene, una delle mie collaboratrici, un'alta parete lasciava un'area di cielo visibile tra i pilastri e la modanatura. La punta dei rami carichi di foglie spuntava dalle pareti, che erano pannellate e dipinte secondo lo stile ligure. Le fronde erano alternate con larghe, scure foglie di fico e un rampicante con piccole foglie verdoline. Rose e fiori della passione scavalcavano le pareti, interrompendo lo spazio architettonico interno dove i rami che giravano intorno a due *trompe-l'œil* suggerivano trascuratezza ma senza dare l'impressione che questa trascuratezza esterna prevalesse."

Zeffirelli l'aveva scelto come scenografo per la messa in scena di *Tosca* nel 1964 (una delle ultime apparizioni della Callas) e per i film *La bisbetica domata* nel 1967 (con Richard Burton ed Elizabeth Taylor, frequentatori di Portofino) e *Romeo e Giulietta* nel 1968.

"Credere che la bellezza sia oggettiva (assoluta) e non soggettiva (relativa) è il solo modo in cui possiamo davvero credere nella bellezza."

Il giorno del matrimonio, a Cascina Costa, davanti a quei pochi invitati scelti con cura certosina, Francesca si sentì davvero la più bella del reame. Col presentimento che fosse così per sempre.

Chissà cosa avrà pensato Renzo Mongiardino (se mai pensò qualcosa sull'argomento) riguardo al concetto di bellezza che nel 1964 aveva spinto Nicolò e Luigi Donà dalle Rose, conti veneziani (l'Italia degli anni Sessanta era in mano ai conti!), a costruire a ricalco sulla struttura di Venezia la località di Porto Rotondo, in sardo Poltu Ridundu. Insieme a Porto Cervo (Poltu Celvu, nata negli stessi anni per iniziativa dell'Aga Khan, con caratteristiche architettoniche che scimmiottavano però lo stile locale) diventa rapidamente il luogo delle vacanze del jet set.

Luoghi e persone che a Porto Rotondo hanno cambiato nome.

La spiaggia Sa Rena Manna diventa Ira (in onore della principessa Ira von Fürstenberg, nipote di Gianni Agnelli).

Iscia Segada diventa Punta Volpe.

Francesca Vacca Graffagni Agusta diventa Lady Elicottero.

Con Marina si conoscono lì.

Marina Punturieri diventa Marina Lante della Rovere.

Marina Lante della Rovere diventa Marina Ripa di Meana.

Marina.

Lady Elicottero scese a terra dallo yacht col Boston Whaler. Le mattine sul *Mau Mau*, quando non c'erano gli amici, potevano essere mortali. Entrò in quella piccola boutique intravista qualche giorno prima (la scorta rimase fuori), diede un'occhiata alla collezione di vestiti, che parevano essere stati disegnati tutti dalla stessa mano. La negoziante-stilista le sembrò capace di tenere a bada solo fino a un certo punto la vena di follia contenuta nelle forme e nei colori stampati su quei tessuti. Le sembrò, anche soltanto dalla postura e dallo sguardo, meno noiosa della media delle persone che era solita frequentare.

"Li voglio tutti" disse mostrando il libretto degli assegni.

Certe amicizie nascono così, con l'occupazione immediata e assoluta dello spazio disponibile.

Lady Elicottero adora i vestiti firmati (anche se firmati da una stilista sconosciuta come Marina, che più avanti diventerà un personaggio molto noto, ma non in quanto stilista). Adora il lusso. Adora la ricchezza. L'ha sempre adorata anche negli altri, ora che è diventata sua l'adora ancor di più. "I poveri mi fanno venire l'orticaria" dice. Però odia la scorta che la deve proteggere dai rapimenti, per permetterle di continuare a circondarsi di lusso e ricchezza. È Corradino che gliela impone, soprattutto in Sardegna. L'Anonima, in poco più di trent'anni, rapirà in quella sola regione quasi duecento persone. Contando soltanto i sequestri denunciati.

Il corpo di Leone Concato, vicepresidente e in qualche modo artefice della fortuna degli Agusta, non sarà mai ritrovato.

Questo sottrarsi del corpo, questo vuoto così strettamente legato al nome Agusta.

D'estate la nostra casa era il Mediterraneo, pensa Francesca stropicciando i fogli sullo scrittoio. A Capri non la chiamavano

Lady Elicottero (forse perché lì riusciva a convincere la scorta a rimanere sul *Mau Mau*), ma dopo una serata all'Anema e core con Marina e altri amici, e un finale scoppiettante fatto di danza sui tavoli al ritmo del *Toreador*, avrebbero potuto soprannominarla Carmen.

Era il 1979, Francesca era ancora bellissima nei suoi trentasette anni. Gli stessi di Georges Bizet al momento della morte, più o meno un secolo prima. Il compositore francese scomparve semisconosciuto e ignaro che di lì a poco musicisti come Wagner, Brahms e Čajkovskij avrebbero esaltato la qualità artistica della sua opera, divenuta poi un classico senza tempo.

Essere senza tempo. Questo le piaceva. Ma forse cominciava a percepire che la sua parabola sarebbe stata opposta rispetto a quella di Bizet.

Quando col *Mau Mau* ripartivano per una nuova destinazione era contenta. Meglio: sollevata. Si stancava in fretta degli ambienti, delle persone. Spariva, non si sentiva in dovere di mantenere i contatti, di fornire spiegazioni.

Doveri di questo tipo sono per i poveretti. C'è chi ci rimane male. Peggio per loro.

Sapeva che anni prima lo Scià era stato a cena alla villa Rayo de Sol (ora passata a Marisin), per niente al mondo avrebbe rinunciato a seguire Corradino a Teheran. Era lei a scegliere il carico di orchidee da inviare a Farah Diba prima del loro arrivo. Per qualche elicottero in più, regia di Sergio Leone, musica di Ennio Morricone.

Farah Diba: terza moglie dello scià Mohammad Reza Pahlavi. Dalla prima, Fawzia d'Egitto, aveva divorziato dopo dieci anni e una figlia (il maschio non arrivava). La seconda – principessa Soraya Esfandiary-Bakhtiari – era stata ripudiata (sebbene si dicesse che lo Scià ne fosse ancora innamorato) perché non rimaneva incinta.

Farah Diba di figli ne ebbe quattro, due maschi e due femmine. Ma il primogenito destinato a succedere allo Scià, Reza Ciro, non poté esercitare il diritto ereditario a causa della rivoluzione islamica e della fuga della famiglia imperiale nel 1979.

Tanta fatica per nulla.

Lo Scià governò per trentasette (37) anni, dal 1942 (anno della nascita di Francesca) al 1979. Si calcola che durante il suo regno le persone giustiziate siano state quattromilanovecento (4.900), i prigionieri politici centoventicinquemila (125.000), i morti per mano governativa trecentosessantacinquemilanovecentoventicinque (365.925), uno ogni quarantotto (48) minuti.

Per qualche elicottero in più, regia di Corrado Agusta, musica di Vittorio Emanuele di Savoia.

Che a volte era capace di comporre colonne sonore tra il noir e l'horror, come nel caso della morte di Dirk Hamer, colpito all'Isola di Cavallo nella notte tra il 17 e il 18 agosto 1978 da un colpo partito dal fucile del principe e morto mesi dopo, al termine di una terribile agonia.

Cos'è che spinge Francesca a bere già nel primo pomeriggio? Il peso delle bollette e delle fatture che non è riuscita a finire di sistemare e ha lasciato in un mucchio informe sullo scrittoio, così che poi se le ritroverà lì stasera o domani e dovrà ricominciare da capo? O questi ricordi e pensieri che le si stagliano dentro come fotografie iperrealiste, colori crudi e sguardi allucinati, la faccia rotonda del principe, quella magra di Corradino, le dolcezze dei pomeriggi persiani quando il rumore del traffico sfumava nelle grida delle bambine che giocavano e nell'acciottolio delle tazze da tè. O è il suo corpo che lo chiede, semplicemente l'organismo ormai assuefatto alla dose giornaliera che reclama come un neonato che si sente morire perché il capezzolo è in ritardo di quattro minuti. La sua lingua che cerca il brulichio del perlage e l'acidulo moderato del Cristal, l'unico champagne che ha deciso di bere (quando? perché? non lo sa, non le interessa, il passato lo preferisce nebbioso, l'oblio, perché quando quella nebbia si dirada gli occhi le fanno male). Con tre o quattro flûte di Cristal nello stomaco anche le diapositive più nitide diventano sopportabili, si può continuare a sperare di farla franca, di sguazzare in queste giornate d'inverno come fossero una passerella tra un momento di gloria e un altro momento di gloria, fingendo di dimenticare che la gloria è diventata qualcosa di lontano e sfuggente, sfuggito, al punto da farle sospettare che non sia mai esistita, eppure la villa con gli interni di Mongiardino esiste, le crociere che duravano un'estate intera sono esistite, Farah Diba era una persona deliziosa, dopo cena amava che gli ospiti si sedessero sui tappeti a fare giochi di carte.

Guarda la bottiglia, è già a metà. È solo a metà.

"Vorrei parlare con Marina, per favore. Sono la contessina Sgaramboni."

Scendeva dal *Mau Mau* e percorreva il molo salutando questo e quello, fermandosi a parlare con quello e quell'altro, come a Wimbledon i reali con i raccattapalle. Era bello mostrare umanità a quei poveretti rimasti tutto il giorno lì, in banchina, a scambiarsi una frase ogni mezz'ora, gli amici del Tigre il barcaiolo, che la guardavano come fosse una dea. Era bello fare la persona perbene.

Suo fratello era una persona perbene. "Si fa vivo solo quando deve bussare cassa", ma era una persona perbene. Forse da ragazzo qualche volta non si era comportato bene con lei, ma era una persona perbene.

Persone perbene è un film del 1992 che hanno visto in pochi, scritto e diretto da Francesco Laudadio. Così lo descrive il Morandini: "Quarantenne di successo di cui possiede tutti gli status symbols (cane di razza, auto di lusso, servitù, yacht), direttore di una società di fondi comuni d'investimento si trova sull'orlo della bancarotta e, per farsi salvare, deve commettere un omicidio. Poi corteggia la moglie dell'ucciso e si fa benvolere dai suoi figli. Epilogo luttuoso."

Epilogo luttuoso.

"Vorrei parlare con Marina, per favore. Sono la contessina Sgaramboni."

È molto presto, incredibilmente presto per i canoni di Francesca, fuori è ancora buio, in quella mattina poco prima di Natale. La seconda metà degli anni Settanta, nelle praterie borghesi e proletarie, è stata ed è qualcosa di scomodo, violento. Manifestazioni lacrimogene e agguati sotto casa con le spranghe, uccisioni mirate e rivendicazioni ciclostilate, contrattazioni sindacali fino all'alba con pipe e sigari toscani, posti di blocco e senso di oppressione. Ma nel mondo dell'aria Alta e Chiara delle ville da fiaba, è possibile svegliare un'amica fingendo con la cameriera di essere una qualunque contessina Sgaramboni e, quando l'amica risponde con la voce impastata di sonno, dirle con noncuranza: "Ti va di fare un po' di shopping? Tra due ore ti mando l'autista, mettiti qualcosa di pesante e prendi il passaporto."

Destinazione dell'auto blu: Malpensa, area voli privati. Partenza con aereo Agusta: ore 8,30.

Destinazione: LaGuardia, area voli privati. Arrivo (ora locale): ore 11,30.

Destinazione del taxi: Manhattan, Fifth Avenue, ore 12,15.

Pranzo: Le Cirque, ore 14,30.

Ritorno a Milano (ora italiana): ore 5,00.

Francesca e Marina distrutte, eccitate.

"D'altra parte è stato lui a dirmelo: quando non serve a me, usalo!"

E giù a ridere, sfilando dalle buste per mostrarseli un'ultima volta gonne-camicette-pantaloni acquistati a NY.

I ricordi le affiorano da dentro come le bollicine del Cristal. Osserva la flûte da vicino, con lo sguardo indagatore e perso di una cinquantottenne ubriaca già nel primo pomeriggio, cerca di scoprire quale sia il segreto, il serbatoio invisibile che produce quelle migliaia di perline che salgono verso l'alto a tutta birra, anzi a tutto champagne le viene da correggersi e quasi ride, ma non riesce a decifrarlo, il segreto, sembrano partire dal nulla e finire nel nulla, eppure formano file interminabili, come i brandelli d'estate che le si piazzano nell'intercapedine tra la fronte e gli occhi, riempiendole la testa di rumori di risacca, colori accesi da schermare con le lenti scure, camerieri in uniforme che salgono e scendono scalette e passano da uno yacht all'altro, il profumo delle crespelle all'astice che si mischia a quello delle creme protettive e del salmastro. Tre barche ancorate in una rada appartata l'una accanto all'altra, il *Mau Mau* nel mezzo. Un pranzo per cento persone distribuite su tre yacht. La Costa Smeralda che autocelebra la propria ricchezza al riparo da sguardi indiscreti. Corradino arrivava di rado, sempre in viaggio, e lei era un'ottima padrona di casa, di villa, di barca. La disinvoltura era il suo forte, dono di natura, allenata e perfezionata in mille notti milanesi da ragazza, quando parlare da pari a pari al ricco di turno significava venire invitate nelle meravigliose case nascoste della città, nelle ville sulla neve o sul mare, a volte senza neanche bisogno di andarci a letto, prima. Adesso non esisteva carica nobiliare, politica o aziendale che la sgomentasse, erano i principi, i presidenti o gli amministratori delegati semmai a rimanere stupefatti dalla sua carica vitale, dalla sua capacità di fottersene delle etichette, come quando a Villa Altachiara furono ospiti i reali di una Spagna che stava cercando di uscire faticosamente dal franchismo, e al momento dei saluti, mentre re Juan Carlos la ringraziava per l'accoglienza e lodava la bellezza della villa, lei l'aveva interrotto dicendogli "Non si perda a farmi i complimenti, basta che mi assicuri che arrivata in Spagna potrò venire nella sua reggia e fare come se fossi a casa mia", e Juan Carlos l'aveva squadrata perplesso, incerto se ridere o inarcare le sopracciglia. E a un certo punto si era avvicinato un gommone, ai tre yacht con le cento persone a bordo che mangiavano e bevevano e sognavano il momento del ritorno in porto per poter essere ammirate e forse riconosciute dalla gente che trascorreva le vacanze nei campeggi della zona per poi passare le ore sul molo di Porto Rotondo o Porto Cervo ad ammirare e a volte riconoscere i ricchi e famosi nelle loro barche, e a bordo di quel gommone vi erano alcune persone che facevano cenni disperati. Un marinaio era allora salito a riferirle discretamente che un sub stava male e aveva bisogno di cure immediate, camera iperbarica probabilmente, e lei, senza neanche alzarsi da tavola, aveva ordinato che fosse immediatamente caricato sull'elicottero e portato all'ospedale di Genova. Servisse almeno a qualcosa, quel profluvio di pale rotanti a cui stava dietro Corradino. E il sub, le avevano detto giorni dopo quando si era già completamente dimenticata dell'episodio, si era salvato. E lei aveva pensato: però!

Sull'unghia di una delle dita che tengono lo stelo della flûte lo smalto rosso si è appena scheggiato. Un'inezia, nessuno lo noterebbe, lei lo nota e prova un moto di fastidio, oggi è lunedì, i parrucchieri sono chiusi ed è già troppo ubriaca per rimediare da sola. Magari più tardi, prima di uscire, potrà chiedere a Susanna. È sempre stata molto orgogliosa delle sue mani, delle sue dita affusolate, delle sue unghie della giusta proporzione e lunghezza per suscitare attrazione erotica negli uomini sensibili al dettaglio. Un giorno che in barca se ne era spezzata una, si era indignata perché il parrucchiere di Porto Rotondo non ne aveva una finta per mascherare il guaio. Aveva fatto una scenata delle sue, era uscita dal negozio fuori di sé e tornata sul *Mau Mau* aveva ordinato al comandante di spedire immediatamente l'elicottero a Milano per prendere il beauty-case che conteneva le sue preziose unghie di riserva.

Una volta sparito l'elicottero dietro il costone di roccia della baia, si era seduta sbuffando, all'ombra, accanto a Marina, che per tutto quel tempo l'aveva osservata senza fare commenti. L'aveva guardata ed era scoppiata a ridere, dicendole: "Siamo due povere pazze."

A Roma, quando decideva di raggiungere l'amica per pranzo nell'attico di via Borgognona dove Marina viveva da madre separata insieme alla piccola Lucrezia, arrivava seguita da uno stuolo di camerieri che portavano i vassoi (pieni di leccornie preparate dal miglior catering della città) in alto sulla testa come neppure nel più convenzionale dei film sulla corte del re Sole. E in qualche modo lei era una regina Sole, che all'improvviso diventava Luna, diventava Notte. Era sceneggiatrice e scenografa del proprio personaggio di signora ricca e disinibita, regista del proprio film pieno di sequenze sopra le righe.

C'erano appartamenti a Londra, a Parigi, a New York. Ogni tanto si spostavano, e lei "apriva casa". Arrivava insieme a Corradino e a una corte di amici e metteva in azione con polso fermo uno stuolo di giardinieri, camerieri, cuochi. La dimora prendeva vita rapidamente, si rianimava dopo mesi, a volte anni, di tetro silenzio. Poi, insofferente com'era, le bastava poco – una serata noiosa, un commento sgradito – per costringere Corradino a ripartire di gran fretta. Se gli amici volevano rimanere, rimanevano. Ci avrebbe pensato il personale di servizio alla chiusura, a tempo debito.

Nel periodo d'oro le feste a Villa Altachiara duravano anche fino al mattino. Gli abitanti del borgo andavano a dormire con le luci accese lassù, e il sottofondo dei bassi pulsanti a cullarne le teste sui cuscini. Chi era il Grande Gatsby, Corradino che si sforzava di far colpo ogni giorno di più su quel suo amore così giovane e incontenibile? O Francesca, che nascondeva in sé il destino tragico di una diversità irredimibile?

A volte arrivava con un elicottero militare anche Bettino. Si sedeva su uno dei divani, incrociava le gambe e sprigionava il suo famoso magnetismo. L'energia della serata si polarizzava, ricevere la sua attenzione diventava questione vitale, la festa si staccava da sé stessa e – seppure ancora in corso – prendeva a stagliarsi nella memoria dei presenti come un evento speciale. Magari irritante, se disprezzavano Craxi o più in generale la politica, ma comunque speciale.

I primi anni con Corradino erano stati eccitanti, appaganti, avrebbe desiderato che venissero coronati dalla nascita di un figlio. Era la prima volta che scopriva dentro sé qualcosa che somigliava a un istinto materno, e quando dopo un paio di settimane di ritardo gliene aveva parlato era convinta che lui, innamorato com'era, ricco com'era, l'avrebbe abbracciata esprimendo una gioia che magari sul momento l'avrebbe atterrita, l'avrebbe fatta pentire, per poi sciogliersi in un rilassamento, in un sì alla vita di cui sentiva di avere profondamente bisogno. I cani potevano non bastare.

Ma Corradino si era irrigidito. Le aveva detto che non se la sentiva di mettere al mondo un altro figlio, che la sua età e la sua storia non glielo consentivano, che voleva rimanere padre di Rocky, punto.

Ci fu un aborto.

O, come racconta la giornalista Laura Laurenzi, ce ne furono tre: il primo, procurato, quando non era ancora sposata con Corradino, per il timore che lui o altri della famiglia pensassero che stesse cercando di incastrarlo; il secondo, spontaneo, quando era già sposata; il terzo, anche questo spontaneo, nel periodo successivo in cui fu legata a Maurizio.

Le rimase un forte senso di colpa per il primo aborto, la sensazione di non aver avuto il coraggio di seguire i chiari messaggi del corpo, una mancanza di direzione, di senso, che ogni tanto affiora dalla zona paludosa della sua mente e del suo petto, soprattutto quando comincia a bere champagne alle tre di pomeriggio.

Basta, ha bisogno di sgranchirsi. Scende le scale, riesce a farlo incespicando solo una volta. Il salone della musica è vuoto, meglio così, non ha voglia di vedere nessuno, solo di camminare un po'. Fuori il tempo è ancora orrendo, vorrebbe fuggire, andarsene, ma quel vento e quella pioggia sono carcerieri nodosi ed esperti, non li puoi fregare. Su un tavolo coperto da un drappo ci sono i cagnolini in oro, argento o tempestati di brillanti della sua collezione. Arrivano da tutte le parti del mondo, li ama come nipotini. Controlla che siano ancora tutti e tutti interi, spolverati a dovere e trattati con cura. Certe sere è rimasta lì a coccolarseli ascoltando uno a caso tra i vecchi dischi della Voce del padrone che riempiono gli scaffali. Oggi no, è lunedì, un tempo di merda, non ha voglia di musica.

Quanti lunedì ha passato da sola, lì in villa? Il lunedì mattina all'alba Corradino ripartiva, spesso non tornava prima di dieci, quindici giorni. Sul momento era un sollievo: dopo qualche anno il matrimonio si stava rivelando soffocante, lui era diventato oppressivo, geloso. O forse era lei che stava cambiando e che aveva bisogno di più aria rispetto a prima. Magari c'entrava anche la faccenda dell'aborto, una frattura che a poco a poco anziché saldarsi si era aperta ancora di più, aveva iniziato a spingerli verso direzioni diverse. Fatto sta che quando Corradino c'era, lei si sentiva costretta, chiusa, spenta; ma quando se ne andava, superato il primo momento di ebbrezza, scivolava nella condizione dell'abbandonata, di chi si sente trascurata, lasciata sola in una meravigliosa, enorme gabbia d'oro.

Trascurata e soffocata: aveva cominciato a oscillare tra questi due estremi. E a guardarsi intorno. E a farsi guardare.

Aveva sempre amato la bellezza, la gioventù. La propria, innanzitutto. Ma anche quella delle ragazze e dei ragazzi che le stavano intorno. Corradino era un'altra cosa, Corradino era il principe azzurro che l'aveva sollevata dalla sua condizione di commessa di lingerie fino a quelle altezze vertiginose. Un'ascesa da mozzare il fiato, che l'aveva trasformata profondamente e per un po' non aveva lasciato spazio ad altro. Ma ci si abitua a tutto, e in particolare l'agio, la ricchezza, dopo non molto tempo, appaiono come lo standard, la normalità. Anche il principe azzurro appare poi non più così azzurro, i suoi occhi blu A109 non più così blu.

Erano cominciati, quando lui era via, i bigliettini maliziosi fatti arrivare tramite i camerieri al ragazzo carino seduto qualche tavolo più in là, in Piazzetta. O i balli col giovane di turno al Carillon o al Covo di Nord-Est dove si andava a bere qualcosa dopo cena. Quando lui non c'era ma anche, via via, prendendo coraggio, con l'aria di nulla, fingendo di scherzare, anche quando lui tornava dai suoi giri ed era presente. E Corradino rimaneva là, seduto su un divanetto, ostentando indifferenza, chiacchierando con chiunque avesse accanto, fingendo di non vedere sua moglie che ballava in *quel* modo, fingendo di non accorgersi degli sguardi e dei movimenti (solo sguardi e movimenti?) tra Francesca e quel ragazzo, senza però riuscire a dissimulare l'aspetto di un tristissimo cane bastonato.

Aveva iniziato così, per divertimento. Una serie di divertimenti, alla faccia di tutti e di nessuno. Che male c'era? Con Corradino lontano, che male c'era? Se poi qualche volta era vicino, pazienza. Bastava che non capisse fino in fondo, che la prendesse come un gioco di società, bastava non sapesse.

Poi una volta per un po' aveva avuto un amante a Milano. Si faceva accompagnare dall'autista che le aveva assegnato Corradino. Col tempo ci era entrata in confidenza, una persona a posto, aveva smesso di nascondergli il motivo di quei viaggi. L'uomo ascoltava, educato, annuiva, taceva. Un uomo di fiducia.

Ma la sua fiducia, ovviamente, era quella nei confronti del suo datore di lavoro.

Sul *Mau Mau*, un'estate. Corradino è da qualche parte nel mondo a vendere elicotteri, lo yacht è pieno di amici. Uno di questi amici alloggia in cabina con lei. Una mattina, lui ancora dorme, lei sale sul quadrato, mentre gli altri si stanno preparando per la colazione, e mostra la sua fica depilata. "Look estivo!" urla. Gli amici ridacchiano, versandosi il caffè.

Chissà cosa pensano. Chissà cosa si dicono, appena lei si allontanerà. Chissà a chi ne parleranno.

Il *Mau Mau* è un trentaquattro metri della Admiral, e può raggiungere la velocità di trentadue nodi. Il serbatoio della benzina contiene sedicimila litri: ai prezzi di oggi un pieno costerebbe circa trentamila euro. A bordo ci sono marinai in uniforme, maggiordomi, camerieri, cuochi. L'arredamento interno, in uno stile simile a quello di Villa Altachiara, è dello stesso Renzo Mongiardino. Francesca ha disposto che vi siano orchidee in ogni angolo, spesso si tuffa in una grande piscina a sfioro che quando ci sei dentro ti dà l'impressione di essere immersi in mare aperto. Più in alto, la piattaforma per l'elicottero.

La guerriglia e gli attentati dei Mau Mau furono lo spauracchio degli inglesi nel Kenya del dopoguerra, durante il lungo e difficile cammino verso la decolonizzazione. La reazione fu brutale: inumani campi di prigionia, torture, esecuzioni senza processo. Decenni dopo, la presa di distanza: "Il governo britannico riconosce che i keniani furono sottoposti ad atti di tortura e ad altre forme di maltrattamenti da parte dell'amministrazione coloniale." Ma intanto chi doveva soffrire aveva sofferto, chi doveva morire era morto.

A chi poteva essere venuto in mente, e perché, di chiamare uno yacht da nababbi con un nome del genere?

Anche la vita da nababbi però, alla lunga, annoia. La noia, sommata ai problemi del matrimonio, la rendeva sempre più inquieta, portandola ad aumentare via via il consumo di alcol e coca e a volare all'estero ogni volta che intuiva un barlume di novità, qualcosa da vedere o da acquistare.

Marina la incontrò una domenica sera su un volo di linea Londra-Milano. Francesca le fece segno di raggiungerla, aveva prenotato due posti per non avere nessuno nel sedile vicino a lei.

“Sono andata a Portobello per le collezioni di antiquariato in avorio, e poi...” disse aprendo i sacchetti e mostrandole ciò che aveva comprato “nel più famoso pornoshop di Londra.” C’erano dildo di colori e dimensioni varie, con vibrazione o senza, di avorio, di lattice, di gomma, a “effetto umano”. “Se ti capita un volo noioso, dopo qualche bicchiere di champagne ti fanno andare in paradiso.”

Era il suo periodo del sesso come trasgressione. Per qualche mese aveva preso in affitto uno *studio* a Montmartre attrezzato per farsi spiare da facoltosi signori parigini mentre si accoppiava col ragazzotto del momento. Il ricavato, come per una sorta di divertita espiazione, lo donava in beneficenza.

Il dono, la generosità. Quando Marina si fece fotografare completamente nuda, le braccia incrociate e la scritta, all’altezza delle cosce, “l’unica pelliccia che non mi vergogno d’indossare”, Francesca regalò tutti i suoi visoni alle cameriere.

Regalava anche borse di Gucci, quando se ne era stancata.

Entra nella stanza delle scarpe, accende la luce. Si versa un’altra flûte di Cristal. Le pareti sono piene di scaffali: non è rimasto uno spazio libero, ci sono scarpe anche per terra. Quasi tutte hanno il tacco alto, altissimo, ma ci sono anche ballerine, mocassini, stivaletti bassi. Spesso i modelli sono replicati in vari colori, per usarli a seconda della stagione e dei vestiti. Alcune non le ha mai indossate, questo è sicuro.

Adora le scarpe. Le cambierebbe tre volte al giorno, a volte lo fa. Non oggi però (questo oggi che sembra eterno) che va su e giù per la villa in accappatoio e con le pantofole bicolori, una nera e una blu. Ridotta male, cara mia. Chi aveva gli occhi di diverso colore, David Bowie?

"Dove vai, Charlot?"

Andava a scuola con le scarpe di gomma di suo fratello, che le stavano larghe e doveva trascinarsele e facevano rumore, clack-clack.

"Dove vai, Charlot?"

Le compagne di classe la prendevano in giro. Aveva giurato a sé stessa... mai più.

Le scarpe come rivalsa, l'amore come rinascita. A Parigi, finito il tempo dello *studio* boccaccesco, aveva trovato un uomo a cui non riusciva a rinunciare. Inventava scuse di ogni tipo pur di raggiungerlo più spesso possibile. Una volta si era fatta accompagnare da Marina, fingendo che fosse una gita tra amiche. Avevano preso alloggio al Ritz di place Vendôme in una suite tutta bianca, con orchidee bianche, e anche in tavola su tovaglia e porcellane Francesca pretendeva che non vi fosse neanche una goccia di colore.

Al ritorno a Milano però Corrado le aveva accolte – il tempo di un saluto – con una cortesia talmente severa da lasciar presagire la tempesta.

Ore dopo Francesca aveva telefonato in lacrime a Marina: "Corradino è nero, non smette di urlarmi..."

La prontezza non le ha mai fatto difetto. La capacità di cogliere al volo le situazioni e le persone. Incrocia Susanna nel salone e dalla fissità del suo sorriso capisce di essere già in una condizione visibilmente precaria, tutto quel Cristal che ha bevuto – anche se ha lasciato la bottiglia semivuota e il bicchiere in chissà quale stanza – le si nota addosso come un fondotinta troppo carico.

"Li hai fatti i biglietti?" le chiede. La voce, si rende conto, le è uscita lievemente distorta, come proveniente da un nastro un po' allentato.

"I nostri sì. Mi manca quello di Tito, tra un po' riprovo."

"Dovrei cominciare a fare i bagagli" pensa di aver detto. In realtà ha soltanto borbottato.

"Cosa?" chiede Susanna.

Lei sorride come per rassicurarla.

"Niente lavoro, oggi?" domanda.

Susanna risponde di aver sbrigato tutto la mattina, ma finché non avrà sistemato questa cosa dei biglietti non molla l'osso.

"Brava" le dice Francesca, pensando già ad altro, al giorno in cui si era ritrovata ufficialmente proprietaria di Villa Altachiara, qualche mese dopo la separazione, che lei non avrebbe mai voluto ma alla fine era arrivata come un dolore liberatorio, la contrazione espulsiva tanto temuta che l'aveva resa sola. L'amore non c'era più, ma tutto il resto sì, e potendo avrebbe voluto mantenere quel castello di legami e doveri e opportunità. Invece si era dovuta accontentare di Villa Altachiara, di alcuni prestigiosi appartamenti milanesi in pieno centro, di una casa a New York, della villa di Cuernavaca, delle poche stanze di Roma, di un appannaggio di venti milioni di lire al mese, di gioielli miliardari, di cose cose cose cose anche il denaro è una cosa, la più cosa di tutte le cose.

L'anno dopo, una sera di tempo impossibile, aveva preso una forte (ma non troppo forte) dose di tranquillanti. Quella vita da sola nella villa immensa l'aveva atterrita, la mancanza di un senso, la rottura dei contatti che pensava anche suoi e invece si erano rivelati soltanto di Corrado, che peraltro non aveva perso tempo e si era subito rimesso in pista con una modella parecchio più giovane di lei, "una troietta da niente" naturalmente. I cagnolini, le scarpe, e poi? Dov'era un figlio, dov'era l'amore?

Ricoverata all'ospedale di Genova, aveva assunto un medico personale per tutta la durata della degenza. Al ritorno a Portofino, aveva deciso – come si decidono le cose sentimentali:

senza decidere – di dare continuità a quella relazione appena iniziata con Maurizio. E aveva fatto bene, altroché, a poco a poco le era ricresciuta dentro la pianta rigogliosa e infestante dell'innamoramento, aveva rivissuto certe sensazioni provate all'inizio con Corrado e che pensava di non poter provare mai più, solo tutto rovesciato, età, soldi, dominanza, anche se Maurizio, fin da subito, non si era posto certo come uno zerbino, anzi. Aveva il suo bel carattere, si faceva sentire. Soprattutto si era preso a cuore la faccenda che in quei mesi era venuta a oscurarle la visuale, occupandone l'orizzonte come un nuvolone grigio e spesso, la nuvola nera (ricordava di aver letto anni prima un libro di fantascienza con quel titolo): non era giusto che Corrado l'avesse sistemata in quattro e quattr'otto con quel paio di ville (le costavano di mantenimento quasi tutto l'appannaggio) e quella manciata di gioielli. Il patrimonio da lei annusato negli anni in cui gli era stata accanto aveva dimensioni incommensurabili rispetto a quanto le era toccato. Non si trattava dei soldi ma di un principio (è sempre così, no?). E Maurizio, già esperto di cose finanziarie, si era messo al suo servizio, anzi l'aveva stimolata, pungolata a non mollare, coordinando l'azione di avvocati e consulenti per arrivare ai conti nascosti in paradisi fiscali inviolabili mentre lei, più diretta, martellava con lettere e telefonate suo marito (era ancora tale, no?, fino al divorzio) perché si decidesse a condividere informazioni e denaro. Con scarsi, scarsissimi risultati.

Quando Maurizio risponde, in sottofondo si avvertono voci americane e un lieve sciabordio di onde. Niente in comune con i tonfi sulla scogliera lì sotto, che per smettere di sentirli si è dovuta chiudere nella camera rossa, la camera di lui, e infilarsi in un vano armadio. Fa caldo là dentro anche con l'anta aperta, si è tolta l'accappatoio, ha scalciato via le pantofole. Ha buttato giù qualche pastiglia di Stilnox per sentirsi meno oppressa. Il Cristal è finito, è passata al whisky, J&B, come Marisa-Marisin però direttamente dalla bottiglia. Forse è per questo che le fa così caldo.

"Ciao."

"Sono in camera tua."

"Come stai?"

"È lì intorno?"

"No, sta facendo il bagno, posso parlare."

"Ah, adesso devi chiedere il permesso."

"Francesca..."

"Ti volevo dire. Cosa ti volevo dire. Non mi ricordo. Ah, sì: ma quanto costa il fertilizzante? C'è una fattura assurda."

"Controllo io quando torno. Tu non ti preoccupare."

"Non mi trattare come se fossi una deficiente. Ti ho chiesto quanto costa."

"Non lo so a memoria quanto costa il fertilizzante, Francesca."

"Quando torni?"

"Arrivo giovedì."

"Facciamo in tempo a salutarci, allora: io parto venerdì."

"Bene!"

"Bene? Bene cosa? Bene che torni in tempo per salutarmi o bene che parto?"

"Entrambe le cose. Se parti vuol dire che ti fa piacere partire. Vedrai che starai bene a Cuernavaca."

"Ci stavo bene con te, a Cuernavaca. Vado a sposarmi a Tlacotalpan."

"Cosa stai bevendo, Francesca?"

"Vaffanculo. Limited edition."

Quante volte, in questi ultimi giorni, si è fermata di fronte all'ingresso della camera rossa di Maurizio, si è seduta per terra e ha pianto in silenzio? Non riesce a contarle.

Altre due pastiglie. Un'altra lunga sorsata di J&B.

"Hola..."

"Blanca, buongiorno."

"Ah, buongiorno *señora* Francesca..."

"Come va lì, tutto a posto?"

"Tutto a posto *señora*, tutto bene..."

"Arriverò probabilmente sabato, allora."

"Bene, *señora*, qua è tutto pronto... Viene da sola?"

"Viene anche Tito, anche se il biglietto ancora non ce l'ha. E il giorno dopo arriva anche Susanna."

"Preparo la camera verde per la *señora* Susanna?"

"Brava. Ti chiamo appena atterriamo."

"Va bene, grazie *señora*..."

Altre due pastiglie di Stilnox, un paio di sorsate di J&B. La stanno cercando. Li sente che la stanno cercando. La chiamano, dal piano di sotto. Fa un caldo terribile dentro il vano dell'armadio.

"Studio De Martini e associati, buonasera."

"L'avvocato De Martini, per cortesia. Sono Francesca Vacca Agusta."

"Un momento per favore."

Una sorsata di J&B, nell'attesa.

"Francesca, sei puntualissima!"

"Era buono il risotto?"

"Mia mamma lo faceva più buono. Ma non ci lamentiamo, che altrimenti sembriamo più vecchi di quello che siamo."

Al pensiero del cibo le viene un urto di vomito. Prova a resistere. "Novità?"

"L'ho chiamato, ma era in riunione. Tra una mezz'ora riprovo."

"Mi richiami tu allora?"

"Senz'altro."

"Ce l'hai il numero di casa?" Glielo fa ricontrollare. "Mi raccomando, aspetto la tua chiamata."

"Stai tranquilla, Francesca. E comunque si tratta di poche lire, in fin dei conti."

"Sì ma non è per quello, è per il principio. Come si è permesso di mandarmi gli ufficiali giudiziari a pignorarmi i mobili, fammi capire."

"Hai ragione. Vedrai che sistemiamo tutto. Dopo ti richiamo."

"A dopo."

Le voci in lontananza, la bottiglia del J&B quasi vuota, lo Stilnox finito, la nausea e una sonnolenza mefitica.

"Eccola, è qui!"

Le voci si avvicinano, si confondono, si distorcono. Qualcuno la prende da sotto le ascelle, la fa alzare. È Tito, riconosce l'odore di cuoio e tabacco, la presa sicura anche se delicata. Muove i piedi come in trance, segue la direzione obbligata, la nausea è fortissima, riconosce il pavimento del bagno, si piega sulle ginocchia, appoggia le mani sul bordo del water, comincia a vomitare.

Appena ha finito si sente meglio. La testa le gira un po', in bocca ha un sapore acre, ma lo stomaco è libero, il corpo non ha più quella pesantezza, riesce a respirare e a camminare abbastanza bene. Si sciacqua, si asciuga. Susanna le porge le pantofole e l'accappatoio. Lo infila e senza una parola si volta e va a chiudersi in camera. In testa la vaga sensazione del costo esagerato del fertilizzante e un pensiero: senza Maurizio a far le pulci, andrebbe tutto a rotoli.

La stessa sensazione di perdita di controllo che aveva provato in quei primi mesi dopo la separazione da Corradino.

Che Corradino stesse morendo gliel'aveva confidato un'amica comune, anni dopo: l'aveva saputo da Rocky. Un minuto più tardi lei stava già telefonando all'avvocato per bloccare la pratica di divorzio.

FUORI

7 aprile 2001

Poco prima di mezzogiorno di sabato 7 aprile, il giorno seguente all'apertura dei primi cinque testamenti, il panfilo *Philanderer* (Donnaiolo), quarantadue metri di lunghezza, un'esagerazione, compare nella baia di Portofino. Tenta l'attracco in un primo momento a Baia Cannone, di fronte all'Hotel Piccolo. Poi, a causa del mare mosso, entra in porto.

È così che fa fisicamente il suo ingresso sulla scena Rocky Agusta.

PRIMA

The Rocky Picture Show

e così ho vent'anni e il papà mi fa andare in ufficio, mi riceve proprio come se fossi uno dei suoi funzionari, mi fa accomodare sulla poltrona di fronte alla sua scrivania mentre finisce una telefonata con Francesca, questa nuova fidanzata bellissima per cui ha lasciato mamma, allora io per fingere di non star lì ad ascoltare adocchio una rivista poggiata da una parte, c'è una modella col seno nudo in copertina, dev'essere una rivista di fotografia di quelle patinate, e quando il papà chiude la chiamata e si rivolge a me io faccio un commento da uomo a uomo e lui prende la rivista e senza una parola la getta nel cestino e mi fa sentire un pirla, ma poi mi dice senti Rocky, è ora di crescere, d'ora in poi ti occuperai del reparto corse della MV, farai supervisione e pubbliche relazioni, e il primo incarico, mi dice, è quello di seguire il Tourist Trophy, all'Isola di Man, e io gli rispondo che urca sì che va bene, che lo ringrazio, non se ne pentirà, e già immagino il momento in cui sarò lì in mezzo ai rombi delle moto, a scambiare le ultime parole prima della partenza con Ago, e penso a tutte quelle fighe attorno, tipo la tizia sulla copertina della rivista che il papà ha appena gettato nel cestino

il Tourist Trophy, you know, è il circuito più pericoloso al mondo, le strade strette, i muretti, i pali della luce, e poi ci tira sempre un vento della madonna oppure piove, oppure ci tira vento e piove, e insomma ogni anno ci muore qualcuno, centinaia di piloti ci hanno lasciato la pelle, al Tourist Trophy

e quando ancora sono a Cascina Costa che cerco di organizzare un po' le cose arriva la notizia che Ago durante le prove ha rotto l'albero motore, e non ce n'è mica uno di riserva di albero motore, e per rifarne uno nuovo ci vuole tanto di quel tempo che sembra impossibile per Ago scendere in pista il giorno dopo, ma allora io ho l'idea di chiedere al tecnico Rossetti se lavorandoci tutta la notte sarebbe in grado di rifarmelo un albero motore, e lui dice sì, potrei anche riuscirci a fare un albero motore ma chi glielo spiega al sindacato, quelli si mettono di mezzo e mica mi fanno lavorare di notte, e io dico e noi non glielo diciamo al sindacato, e lui dice eh Rocky ma glielo dicono i custodi se ci vedono entrare a lavorare di notte, e io allora prendo un paio di tronchesi e gli dico di seguirmi, e andiamo in un punto della recinzione dove i custodi all'ingresso non possono vederci, me lo ricordavo da quando ero bambino e mi avevano mandato a fare la scuolina qui, faccio un buco nella rete ed entriamo nello stabilimento accendendo soltanto la luce di quel reparto, e i custodi non passano a controllare neppure da lontano (lunedì poi li faccio cazziare) e io e Rossetti rimaniamo lì fino alle quattro del mattino con lui che ci dà dentro a costruire questo nuovo albero motore, e alla fine me lo mostra, è pronto e può partire per l'Isola di Man con uno dei nostri elicotteri che era già lì con il pilota ad aspettarci, e la mattina dopo poi convinco il papà a prestarmi l'aereo privato, il mio ingresso nel mondo delle corse mica voglio farlo arrivando con British Airways, così io e Vivienne ci imbarchiamo e atterriamo due ore dopo nel piccolo aeroporto dell'Isola di Man, e i paparazzi ci scattano foto su foto che finiranno su riviste e rotocalchi, e facciamo la nostra porca figura, you know, e Ago vince la sua corsa, mica era possibile cominciarla meglio questa mia nuova vita al reparto corse della MV

che poi se dici *reparto corse della MV* pensi a chissà cosa, invece si tratta di un gruppetto di meccanici ma dalle mani d'oro, la testa sempre al pezzo, l'Arturo Magni, il Mazza, il Castelli, il

Carrano, il Rosolino, Ago li considera i suoi angeli custodi, di loro si fida ciecamente, di me forse un po' meno, sarà che ho solo vent'anni, lui di solito trattava con zio Micuzzo ma si deve abituare, e si deve anche dare una svegliata, perché dopo un po' di anni in cui li metteva tutti in riga adesso è comparso questo Saarinen che su Yamaha gli fa vedere i sorci verdi ad Ago, allora io parlo con il papà e gli dico papà, qui dobbiamo affiancargli un pilota bravo quasi quanto lui, in modo che Ago sia stimolato a dare il massimo, mi sembra che negli ultimi tempi si sia un po' adagiato sugli allori, e il papà mi dice va bene, scegli quello che preferisci, e così faccio, ormai che è morto anche zio Micuzzo le cose vanno più spedite, non c'è più bisogno di troppe riunioni, allora decido di ingaggiare Phil Read, uno dei migliori che ci sono in giro, e quando vado a Londra a parlarci mi dice guarda io a fare il secondo di Agostini non ci vengo, e io gli dico sì dài va bene poi vediamo, l'importante è che tu sia dei nostri, e lui capisce quello che vuole capire, ma insomma quando poi arriva e Ago vuole mettere subito in chiaro che il numero uno è lui e non si discute, scoppia il grande casino tra quei due, e poi a Monza l'incidente terribile dove in un colpo solo muoiono Saarinen e Pasolini, e poi alla fine del Settantatré Ago passa alla Yamaha e da quel momento il papà comincia a guardarmi storto, pensa che sia stata colpa mia l'addio di Ago, pensa che non ho saputo impedire la partenza del campione, ma si sbaglia, Ago voleva nuove esperienze e nuovi soldi, se ne sarebbe andato comunque pure se fossi stato più esperto, in ogni caso mi impegno per rimediare alla frittata, e mentre sono in vacanza a Portofino butto giù un piano di ristrutturazione del reparto corse da paura, sono convinto che se verrà applicato la MV tornerà a vincere prestissimo, e un giorno mentre sono lì al porto a parlarne col padrone della Gritta e suo figlio Maurizio, che ha dodici anni ma è già sveglio come un uomo sveglio, due maoisti cominciano a prendermi per il culo e a dirmi figlio di papà del cazzo, spaccheremo il culo a te e a tutti quelli come te, e allora io mi alzo e comincio a prenderli a calci, e uno finisce pure in acqua, mentre io finisco al pronto soccorso con una frattura al metatarso. Ma quando torno su a Cascina Costa con il gesso e la stampella, invece di accogliermi con tutti gli onori il papà mi dice che il mio piano di ristrutturazione da paura non va bene, troppe spese, troppi ruoli, troppe sovrapposizioni, troppa *grandeur*, così ha scelto quello di un ingegnere suo amico, e allora cosa avreste fatto voi, io ci ho pensato un po' e mi sono dimesso, ecco cosa ho fatto io di fronte a un'umiliazione come questa

così per reagire allo smacco comincio a vivere di notte, ecco cosa faccio, bevo ogni sera perché bere mi piace e mi fa stare su e starci bene, e quando ho finito di bere vomito, e la mattina dopo ho un mal di testa devastante, lo stomaco a pezzi, gli occhi che bruciano, ma si sopporta in cambio del benessere provato in quelle tre-quattro ore e di cui non puoi più fare a meno, e vado in discoteca a rimorchiare la figa della serata, e parlo con gente che di cose ne ha fatte, tagliaborse o tagliagole, you know, gente che ci mette un secondo a farti ritrovare la mattina dopo a pezzi in un fosso, ma di me si fidano, hanno rispetto, capiscono che siamo fatti della stessa pasta, e mi chiedono se ce li ho due soldi da investire per mettere su un locale, e certo ce li ho due soldi, cosa ci devo fare con quei due soldi che ho, ora che Vivienne si è messa con un cantante negro americano ed è andata a vivere a Los Angeles, cosa ci devo fare, con il papà tutto preso dal lavoro, da Villa Altachiara e da Francesca, si è messo pure in testa di sposarla e questo francamente non mi va, anche per rispetto nei confronti di mamma, e pure per i soldi che questa cosa mi costerà quando sarà il momento, vaffanculo, così la notte bevo, e sniffo, e i miei quattro soldi li investo nel metter su a Milano il Fitzgerald insieme agli amici tagliagole, sarà di sicuro il locale alla moda della nuova stagione, su questo ci puoi scommettere, trust me

poi la giostra comincia a perdere i suoi pezzi, i soldi mica ce li ho tutti per investire sul Fitzgerald, devo firmare un pacco di cambiali alto così, ma sono sicuro che gli incassi mi permetteranno di pagarle. Gli incassi però, you know, all'inizio per un locale sono assorbiti dalle spese, e poi in quel momento mamma e papà decidono di farmi internare in una clinica per la disintossicazione, e la cosa mi allontana dagli affari, e se gli affari non li segui vanno in malora, e insomma mi ritrovo con le cambiali scadute e chiuso in una specie di ospedale o galera fate voi, e io lì non ci rimango, scappo via, ma proprio quando sto per raggiungere mamma a Lugano, dove si è trasferita dopo il divorzio dal papà, mi arriva la telefonata di mia cugina Giovanna, mi dice di lasciar perdere le discoteche, Milano e i miei cazzo di amici e di raggiungerla a Roma, forse ha un lavoro per me, e io le dico sì d'accordo ma le cambiali come faccio, non posso mica lasciarle sospese così con quei tagliagole che ci sono in giro, e lei mi dice tu vieni qui e in qualche modo sistemiamo, e allora io vado, cosa avreste fatto voi

Roma è una città che quando ci arrivi ti fa sentire a casa, tutti lì con una battuta e un sorriso, il cielo che respira, i saliscendi, i colori caldi, in confronto a Milano è una madre eterna, poi magari ti volti e non c'è più nessuno, ognuno a farsi i cazzi suoi, però rimane lei, con i suoi parchi delle ville, e gente di mezzo mondo, ti ci puoi sentire a casa se non hai una casa

Giovanna sta lì, anni dopo la fine della sua storia con Germano, insieme a Lulù e al nuovo marito Franco che fa affari immobiliari, e il lavoro sarebbe di collaborare col Franco che fa affari immobiliari, e io per un po' ci collaboro pure col Franco, ma presto mi rompo i coglioni e per fortuna incontro Uccio, con lui ci intendiamo al volo, ha quasi sessant'anni e potrebbe essere mio zio, una vita da playboy ed esperienza nell'offshore, cominciamo a parlare la sera bevendo whisky e ci troviamo, sembriamo fatti l'uno per l'altro, l'idea è di mettere su un'azienda che produca motoscafi, sede a Forte dei Marmi, contenuti innovativi, manca solo un finanziatore, ci pensa Giovanna a chiamare il papà

ci incontriamo in via Veneto, al Grand Hotel, in quella pancia ovattata degli alberghi di pregio con i divani in pelle, le occhiate a sfioro, i lievi tintinnii, le lingue straniere, un tavolino, i bicchieri. È un po' che non ci vediamo col papà, l'ultima volta avevamo litigato di brutto, e all'inizio abbiamo tutti e due un atteggiamento molto formale, come dirigenti di aziende in concorrenza che stiano valutando la lontana ipotesi di una joint venture, e io espongo il nuovo progetto, con i nuovi motori, materiali innovativi, abbattimento del rumore, mi sono preparato, trovo le parole giuste, il papà annuisce, sollevato di vedermi finalmente mostrare interesse per qualcosa di concreto, chiede di essere tenuto al corrente, accetta di saldare le cambiali del Fitzgerald e di finanziare questa nuova attività dei motoscafi, chiede solo d'ora in poi la presenza di una guardia del corpo perché negli ultimi tempi in Italia sono aumentati i rapimenti, e alla fine ci salutiamo con un abbraccio vero, sotto lo sguardo coccolante di Giovanna

la faccenda poi non dura mica, you know, per via di quella vendita disgraziata del primo offshore a Rex Harrison, il motoscafo col motore rovinato dal pieno di gasolio durante la navigazione, ma questa è un'altra storia, poi in quel periodo lì un giorno conosco l'Alida, l'attrice, la moglie del Walter, avevano anche un bambino, Simone, so che secoli prima mamma ci era fidanzata col Walter quando era arrivato il papà a portargliela via, e la storia si ripete, tra me e l'Alida è amore a prima vista, il Walter ci rimane male ma è troppo buono, neanche una scenata, solo una battuta sugli Agusta che chissà per quale motivo ce l'hanno con lui e via andare, che presto saprà consolarsi il Walter, a lui non è mai mancata la capacità di consolarsi. E una sera, poco tempo dopo, quando sono rientrato in azienda per seguire un corso di management, facciamo una cena a quattro, io, l'Alida, il papà e Francesca, e sento che a Francesca ormai le voglio bene, fa un po' troppo la gran signora ma poi è spontanea appena beve un po' e la serata ingrana, insomma ci scherzo e ci gioco anche se continuo a non capire perché il papà abbia sentito tutto questo bisogno di sposarla

"Rocky, ti piacciono gli Stati Uniti?"

Sono le sette di mattina, stava ancora dormendo. Suo padre invece ha la voce di chi è in piedi da un po'.

"Certo che mi piacciono. Perché?"

"Perché ti ci mando. Ho già prenotato un volo per New York all'una di oggi da Malpensa."

"E quanto dovrò starci? E come mai tutta quest'urgenza?"

"Per molto, credo. Hanno trovato un pulmino con dei brigatisti pronti ad attuare un rapimento, e si pensa che la vittima saresti stato tu. Così ho deciso di farti cambiare aria."

"Va bene, papà, ma dammi almeno ventiquattro ore per organizzarmi con Alida e Simone. Poi c'è la casa e un sacco di cose da mettere a posto..."

"Va bene, partirai con lo stesso volo domani. Per quanto riguarda Alida, immagino che verrà con te e quindi prenoto il volo anche per lei. Vi consiglio, per ora, finché non vi sarete organizzati, di lasciare Simone ai nonni. Per tutto il resto lascia fare a me. Se oggi dovessi decidere di uscire, non ti sorprendere se sarai seguito dalla polizia. Una macchina blindata e la scorta sono già sotto casa ad attenderti. Ci vediamo stasera a cena, così ti spiego meglio e facciamo i programmi futuri."

era così il papà, si preoccupava di me, di noi, capiva le cose prima, come quando si era reso conto che l'Agusta non poteva rimanere soltanto in mano alla famiglia, dopo la morte degli zii c'erano da liquidare le zie che non ci volevano più stare, ma soprattutto gli investimenti per rinnovare la produzione di elicotteri erano troppo grossi e troppo a lungo termine per poter essere finanziati soltanto dal patrimonio familiare, e allora aveva ceduto il cinquantun per cento all'EFIM, uno di quegli enti statali per il salvataggio delle aziende, era rimasto presidente e aveva incassato una palata di soldi, una quantità che nessuno aveva mai visto prima

in America ci ero rimasto qualche mese, insieme all'Alida e a Simone, ma era difficile vivere in quel buco di periferia di Dallas, le villette tutte uguali, il lavoro alla Bell che non capivo bene di cosa mi dovessi occupare, così la sera tornavo a casa e mi mettevo a bere, e per un po' andava bene, diventavo anche più allegro, ma poi finivo sopra le righe senza neppure accorgermene, a me pareva di essere soltanto spiritoso invece l'Alida si incazzava di brutto e cominciavamo a litigare e a volte volava pure qualche schiaffo, e non ero sempre io quello che ne dava di più ma un po' ne davo anch'io, così un giorno lei e Simone se n'erano tornati in Italia e a quel punto anch'io avevo chiamato il papà per chiedergli l'autorizzazione di tornare, tanto cosa ci stavo a fare da solo nella periferia di Dallas, io

con l'Alida ci rappacificammo e ogni volta erano lacrime e risate e giorni a letto e cene e brindisi al nostro rapporto che rinasceva, e il papà per ringraziarmi di aver accettato senza fare storie di andare in America e per essermi inserito bene nella Bell mi regalò un Ghibli s dei cantieri Lavagna. La prima crociera la facemmo quell'estate stessa, portai l'Alida a conoscere mamma all'Isola del Giglio e dopo mezza giornata sul *Rosetta* erano già come sorelle tutte prese da Simone, mamma con i bambini aveva sempre avuto un modo speciale di parlarci, poi arrivò il *Mau Mau* con il papà e Francesca, lasciammo lì mamma con la sua Armenia e gli amici che ogni sera venivano a cena e a guardare il film di bordo, con i ragazzini di Giglio Porto seduti sul molo per vederlo anche loro, e noi giovani felici e innamorati partimmo per la Grecia

in quel periodo mi ritrovavo coinvolto in risse anche se non ero mai io a cominciare, al ritorno ci fermammo a Salina e ci fu rissa, allo Sporting di Porto Rotondo ci fu rissa (cosa avreste fatto voi, se un tipo avesse cercato di convincere la vostra fidanzata a cantare "Troia mia"), ero sempre ubriaco e non mi tiravo indietro, mentre con l'Alida le cose andavano di peggio in peggio, e quando venne di nuovo l'estate tentammo di salvare il salvabile tornando sul *Rosetta*, ma ormai la cosa si era spinta troppo in là, e quando una mattina presto l'Alida decise di andarsene anch'io mi alzai e la riprendevo facendo finta di tenere in mano una telecamera, e dicevo ecco che scende dalla barca la grande diva, e lei nemmeno si voltava, e l'Armenia e gli altri di servizio guardavano a distanza senza dire una parola, e mamma fingeva di dormire, cose di cui dopo uno si vergogna, ma la vita va così, you know

non so se siete mai stati a Cuernavaca, la città dell'eterna primavera, se hai la villa giusta ti godi quella temperatura ideale tutto l'anno. Un ottobre il papà mi invita a raggiungerlo lì insieme alla mia promessa sposa, Monica, che all'ora dell'aperitivo si presenta nel salone tutta emozionata, con un vestito viola e oro, bellissimo, ma il papà stringendole la mano le dice col suo aplomb buonasera Monica, mi fa molto piacere conoscerla, però la pregherei, se entrerà a far parte della famiglia, di evitare di vestirsi di viola perché porta male, e lei arrossisce e balbetta una scusa, ma subito il papà le dice qualcosa di carino per metterla a suo agio, e da quel momento lei lo adora, e anche

Francesca è davvero accogliente, non avrei mai detto che una come lei potesse diventare così family, e la serata fila via liscia tra champagne e aragosta, sono quelle sere in cui la vita ti sembra fatta per essere vissuta

Monica era romana, raffinata ma semplice, fuori dai giri della mondanità, in confronto a Francesca sembrava acqua e sapone, e un po' di quell'acqua nel mio whisky ci finiva, e per un po' di mesi mi sentii leggero, come liberato, bevevo meno, sniffavo meno, avevo meno bisogno di sentirmi forte

l'anno dopo eccoci di nuovo in Messico, per le vacanze di Natale, stiamo tornando da una gita ad Acapulco, è l'ora del tramonto e sonnecchiamo sul sedile posteriore tenendoci per mano, quando d'improvviso un rumore, una sbandata, adrenalina, l'autista ha avuto un colpo di sonno e la macchina urta il guardrail, strisciamo per dieci metri e poi ci ribaltiamo. Mi ritrovo steso sull'asfalto, non sento dolore, solo una strana sensazione di distacco, alzo gli occhi e vedo che anche Monica è a terra, la raggiungo, ha una brutta ferita a una gamba, pulsa sangue. Mi sfilo la cintura dei calzoni, gliela stringo forte sopra la ferita, un automobilista di passaggio ci carica a bordo e ci accompagna all'ospedale di Cuernavaca. Lei viene issata su una barella e sparisce dentro non so quale corridoio, io cammino, ho qualche graffio, cerco un telefono. Mentre sto parlando col papà, mi accorgo che dentro un'incubatrice c'è un neonato adagiato su dei panni sporchi, e sopra il vetro è poggiato un posacenere pieno di mozziconi che ancora fumano. Quando il papà arriva, riesce a farsi dire all'istante in quale stanza si trova Monica, io lo chiedevo da mezz'ora e nessuno mi rispondeva. Le hanno rapato i capelli per poterle mettere dei punti a una piccola ferita alla testa, ma nessuno si sta occupando della sua gamba che è diventata gonfia e blu. Il papà le toglie la cintura e fa immediatamente caricare Monica sulla sua macchina, per portarla in un ospedale privato gestito dagli americani. L'operazione dura cinque ore, la gamba era piena di frammenti di vetro. Dopo la prima notte in osservazione, il giorno dopo il papà in elicottero la fa portare a Città del Messico e da lì con un aereo privato a Washington, dove ci dicono che prima di procedere a un trapianto di pelle dovranno intervenire di nuovo per terminare a dovere la pulizia dei frammenti. Monica si sente giù, pensa di rimanere deturpata, mi dice di sentirmi libero, che non sono obbligato a sposarla, e allora io per tagliar corto con tutte queste lamentele la sposo lì, nella camera dell'ospedale di Washington, davanti ai suoi genitori appena arrivati dall'Italia e al papà, e riusciamo in qualche modo anche a onorare la prima notte di nozze, roba da matti. Poi quando dopo altre operazioni può cominciare a muoversi io e il papà la portiamo a St. Moritz perché si riprenda un po', aria di montagna, ma i capelli le ricrescono a fatica, deve tenerli in due treccine che la fanno sentire a disagio di fronte a tutti gli amici miei, e del papà e di Francesca, così si chiude un po' in sé stessa e io comincio ad annoiarmi, al punto che in aprile, il giorno in cui ci sposiamo anche in chiesa, alla fine della festa preferisco rimanere a bere e a far casino con gli amici anziché salire in camera con lei, la lascio sola, rientro all'alba. Cose di cui uno dopo si vergogna

cosa posso raccontarvi poi riguardo al mio matrimonio, l'avete già capito, you know, male fin da subito, io non c'ero, lei non c'era, io bevevo, lei soffriva, tradimenti miei, tradimenti suoi, un casino di dimensioni gigantesche. Eppure abbiamo avuto due figli, Corrado jr e Giovanni, qualcosa di buono lo abbiamo combinato, meglio sorvolare sul resto, molto meglio, trust me, erano i primi anni Ottanta, gli anni in cui il papà uscì definitivamente dall'Agusta, non potendo sostenere gli aumenti di capitale che l'EFIM imponeva per restare competitivi sul mercato, era la fine di un mondo, il nostro mondo, anche perché erano gli anni in cui era andato in crisi il rapporto tra lui e Francesca, una doppia perdita che lo segnò profondamente, senza però che mai uscisse da lui una parola di troppo nei confronti di Francesca, o della sfortuna, o della vita, un esempio di forza che non avrei dimenticato mai

mamma morì a febbraio dell'Ottantotto dopo una malattia abbastanza lunga, io con Monica e i ragazzi intanto da New York ci eravamo trasferiti a Montecarlo in modo da poter esserle vicini, e ci furono momenti di grande dolcezza tra di noi quando la andavo a trovare a Lugano, penso che mamma sia stata una donna davvero eccezionale, capace di stare sul palco e dietro le quinte con la stessa forza tranquilla, senza lamenti, spargendo tenerezza e amore verso tutti quelli che l'hanno conosciuta, e sono fiero di essere stato figlio suo più di quanto sia mai riuscito a dirle, che poi mi sa che sia così un po' per tutti, chi più chi meno

Un padre e un figlio. Un figlio e un padre. Uniti dal patrimonio dei gesti assorbiti inconsapevolmente negli anni dorati e misteriosi in cui il figlio si affaccia alla vita. Quel piede sull'acceleratore che pestava tra Milano e Cascina Costa prima delle cene di Natale. Quegli scappellotti sfuggiti dalle mani come castagne troppo calde dopo un comportamento sbagliato. I rimproveri per la scuola che va male, le complicità sui film da vedere. "Ma cosa ci mette dentro le valigie mamma, le pietre?" L'uva della pergola di piazza San Babila da assaggiare facendosi l'occhiolino. E poi il tempo passa, gli occhiolini diventano occhi che si aprono, il cervello o la mente o quello che è comincia a ragionare. La ricchezza percepita come differenza tra quanto a noi sembra normale e agli altri appare invece irreale. I regali ogni volta più smisurati, che ti innalzano rispetto agli amici e alle prime ragazze di metri e chilometri, l'affetto sempre più difficile a mostrarsi tra due maschi diversi per indole, le litigate destinate a mettere a confronto non più un adulto e un ragazzo ma due uomini che si fronteggiano sprizzando scintille forse cariche di odio. Una madre che cerca di interporsi ma, pur non smettendo mai di ricevere affetto dall'uno e dall'altro, scivola a poco a poco fuori dal loro rapporto, fatto ormai di posizioni aziendali, di progetti andati in fumo, di soldi presenti come sottotesto in ogni discorso, di soldi passati di mano in mano e di conto in conto, di soldi futuri da immaginare, contare in silenzio, contarci. Soltanto di questo?

un paio di mesi dopo, una mattina di aprile di quell'Ottantotto, il papà mi chiama a casa a Montecarlo, sul presto, e mi chiede di raggiungerlo al porto. Lo vedo, è lì che mi aspetta in macchina, lascio la mia, salgo sulla sua, una Mercedes come al solito, lui amava le Mercedes, nel settembre del Settantacinque gli era stata consegnata la prima 450 SEL 6.9 approntata in Italia, consumava come una turbonave ma era bellissima, blu scuro con interni in velluto anch'essi blu scuro, e che era andata ad affiancarsi a una 600 Pullman e a una 300 SL del 1955 che già aveva in garage, il papà se ne intendeva di macchine come di donne, trust me. Rocky mi dispiace di doverti dire queste cose a così breve distanza dalla morte di tua madre, inizia appena salgo a bordo, ma purtroppo ho anch'io un cancro e mi hanno dato pochi mesi di vita. Come se mi avessero tirato un pugno in piena faccia, riesco solo ad aprire lo sportello della macchina e a vomitare il caffè con i biscotti che avevo mandato giù prima di uscire. Mi dice che sette mesi prima era andato a farsi fare una visita di controllo perché non si sentiva tanto bene e gli avevano trovato un tumore al fegato. Non lo sa nessuno, mi dice, escluso Ginger, la sua compagna americana, e il medico di famiglia. Mi raccomando Rocky, dice, tienilo per te: non voglio essere circondato da beccamorti e soprattutto non voglio che venga a saperlo in nessun modo Francesca, con cui desidero arrivare al divorzio prima di andarmene, in modo da non doverci rimanere tu impastoiato in quelle beghe che mi sta facendo passare. Sì ma le cure, dico io, come ti stai curando? Ogni due settimane, dice lui, mi fanno dei punturoni di alcol nel fegato, dovrebbero rallentare la faccenda. Gli chiedo se fa male. Magari per un paio di giorni non sono proprio al top, dice lui, e dal tono capisco che deve soffrire come un cane

di lì a poco, nei mesi successivi, è come se gli avvoltoi avessero avvistato una preda in difficoltà e cominciassero a roteargli sopra: il papà viene incriminato per traffico di armi insieme a Vittorio Emanuele solo perché avevano venduto elicotteri da guerra a paesi nella lista nera come Taiwan, Sudafrica, Israele e Giordania. Viene incriminato anche per aver pagato tangenti ai socialisti belgi in modo da ottenere una commessa dal governo, si dimette addirittura il segretario generale della NATO. A quel punto il papà, vista la mala parata generale, annuncia le dimissioni dalla presidenza onoraria di Agusta Westland, l'ultima carica che gli era rimasta

cominciai a stargli vicino il più possibile, ci furono momenti terribili ma anche illuminazioni senza nome

Rocky diventa l'ombra di suo padre. Lo accompagna alle visite, lo scorta a casa quando lo vede sofferente, gli prepara un piatto di pasta prima di andare a dormire. Una volta, mentre sul divano sono lì che guardano una serie poliziesca, gli poggia il braccio sulle spalle.

"Rocky, che succede: stiamo diventando romantici?"

Mai lasciarsi andare, mai.

Per gradi, giorno dopo giorno, settimana dopo settimana, il padre passa al figlio le responsabilità, le incombenze, i codici cifrati, i numeri di telefono, i nomi dei personaggi di raccordo, delle banche, delle filiali, delle isole vergini o meno, le scadenze, i titoli, le chiavi delle ville, degli appartamenti, delle auto, dei motoscafi, degli yacht, degli aerei privati, degli elicotteri. Gli dà tutte le armi e le munizioni per sostenere la battaglia legale con la contessa e i suoi avvocati, nel caso che il suo auspicio di resistere fino al momento del divorzio non si avveri.

A Houston. Con Monica, Corrado jr e Giovanni. E con Tiziana, la figlia di Armenia, come bambinaia. Viaggiando su due aerei perché non si sa mai. La sera in cui la visita della disperazione dal luminare americano produce solo il responso più temuto ("due mesi di vita"), Rocky si mette a bere, poi a prendere in giro Monica, poi a offenderla, poi a litigarci violentemente.

Il giorno dopo si scusa, con tutti.

A New York. Corrado li trascina in tutti i negozietti di elettronica e, pur dovendo seguire una dieta piuttosto ferrea, nei ristoranti più amati. Un pomeriggio sulla limousine sale anche una ragazza bionda, con i capelli lunghi: Ginger.

A Washington, a Disney World. Corrado jr, Giovanni e Tiziana si divertono come matti. Rocky ancora di più.

Ai Caraibi, per un passaggio veloce. Corrado indica a Rocky tutti i luoghi dove tornare con i figli.

Al rientro in Italia, gioca a lungo con i nipoti in giardino. Con Rocky non aveva giocato quasi mai.

Rocky a volte sparisce per qualche ora, piange. Poi torna, pronto a sorridere e a esserci di nuovo.

Corrado riesce a tenere segreto il suo male fino alla fine.

Quasi.

Soltanto l'unica persona che, fra tutte, non avrebbe dovuto saperlo, ne viene a conoscenza. In un momento di debolezza Rocky parla della malattia a un'amica del padre, che corre a spifferare tutto alla contessa. Francesca blocca immediatamente la pratica di divorzio.

Corrado però non reagisce come Rocky si era immaginato: è come se si fosse già distaccato dalle questioni pratiche. Cerca di gustarsi ogni stilla di vita che ancora gli è concessa. Il sapore di un'arancia, lo scorrere dell'acqua di un fiume, la pelle della guancia di un nipote, il profumo dell'erba bagnata, la bellezza di un oggetto ben costruito.

Ha rinunciato a qualunque oppiaceo, preferisce rimanere lucido. Esclusi gli innamoramenti, la lucidità è stata la stella polare del suo modo di vivere. Si fa soltanto spalmare da Rocky una blandissima crema antidolorifica sulla parte che gli fa male, forse anche solo per ricevere quelle carezze che non si sono mai scambiati.

Ai primi di giugno del 1989 – qualche giorno dopo aver gustato accanto sul divano la vittoria del Milan in Coppa dei Campioni per 4-0 contro la Steaua Bucarest, e poco prima della morte in Iran dell'ayatollah Ruhollah Khomeini, il cui avvento dieci anni prima aveva messo fine agli anni d'oro dei viaggi a Teheran preceduti dai jet di orchidee per Farah Diba – rinuncia a un'estrema iniezione di alcol nel fegato. Durante una sosta a un ristorante di Lecco, nel viaggio da Milano a St. Moritz, dice al figlio: "Questo è l'ultimo ristorante in cui mangeremo insieme."

Muore due settimane dopo, alle due di pomeriggio, nella sua amata Cesa Muzza, la villa, vicina a quella di Berlusconi, che utilizzava da quando aveva ceduto a Marisin la Rayo de Sol.

La salma rimane esposta a Cascina Costa per tre giorni, prima dei funerali a Gallarate: sfilano centinaia di persone tra autorità, amici, operai, collaboratori.

Già al secondo giorno di veglia arriva la notizia del blocco dei beni eseguito dai legali della contessa.

Avvocati, notai, consulenti, faccendieri, prestanome, magistrati inquirenti e magistrati giudicanti. La palla è definitivamente passata nelle loro mani.

FUORI

7 aprile-12 maggio 2001

All'ora di pranzo di quel fatidico sabato 7 aprile 2001, Rocky sbarca dal *Philanderer* ed entra insieme a Susanna, al fratello della contessa e ad altre due coppie di amici nel ristorante Puny, in Piazzetta. Per il caffè arriva anche Maurizio. Poco dopo, sotto la pioggia, il gruppo sale per un breve pellegrinaggio al cimitero. Poi giù, tutti a bordo del *Philanderer*.

Una quindicina di anni più tardi Michele Masneri, sul "Foglio", scriverà: "Puny, che sfama da sessant'anni il MIBtel e i jet set globali, bella faccia triste, braccia incrociate, mai un sorriso, lima le parole: 'Certo, Richard Burton e Liz Taylor venivano sempre qui, e litigavano.' 'Anzi no, scriva bisticciavano.' Silenzio, e poi ricordi da tirar fuori con la pinza. Poi arrivano delle sciure tipo Borletti-Buitoni, che dicono 'Buonasera-Puny-Come-Andiamo' come tante Franche Valeri nel *Vedovo*."

Franca Valeri nel *Vedovo* (Dino Risi, 1959) è una ricca imprenditrice milanese, sposata con un giovane e megalomane industriale romano, Alberto Sordi, capace soltanto di far danni. Lei lo chiama "Cretinetti".

Chi è il Cretinetti della situazione? Tirso, tenuto fuori dai discorsi e dai pranzi che contano? Il fratello della contessa, ammesso ai conciliaboli ma come se arrivasse al momento sbagliato nel posto sbagliato? O lo stesso Rocky, che ha sempre cercato di stupire sé stesso e gli altri con uno stile di vita da superstar, quarantadue metri del *Philanderer* compreso, per ritrovarsi ogni volta a dover ricominciare da qualche altra parte?

Certamente non Maurizio.

A fine pomeriggio, scesi a terra gli ospiti, il *Philanderer* esce dal porto, lasciandosi dietro una scia di grandezza inafferrabile, di segreti costosissimi, di schermaglie e di sorrisi calcolati al millimetro, o al miliardo.

La domenica, anche nella Portofino di questi mesi sopra le righe, c'è un'aria diversa. È come se nel borgo si fingesse, seppure soltanto per un giorno alla settimana, che non è successo niente. Forse ci si sente più buoni, forse tutti, anche chi meno se lo merita, vengono percepiti come "vere persone umane", secondo le parole del Tigre.

Basta che spunti l'alba del lunedì, però, per far ripartire la giostra.

Maurizio subito dopo colazione comunica ai giornalisti che esiste un documento scritto (l'arma segreta? l'asso pigliatutto previsto dal vicepresidente della camera?) in cui "qualcuno" dichiara che il 22 maggio 2000, giorno della firma del sesto e ultimo testamento nello studio del notaio, "la contessa era drogata, il pomeriggio in cui ha nominato il messicano erede universale. Cocaina. E alcol. Parecchio alcol".

Chi è questo "qualcuno"? Quasi sicuramente Susanna, unico testimone presente alla firma.

"Francesca drogata e ubriaca quel giorno?" risponde Tirso martedì 10 aprile. "E allora perché il notaio avrebbe autenticato l'atto? Perché Susanna e l'altra testimone [che non risulta dagli atti] non hanno detto nulla? Io me lo ricordo bene: era un pomeriggio di sole, Francesca non era mai stata meglio. Quando è uscita dall'ufficio era felice."

Ormai lui e Maurizio si parlano solo attraverso i giornalisti e gli avvocati. Ed è proprio l'avvocato di Tirso a presentare, quel giorno, un'istanza alla sostituta procuratrice in cui si chiede che venga nominato un curatore per i beni lasciati dalla contessa. Fidarsi è bene, anzi: non è bene. Anche perché Maurizio in questo periodo è pieno di progetti: nonostante gli sia stata sequestrata la patente a seguito del tentativo di passaggio in Svizzera con testamento e procura, il 12 aprile si fa accompagnare da un amico alla camera di commercio di Milano. Ha con sé il solito testamento del 1998, a cui è particolarmente affezionato, gli serve da pezza d'appoggio per chiedere che gli venga attribuita la metà delle quote societarie della DMC (D come Domenico, M come Mario, C come Corrado, società formata dai tre fratelli Agusta superstiti al momento dell'acquisto di Villa Altachiara). Chiede cioè di entrare in possesso fin da subito di metà della villa. I funzionari della camera di commercio prendono atto, protocollano i documenti, si riservano ogni decisione. Ma nell'attesa, non appena il giorno dopo vengono a saperlo, i legali di Tirso sporgono denuncia per truffa nei confronti di Maurizio, e il sostituto procuratore di Genova emette un provvedimento di sequestro delle quote societarie della DMC e un avviso di garanzia nei confronti dello stesso Maurizio per truffa.

Sembra di assistere a un combattimento tra galli. A giornate come queste, dense di zuffe convulse, artigliate e colpi di becco negli occhi, seguono momenti di pausa, dove apparentemente non accade più nulla, come se i vari contendenti stessero curandosi le ferite o, più probabilmente, preparando nuovi attacchi.

Mercoledì 18 aprile, in seconda serata, su Rai 1 passa uno speciale *Porta a Porta* dedicato alla vicenda, quello dei "cento giorni dalla morte". Bruno Vespa cerca di dare plasticità a eventi per loro natura sfuggenti: coordina, incalza, ricostruisce, frena, reagisce. In studio Marina Ripa di Meana si accredita come grande amica della contessa. Rocky, che segue collegato dalla sua tenuta in Sudafrica, dove è tornato dopo l'apparizione fiabesca a Portofino a bordo del *Philanderer*, e forse non sa di essere inquadrato in quel momento, si produce in espressioni quasi clownesche di diniego e delegittimazione.

"Ma lei ha intenzione di comprare Villa Altachiara?" gli si rivolge d'improvviso Vespa, forse per frenare quelle manifestazioni di cattivo gusto.

Peggio ancora: Rocky fa le corna.

"Si mormora che il tesoro Agusta ammonti a mille miliardi di lire" insinua ancora il conduttore.

"Non sarei così stupido da farmi sfuggire ottocento miliardi" replica Rocky.

Che significato attribuire a questa frase? Che il tesoro Agusta, tra visibile e nascosto nei paradisi fiscali, ammonta a duecento miliardi? Sarebbe il doppio della cifra trapelata per l'accordo ufficiale di Lugano tra Rocky e la contessa. Su "Chi" del 21 marzo 2001, Rocky aveva risposto così al giornalista che gli chiedeva lumi su quel tesoro: "Alla metà degli anni Ottanta, quando papà iniziò a star male, aveva un fatturato annuo di mille miliardi. Ma era un'azienda con tredicimila dipendenti, con una serie di costi di produzione notevoli e interessi bancari da capogiro con [sic] cui far fronte. La grande industria è così: quando riesci, al netto delle varie spese, a intascare il due per cento del ricavato è già tanto. Perciò, l'introito di mio padre si aggirava intorno ai venti miliardi annui. Su questo, ovviamente, doveva pagare le tasse, pari ad almeno il quarantacinque per cento. La sua fortuna al netto di tutto ammontava, insomma, a otto-nove miliardi l'anno e cinque, più o meno, li spendeva per il suo tenore di vita."

A distanza di qualche settimana dal fatto, giovedì 3 maggio il notaio di fiducia di Francesca e Maurizio viene iscritto nel registro degli indagati per tentata truffa per aver pubblicato, su richiesta di Maurizio, il famoso testamento del 23 gennaio 1998 (grazie al quale Maurizio aveva azzardato le sue manovre in Svizzera e a Milano) senza averne data notizia agli altri interessati.

Quello stesso giorno ha luogo un lungo interrogatorio di Tirso da parte della sostituta procuratrice. Oggetto dell'incontro il proposito di chiarire i motivi che l'avevano spinto a firmare l'accordo con cui accettava di dividere l'eredità con Maurizio. Il messicano avrebbe giustificato la firma come effetto delle pressioni ricevute quella notte.

"Tirso deve stare attento perché quello che dice è falso ed esiste il reato di calunnia, che è grave" replica Maurizio a tamburo battente. "Quell'accordo fu fatto sotto gli occhi di testimoni."

Qualche giorno prima era uscita un'intervista a Susanna sul "Corriere della Sera", in cui la donna si era apertamente schierata dalla parte di Maurizio. Eccone alcuni stralci:

"Io ho visto Tirso preso dallo sgomento, inginocchiato davanti a Maurizio che era seduto sul letto di Francesca. Lo abbracciava e piangeva e diceva: 'Sei il mio unico amico, aiutami.' Tirso ha dimenticato. Si nasconde dietro a questa cosa che ha scritto Francesca [il testamento in cui la contessa lasciava tutto a lui], ma non è quello che la contessa voleva. Tirso stesso lo ammetteva. E cinque giorni dopo la scomparsa, firmò la transazione con Maurizio. La casa era piena di carabinieri per le indagini, si poteva fare un'estorsione con il maresciallo nella stanza accanto? Erano tutti attorno a un tavolo, fu Tirso a chiedere di fare quel documento. 'Per togliermi un peso' diceva."

Marcin, il maggiordomo polacco, racconta in una intervista cose diverse. Parla di forti pressioni.

"Tutto quello che Marcin ha detto in questa intervista è grossolanamente falso. Ognuno ormai dice quello che vuole, sono tutti impazziti."

La legge dice che l'ultimo testamento è quello che vale. E l'ultimo testamento dice: "Tirso erede universale." C'era anche lei davanti al notaio. Era testimone.

"Una cosa è ciò che Francesca voleva, una cosa era ciò che faceva. Francesca non sapeva più che cosa fare per attirare l'attenzione, per avere amore."

Cerchi di essere più chiara.

"In occasione di tutti e due gli ultimi testamenti, quelli favorevoli a Tirso, Maurizio non c'era. Era via. Non voglio dire altro."

No, no. Parli. Faccia capire. La contessa al notaio ha detto cose che non voleva dire?

"Francesca sapeva il fatto suo, non era deficiente. Ma era debole, c'erano cose che faceva per vendicarsi."

Traduciamo: Maurizio la trascurava e lei per vendetta lo diseredava. Suo diritto.

"Tutte le volte che Maurizio partiva e la lasciava sola, Francesca andava fuori di testa, diventava ingestibile."

Ma la contessa non stava con Maurizio. Stava con Tirso.

"Tirso non aveva personalità. Solo con Maurizio Francesca era serena. Quando lui non c'era, capitavano sempre delle cose disastrose."

Tipo?

"Perdeva il controllo di sé stessa. Beveva, esagerava con tutto."

La contessa era ancora innamorata di Maurizio?

"Francesca aveva il suo compagno, ed era Tirso. Ma poi aveva bisogno della presenza di Maurizio. Due cose diverse. Tirso non si occupava di Francesca. L'accompagnava, e basta. Non le impediva di rovinarsi, anzi. Maurizio invece la 'teneva'."

Si drogava?

"Poteva stare quanto voleva senza fare uso di cocaina. Ma le piaceva, per lei era un divertimento. Lei e Tirso avevano comprato cocaina in un locale di Nervi, quello che chiamai la sera dell'8 gennaio per vedere se Francesca era lì."

Vi drogavate tutti?

"Io nemmeno a parlarne. Maurizio è un salutista, non beve nemmeno, figuratevi se si droga."

Resta Tirso.

"Era anche lui un consumatore occasionale, ma solo di cocaina."

Quando Francesca ha fatto il suo ultimo testamento, quello che lasciava tutto a Tirso, lei c'era. Come stava la contessa? Era in grado di intendere e di volere?

"Era stranamente iperattiva, agitata. Era strana. Tirso lo sa..."

Che cosa sta cercando di dire?

"Che non voleva fare realmente quello che stava facendo."

Però stava bene.

"No, non stava bene. Mi sembrava alterata. Anzi, lo era. Se me lo chiederanno, lo dirò ai magistrati."

Qualcuno la costringeva a fare quello che non voleva?

"Non era in lacrime, non sembrava che stesse firmando sotto costrizione. Ma era sovreccitata. Sembrava che non fosse convinta. E all'inizio mi disse che non ricordava quello che aveva fatto. Poi, qualche giorno dopo, disse ancora che doveva integrare quel testamento, con nuove disposizioni."

Torniamo alla storia della transazione. Perché Tirso ha cambiato idea?

"La sola vecchia, stupida, ridicola gelosia. In tutta questa storia il portavoce nostro era Maurizio, il grande amore della contessa era Maurizio, le lettere di condoglianze arrivavano a Maurizio. Tirso niente. Ha ricevuto solo due lettere minatorie. Alla fine gli sono girate le scatole."

È tutto vero? O Susanna, a cui non spettava nulla in nessuno dei testamenti lasciati dalla contessa, voleva assicurare a Maurizio una credibilità in vista della partita decisiva per l'eredità? La sua aria turbata da amica del cuore innocente, sognatrice e addolorata era sincera, o nascondeva qualche interesse?

Una delle tante incognite che dovrebbe sciogliere la sostituta procuratrice di provincia a cui è toccata in sorte questa vicenda complicata.

La giovane magistrata parla ai giornalisti nella sua stanza spoglia in tono pacato e informale, sembra una maestra stanca dopo una lezione troppo lunga.

"Quindi bisogna valutare attentamente le dichiarazioni," dice "continuare negli accertamenti."

Tailleur di lana spessa blu elettrico, orologio al quarzo, qualche anello sulle lunghe dita.

"Non è che propendessi di più per l'ipotesi del suicidio, è che, in assenza di elementi che potessero far ritenere una diversa dinamica del fatto..."

Capelli castani di un bel po' oltre le spalle, richiama alla lontana il fascino cerbiatto di Anne Hathaway. Una telefonata la interrompe.

Più tardi, nella conferenza stampa ufficiale, accanto agli altri inquirenti, appare più decisa nel contrastare gli eccessi delle derive giornalistiche: "Vi prego di non voler vedere l'omicidio a tutti i costi. Ecco questo mi sembra che sia veramente, come qualcuno ha scritto [Antonio Di Pietro], partire dalla conclusione. Cosa che io mi sono ben guardata di fare, facendo l'esatto contrario."

Suicidio, omicidio, disgrazia. Sono passati quattro mesi e ancora la pallina non si ferma su nessuna di queste caselle, mentre il disco della roulette continua a girare. Solo che per qualcuno gira in modo più sbilenco, più lento. A differenza di Maurizio, che prosegue a vivere come se avesse risorse illimitate, tra BMW, Porsche e affari internazionali, Tirso si sposta poco dalla villa, e sempre con le tasche vuote.

"Sono un messicano. Sono uno che si adatta a tutte le situazioni, posso vivere alla grande, ma anche con poco."

Sei giorni dopo, mercoledì 9 maggio, mentre la primavera sta finalmente entrando nella sua fase centrale, il presidente dell'ordine notarile della provincia di Genova, su richiesta di Maurizio, entra a Villa Altachiara per dare il via all'inventario dei beni.

È il segnale che aspettava Tirso per essere sicuro che niente sarebbe stato portato via di soppiatto dalla villa: tre giorni dopo, sabato 12 maggio, lascia Villa Altachiara col nullaosta dei carabinieri, carico di valigie, diretto alla Malpensa. Destinazione: Città del Messico.

Il teatrino dove Brighella, Pulcinella e Colombina se le sono date per mesi di santa ragione chiude i battenti. Le quinte vengono smontate, i fondali accatastati, i costumi di scena riposti nei bauli. I giornalisti tornano nelle loro redazioni, il pubblico si alza dai divani. Lo spettacolo è finito.

D'ora in poi, da fuori, non si vedrà più niente.

DENTRO

Lunedì 8 gennaio 2001

Villa Altachiara, ore 18,00 – Francesca

Al funerale non era andata. Qualcuno le aveva fatto sapere che Corradino aveva lasciato disposizioni affinché lei non fosse presente. Qualche tempo dopo, tramite gli avvocati, era venuta a conoscenza di essere stata esclusa dall'eredità per "atti contrari alla morale comune".

Era scoppiata in una risata rabbiosa. Atti contrari alla morale comune. La morale comune era qualcosa di cui lei e Corradino non si erano neanche dati la pena di beffarsi, quando stavano insieme ed erano sposati. Era qualcosa che non li riguardava. Volavano a un'altra quota, in un altro spazio. Affacciarsi nuda quando lui strombazzava non era contrario alla morale comune? Far l'amore in pieno giorno sulla spiaggia di Acapulco non era contrario alla morale comune? Spendere tutti quei miliardi ogni anno non era contrario alla morale comune? La morale comune era tetra, da persone comuni. E adesso lui aveva avuto il coraggio di abbassarsi a escluderla per quel motivo. Che tristezza.

Per qualche minuto, o per sempre, le si asciugò dentro ogni traccia di pietà nei confronti di quel principe azzurro ormai diventato uomo nero.

L'uomo nero però non esisteva più. Da quel momento in poi avrebbe dovuto confrontarsi con il suo erede, con Rocky. Rocky, di cui aveva preso diverse volte le difese, quando Corradino amareggiato si lamentava di quel figlio con i capelli troppo lunghi, incapace di portare in fondo come si deve un anno scolastico o un progetto lavorativo, troppo preso dalle donne, dall'alcol, dalla cocaina, dai motori. A lei sembrava che Corradino esagerasse, percepiva in Rocky una sensibilità fuori dal comune, gli appariva normale che il rampollo di una delle famiglie più ricche d'Italia (d'Europa, del mondo) se la prendesse un po' comoda e si godesse la vita, e poi, quanto ai motori, non era stato proprio lui a inserirlo nella MV, a metterlo a contatto con Agostini e tutto quel mondo pompato e dorato? Non era stato lui a portarlo, ragazzino, a provare l'ebbrezza di una gara su un offshore? Motori e velocità facevano parte del suo patrimonio genetico, si erano trasmessi di padre in figlio, solo i tempi erano cambiati, e consentivano cose impensabili durante la giovinezza di Corrado.

Come si era sentita comprensiva, intelligente, aperta, accogliente, *madre*, quando di fronte a un piatto di ciliegie nel giardino di Villa Altachiara, o appoggiata alla spalliera del letto di Cesa Muzza, o parlando forte per superare il rumore delle pale dell'elicottero, o il rombo dell'aereo privato, aveva parlato così a suo marito. Gli voleva bene, a Rocky. Eppure, adesso, eccolo diventato il suo avversario.

Francesca era certa che ci fossero conti miliardari nascosti nei paradisi fiscali.

Rocky era convinto che Francesca avesse avuto già la propria parte al momento della separazione da suo padre.

Francesca riteneva di avere diritto alla metà del reale patrimonio del defunto marito.

La prima mossa fu il blocco dei beni attivato dagli avvocati di Francesca subito dopo la morte di Corradino.

Gli avvocati di Rocky reagirono sostenendo che, al momento della separazione, Francesca aveva ricevuto centocinquanta miliardi di lire, compresi i trentacinque stimati di Villa Altachiara: troppo rispetto a quanto le era dovuto, doveva restituirne una parte.

Gli avvocati di Francesca contrattaccarono stimando che il patrimonio di Corradino (tra fondazioni, fiduciarie, società di comodo, fondi neri) si avvicinasse ai mille miliardi. Poi c'era il jet executive transoceanico Grumman Gulfstream, che valeva dieci milioni di dollari, il *Mau Mau*, i duemila metri quadri di negozi e magazzini in Galleria Passarella a San Babila, gli appartamenti nella Trump Tower a New York e la collezione di auto d'epoca, compresa l'Alfa Romeo appartenuta a Mussolini. Tutti beni messi sotto sequestro dal giudice in attesa di fare chiarezza.

I soldi, quei soldi, diventarono per lei un'ossessione. Cominciò a non pensare ad altro, a non parlare d'altro. Non solo con Maurizio o con gli amici più stretti, ma con chiunque le capitava di incontrare. Perdeva di giorno in giorno parte della sua leggerezza, della sua imprevedibilità. La gente la sfuggiva pur di non ascoltare l'ennesimo sproloquio a occhi sbarrati e voce alterata contro Rocky, trasformatosi in pochi mesi nel responsabile di quell'ingiustizia cosmica che era convinta di stare subendo.

Già da prima la storia con Maurizio, iniziata un po' così, come l'ennesimo flirt ubriaco che non portava a nulla, era diventata un grande amore. L'intesa fisica, il capirsi al volo senza bisogno di spiegare, l'incastro dei punti di forza e di debolezza, il desiderio comune di puntare sempre in alto, al massimo possibile e anche oltre. Bisognava considerare, è vero, quella grossa differenza di età, quasi vent'anni, a cui lì per lì non aveva dato peso, ma che a poco a poco l'aveva convinta a mettersi nelle mani dei chirurghi estetici, per tamponare crepe che altrimenti un giorno l'avrebbero fatta sfigurare agli occhi di lui e del mondo. Gli interventi avevano avuto successo, ne era uscita migliorata senza esserne stravolta, ma non tutto si riusciva a modificare, una parte del suo corpo non poteva essere cambiata, quella che più l'aveva distinta fin da ragazza e di cui si sentiva più fiera già da quelle notti milanesi col conte Gigi di mille anni prima: i capelli. Ogni anno (ogni settimana!) le apparivano più opachi, meno corposi, inariditi. I trattamenti e le lozioni dei parrucchieri acqua colorata, si guardava allo specchio e certe mattine si ritrovava a tanto così dall'afferrare le forbici e tagliarseli a zero per sperare in una ricrescita miracolosa, ma sapeva bene che di miracoli nella sua vita ne erano capitati fin troppi, adesso c'era soltanto da lavorare, e lavorare duro, per mantenere la posizione e non cedere alle forze oscure che la circondavano, prima fra tutte la forza di gravità, che spingeva tutto verso il basso, verso il vuoto, compresa la brillantezza della sua chioma. Niente più miracoli a Portofino, di questo era lucidamente consapevole. Ma con lo stato dei suoi capelli non riusciva a venire a patti.

Poi improvvisamente si ritrovò fuggitiva, in Messico. Maurizio era diventato l'uomo di fiducia dello Zio Bettino nel momento peggiore, quando tutto stava crollando, ed erano dovuti scappare via, Di Pietro li braccava come fossero due criminali. La cosa sul momento l'aveva persino divertita, con quella fuga rocambolesca in macchina e in aereo tra Montecarlo e Londra, ma la limitazione della libertà che aveva dovuto ingoiare non le era andata giù. Fu quello il momento in cui il grande amore tra lei e Maurizio, già indebolito dalla convivenza di tanti anni e da un paio di scappatelle, aveva iniziato a perdere rapidamente smalto ed era diventato qualcosa di diverso. Cosa? Non avrebbe saputo dirlo con precisione. Un rapporto sempre solidissimo ma meno simbiotico, meno rigoglioso. La differenza tra un glicine fiorito e l'arco in pietra di una villa su cui sia stato scolpito un glicine fiorito. Questo i primi tempi dopo l'arrivo a Cuernavaca. Quando aveva rilasciato un'intervista al TG1.

Su uno sfondo neutro, grigio, Francesca è seduta su una poltroncina dai montanti in alluminio, ed è un profluvio di colori. La cascata dei capelli rossi (forse non più così luminosi come un tempo, ma ancora non stopposi) si appoggia morbidamente sulle sue spalle; la raffinata fantasia sui toni del bianco e del marrone, in stile maya, della giacca e della camicetta – aperta a formare una v con i risvolti blu – ripresa dalla fascia sottile alla base del collo. Le sopracciglia di un certo spessore, perfettamente arcuate, il trucco leggero sulle palpebre, il rossetto forte a esaltare una bocca non grande. Parla rapidamente quasi volando sulla propria erre moscia, senza scomporsi, senza accentuare troppo con le espressioni il senso delle sue parole, mantenendo gli occhi fissi in quelli dell'invisibile intervistatore, salvo quando li volge verso l'alto per meglio concentrarsi a trovare la frase giusta. Ma sempre molto in fretta, quasi senza pause. Il fondo della sua voce ha il sublime arrochimento dei fumatori di lungo corso.

"Maurizio non è un ingenuo. È una persona molto intelligente. Parla correntemente quattro lingue. Ha molta forza di carattere e molta volontà. Non si trova a disagio di fronte a chiunque e davanti a qualunque situazione. Ha contatti ad alto livello in tutto il mondo e non ha certo bisogno delle mie entrature."

Più che una donna bellissima (lo è) appare una donna capace, a comando, di sprigionare una notevole dose di fascino. Ma che per farlo abbia bisogno di un contesto, di un sistema che la collochi al centro, come una specie di ape regina.

Di lì a poco la situazione sarebbe cambiata. Il legame con Maurizio si interruppe quando un settimanale pubblicò sue foto con un'altra donna. Lei, grazie a un intermediario (come si chiamava, Gaby? sì, Gaby) e con la paradossale approvazione dello stesso Maurizio, conobbe e cominciò a essere accompagnata in giro da Tirso. Tito. Proprio nei giorni in cui Maurizio veniva arrestato. Da quel momento era stata costretta, e poi erano stati costretti insieme, lei e Tito, a passare di villa in villa, di *posada* in *posada*, di albergo in albergo, per non dare punti di riferimento alla polizia, che pigramente stava cercando anche lei.

Dopo qualche mese non ne poteva più di quella vita. Giornate lunghissime, il far niente che diventava sempre meno dolce, la voglia di casa, lo shopping che in Messico è meno eccitante di quanto lo sia a Milano, a New York o anche solo nelle poche boutique di Santa Margherita Ligure. Era riuscita a parlare brevemente al telefono con Antonio Di Pietro, gli aveva chiesto un salvacondotto per poter rientrare. Di Pietro le aveva spiegato, pacatamente, che un magistrato non può trattare con un latitante. Le aveva suggerito di tornare, presentarsi, chiarire la propria posizione. Un salvacondotto, però, no.

"Ci penserò" aveva risposto lei in un sospiro.

Di quel periodo messicano in cui Maurizio era in carcere e lei in giro con Tito ricorda poco. La volta in cui a Veracruz, entrando in un centro commerciale, avevano trovato Guillo, il fratello di Tito, che si era messo a lavorare lì come imbianchino: lo sguardo da cui si era sentita trapassata da parte di quel lavoratore in pausa pranzo, di cui Tito le aveva raccontato le prodezze giovanili di capobanda, che la giudicava (me ne accorgo, sai, cosa credi) una Swanson sul viale del tramonto che il fratellino era riuscito ad accalappiare. La sera in cui a Tlacotalpan, mentre fuori la pioggia picchiava su tetti e strade come un batterista strafatto di anfetamine, don Guillermo le aveva recitato una delle sue *décimas*. E lei alla fine si era alzata e l'aveva abbracciato forte. La notte appiccicosa di Acapulco quando l'impianto di condizionamento era andato in tilt.

Per qualche giorno, settimana, mese o anno le era sembrato di essersi innamorata di Tito. (Anche adesso ogni tanto è convinta di esserlo.) Avere di nuovo un uomo accanto ogni notte le accendeva i meccanismi inconsci della storia d'amore, il futuro insieme che si mostrava nelle sue forme tentatrici, innovative, paradossalmente rassicuranti. Fortissimo c'era poi il senso di rivalsa nei confronti di Maurizio. Non solo si trovava in quella condizione di fuggitiva ed espatriata a causa sua, ma aveva dovuto e doveva pure sopportare i suoi tradimenti. Vaffanculo. Che ci marcisse in quel carcere di Cuernavaca, mentre lei scopava con Tito.

Ci scopava, o ci faceva l'amore? Ci aveva solo scopato o ci aveva fatto l'amore, con Tito, in quel primo periodo in Messico? Non riesce a decidersi, chiusa nella sua camera, in accappatoio e pantofole, mentre seduta allo scrittoio rovista a caso nel mucchio delle fatture e delle bollette alla ricerca di chissà che. Qualcosa di bello c'era stato, forse anche qualcosa di molto bello. Ma era come se tutto fosse sbiadito in una foschia, in una lontananza abissale su cui si stagliava un pensiero scuro e brillante come un cristallo di quarzo fumé, un pensiero che non l'aveva abbandonata neppure nei momenti di maggior coinvolgimento con Tito, e il pensiero era questo: Anche se non stiamo più insieme, anche se lo odio, anche se a volte vorrei che morisse, io e Maurizio siamo... Cosa siamo? Non sa dirlo. Ma siamo qualcosa. Questo era vero allora, in Messico, ed era stato vero anche quando, tornati in Italia, finiti i domiciliari, aveva ripreso a scatenarsi in completi pitonati su medley di musica latinoamericana al Carillon di Paraggi, o quando aveva scoperto che dopo essersi accaparrato la prima tranche ricevuta da Rocky dopo la firma dell'accordo, Maurizio (quello stronzo!) si era comprato una nuova Porsche, di cui lei gli aveva rigato da cima a fondo la fiancata con una chiave (e vediamo, adesso!).

Affezionata. Ecco, la parola giusta nei confronti di Tito: gli si era affezionata, fin da subito. Era simpatico, aveva sempre una gran voglia di cazzeggiare, e però allo stesso tempo qualcosa di protettivo, che la riparava almeno un po' da tutto il veleno che il mondo serpente aveva cominciato a sputarle contro. Quando poi era venuto ad abitare a Villa Altachiara, insieme a Susanna avevano formato un bozzolo di ovatta che attutiva ogni vibrazione esterna, permettendole di vivere come se non ci fosse un fuori. Ma il rischio di ogni congegno protettivo è che alla lunga può trasformarsi in una campana asfissiante, e il loro *ménage à trois* stava prendendo proprio quella direzione, con Tito e Susanna che passavano le giornate a bivaccare, a guardare vecchi film, a giocare a carte, a uscire per fare shopping e a rientrare per stendersi accanto alla piscina, a bere, a mangiare, a sniffare, senza orari, senza obblighi, tranne quelli saltuari di Susanna che più o meno aveva ancora un lavoro alla boutique della ex suocera, e poi a quella specie di cosa che aveva messo su insieme a quegli sfigati di, come si chiamano, Paolo e Bea e Lore.

Negli ultimi giorni gli aveva telefonato spesso, a Maurizio. Non riusciva a lasciarlo andare, non riusciva a convincersi che una Rocio qualsiasi fosse la donna giusta per lui (una cretina!), era *lei* quella giusta per lui, anche se ormai la vita li aveva portati su continenti che si stavano separando peggio che per la deriva, e non perché adesso Maurizio era a Miami. Quando Tito la incrociava col telefono all'orecchio e capiva con chi stava parlando, aspettava che finisse (a volte neanche quello) e poi cominciava a trattarla male. Lei reagiva e partivano scambi di insulti terribili, parole che spaccavano in più punti la guaina sottilissima che ancora li teneva insieme, e spesso alla fine lei urlava che l'avrebbe diseredato (un altro testamento? si sentiva male solo a pensarci) e si chiudeva in qualche camera, o andava a sfogarsi da Susanna.

Quando arriva nel salone, in accappatoio bianco e pantofole una nera e una blu, col telefono in mano, ha pensieri scuri come il cielo che incombe fuori dalla portafinestra. Il vento fa frusciare e gemere i lecci e spruzza i vetri di una pioggia ondeggiante. Vede Susanna e Tito che si scambiano un'occhiata (non sono cieca!) e poi si alzano entrambi con sulla faccia un'espressione mite, rassicurante, a mascherare la paura, quella di chi vuole tranquillizzare un cane che ringhia. Li odia, tutti e due, si scosta, si volta di spalle. Tito le si avvicina, la sfiora.

"Non mi toccare!"

Teresa in cucina comincia a stirare. Il rollè di vitello è in forno: per un'ora, senza perderlo di vista, può dedicarsi ad abbassare un po' la catasta di biancheria che da un paio di giorni aveva messo nel mirino senza trovare mai il momento di affrontarla. Adesso che gli uomini devono ancora rientrare c'è la calma giusta, prima che gli ormoni di Álvaro, Ernesto e Kamal riempiano di nuovo l'aria di commenti su calcio e donne che Marcin, a suo parere, si sforza troppo poco di frenare.

Di là sta montando qualcosa. La solita cosa. La voce sommessa del *señor* Tito si ingrossa lentamente, quella della signora contessa sale improvvisa in acuti che attraversano le intercapedini di porte e pareti. "Lascerò tutto ai poveri," grida "darò tutto in beneficenza!"

Ma cos'era poi, questo "tutto"?

Per scandagliare i meandri diabolici dei paradisi fiscali, Maurizio per anni aveva coordinato una squadra di avvocati internazionali e di detective privati già appartenenti a servizi segreti israeliani o americani, che avevano passato al setaccio per quanto possibile le banche di Liechtenstein, Panama, Svizzera, Bahamas, Isole Vergini, Antille olandesi e Montecarlo, pur di scovare tracce di conti correnti o società riconducibili a Corrado Agusta. Lo aveva fatto dall'Italia, aveva continuato a farlo dal Messico dopo la fuga e poi anche dal carcere, quando occupava "l'appartamentino" nel cortile della prigione di Cuernavaca potendo, secondo il parere dei magistrati milanesi, disporre di una parte del tesoro di Zio Bettino.

Usava un tesoro per arrivare a un altro tesoro. Nessuno dei due tesori era suo. Entrambi erano, o sarebbero stati eventualmente un giorno, nelle sue disponibilità.

Un mago.

Ho già telefonato a Blanca?, si chiede Francesca lì nel salone, mentre sfuggendo all'affettuosa attenzione di Tito cerca di ricordare quali chiamate deve ancora fare prima di prepararsi per salire a Nervi. Le torna in mente l'espressione triste ma in fondo piena di accettazione fatalista di Blanca il giorno in cui tanti anni prima aveva chiuso la villa di Cuernavaca per darsi a quella girandola di trasferimenti insieme al suo nuovo amante, così alto, belloccio, disponibile. Lunghissimi mesi che ora le sembrano un soffio, una discesa con i freni rotti verso il muro dell'arresto, che prima o poi sarebbe spuntato dietro una curva.

Sì, a Blanca ho già telefonato. Adesso chi devo chiamare? L'avvocato? No, l'avvocato deve richiamare lui.

Quando erano venuti a prenderla in una villa di Polanco, uno dei quartieri dove vivono i ricchi di Città del Messico, si era chiusa in bagno, aveva fatto a pezzi il passaporto e aveva dichiarato di chiamarsi Sgaramboni. Ma gli agenti avevano un ritaglio di giornale con la sua foto, autenticato dal consolato italiano: non c'era stato scampo.

Arrestata. Per cosa? Cosa avevo fatto di male per meritarmi un arresto? Essere stata la donna di Maurizio era sufficiente per finire in una prigione messicana? Io che avevo brindato con re e regine, che per anni ero stata accolta in ogni parte del mondo come una principessa, come *la contessa*, adesso dovevo ritrovarmi a marcire in cella insieme a ladre e assassine? Speravano in questo modo di farmi parlare, di farmi rivelare cose che neanche conoscevo? Maurizio non si era mai sbottonato su certe faccende, e io mi ero ben guardata dal sollecitarlo. Meno sapevo, meglio era. Eppure questa buona norma di prudenza non era stata sufficiente a tenermi fuori dai guai. Corradino aveva esportato elicotteri armati per anni, aiutato dal suo grande amico Vittorio Emanuele, era finito sotto inchiesta per questo, ma non si era fatto un solo giorno di galera. E io, quando la mia unica colpa era stata quella di amarlo, e poi di amare Maurizio, dovevo finire dentro per i loro cazzo di traffici?

Passato qualche giorno di assoluto stordimento, sentendosi morire lì in quella cella sudicia con quell'uniforme ridicola, anzi sentendosi già morta rispetto a tutto quello che era stata, aveva preso un coltello dalla mensa e aveva provato a infilarselo nel petto. Era talmente privo di affilatura che aveva fatto poca strada. Pochissima. Dopo le medicazioni le erano stati accordati i domiciliari nella villa di Cuernavaca, dove aveva ritrovato la sua Blanca fedele.

Le ho telefonato per dirle che sabato arriviamo? Sì, le ho telefonato.

Due mesi più tardi la magistratura messicana aveva ordinato che Francesca e Maurizio venissero consegnati all'Italia. Era stato organizzato un volo di rientro, lo stesso per entrambi.

Rivedere Maurizio dopo così tanto tempo le aveva fatto un certo effetto. Un fastidio venato di risentimento che non dipendeva soltanto da quanto per causa sua aveva dovuto sopportare negli ultimi anni. Era l'eruzione di qualcosa di più profondo, che pensava superato e invece no. Li avevano tenuti a distanza di sicurezza, ma avrebbero comunque parlato poco, ormai tra loro si era creato un solco che rendeva difficile la comunicazione, e lei aveva pensato che per fortuna aveva Tito – con cui si erano scambiati promesse di rivedersi presto, prima della partenza – altrimenti in quel momento sarebbe stata male come un cane, che poi i cani mica stanno male, anzi, e adesso aveva proprio voglia di rivederli i suoi amori di Villa Altachiara: un pastore tedesco, un maremmano, due basset hound. La seguivano avanti e indietro tra saloni e giardino mentre con un walkie-talkie in una mano e un cordless nell'altra dava ordini al personale di servizio. Voleva che le sue cene risultassero perfette. Se qualcosa andava storto era capace di licenziare in tronco chi non aveva rispettato le sue disposizioni. Una volta aveva cacciato un giardiniere reo di aver lasciato accese le luci in una zona del giardino che lei voleva buia. Quello, andandosene, aveva gridato che la contessa lasciava sempre accesa la luce nelle trenta stanze della villa, ma che se qualcuno degli inservienti se ne dimenticava una lo inseguiva mettendogli sotto il muso le bollette o, come in quel caso, lo licenziava.

Le piccole economie dei grandi ricchi. La paura che le minime falle nello scafo facciano affondare la nave che li porta in giro per il mondo, e giubbotti di salvataggio non ce sono.

Quei *latinos* che li attorniavano durante la sosta a Miami. Immigrati clandestini che venivano rispediti nei paesi d'origine. Vestiti dozzinali, sguardi vacui. Fin da ragazza Francesca si era voluta tenere alla larga da quel tipo di situazioni, da quel tipo di persone, e ce l'aveva fatta, era diventata contessa, una contessa ricchissima, e invece adesso (grazie, Maurizio!) ci si era ritrovata in mezzo, immersa in quell'odore di povertà e di sudore.

Erano atterrati a Fiumicino il 20 maggio 1997. Da lì erano stati subito tradotti (come una parola straniera incomprensibile) nel carcere di Opera.

Francesca vi era rimasta pochi giorni, aveva ottenuto quasi subito i domiciliari in attesa del processo. Aveva scelto come sede della detenzione il superattico milanese, in una strada pedonale a due passi da corso Garibaldi, cedutole da Corrado al momento della separazione. Qualche mese più tardi aveva patteggiato un anno e tre mesi ai domiciliari (di cui una parte già scontata) per reati finanziari minori: i giudici si erano convinti che tutti quei maneggi fossero riconducibili al suo compagno, e che lei non ne avesse ricavato alcun vantaggio personale.

Quando anche Maurizio, mesi dopo, era stato scarcerato, l'aveva raggiunta a Villa Altachiara. Lì dove avevano vissuto momenti meravigliosi, adesso c'era il vuoto. Tutti quegli arredi, le foglie dipinte sulle pareti dalle assistenti di Mongiardino, i *trompe-l'œil* che avevano fatto da quinta alle scopate estemporanee nel momento della nascita di quel nuovo amore, ora emanavano gelo, un odore nauseante di posticcio, foschi reperti di un periodo dorato che si era inabissato per sempre. Soltanto solitudine adesso, dura come pietra, ma anche fluida e capace di penetrare a ogni respiro dentro di lei.

Maurizio era andato a vivere nella dépendance rosa, lei era stata raggiunta da Tito. Già meglio, ma quella sensazione di star vivendo una vita già finita era rimasta. E neppure il risentimento nei confronti di Maurizio, di cui aveva cominciato a non sopportare più la presenza pur rimanendogli profondamente legata. Gli aveva lasciato il controllo amministrativo della villa, la gestione della cassa. Si facevano lunghe telefonate da una stanza all'altra riguardo alle trattative dell'infinita querelle con Rocky. Ma per il resto erano calci alla macchina, maledizioni gridate contro i muri. Che non fosse più suo ma che continuasse a far parte della sua vita con quella quotidianità la logorava. Aveva firmato nuovi testamenti che lo escludevano da tutto. Se ne sarebbe accorto cosa significava non amarla più (o forse mi ama ancora ma semplicemente – semplicemente! – non è più capace di stare con me?). Sì, se ne sarebbe accorto lui e prima ancora l'avrebbero saputo tutti quanti, non c'era niente da nascondere (quando mai aveva avuto in animo di nascondere qualcosa, lei?): ci credeva profondamente quando gridava che avrebbe lasciato tutto a Tito.

Ma poi ci ripensava. Tito a volte le dava sui nervi, ogni cosa di lui in certi giorni la infastidiva. A tavola, abituato ai *tacos*, mangiava con le mani, parlava muovendo le posate. Lei lo riprendeva, sempre più platealmente. Lui a volte abbozzava, a volte reagiva. Seguivano litigi, furibondi. Una volta si era sbattuta alle spalle come una furia la portafinestra del salone (che da allora tendeva a incastrarsi) e si era messa al volante della Mercedes di Maurizio. Erano trent'anni che non guidava, c'era sempre stato un autista. Dopo qualche curva aveva perso il controllo, era uscita di strada. Non si era fatta nulla, la macchina però sì. Poi Maurizio, qualche mese dopo, le aveva regalato la BMW X5.

Ecco, Tito si è rimesso a sedere sul divano vicino a Susanna. Che ci fanno questi due, in casa mia? Che ci faccio io, con questi due? Che ci faccio io, qui? Quanto posso andare avanti a versargli ogni mese il bonifico, se bollette e fatture sono fuori controllo? Quanto costa questo cazzo di fertilizzante? Quante altre scenate ci saranno con Tito? Che senso ha che io mi sposi con lui?

Tito è geloso, e questa gelosia la opprime. Lei vuole sentirsi libera di fare ciò che sente. Se a una cena noiosa le va di flirtare col pianista lui non deve mettersi in mezzo, non deve fare la faccia scura, non deve offenderla quando tornano a casa, non è lì per quello, Tito. È lì per accudirla e proteggerla, non per romperle i coglioni. Non ne può più delle facce scure di Tito. Come quando prima di Natale Maurizio le aveva regalato la BMW, e Tito era dovuto tornare in macchina con Susanna, e quando erano arrivati alla villa aveva un muso lungo così. Non ne può più dei musi lunghi, odia i musi lunghi. Non voglio più vedere musi lunghi, sbattetemi fuori di casa questo messicano muso lungo, via di qua questo morto di fame muso lungo.

"Nel giro la chiamavamo la villa della neve. In passato certe feste a casa Agusta sono passate alla storia. La contessa era forse la mia migliore cliente. Lei pagava anche per il messicano e la ragazza." (Un fornitore abituale di cocaina, secondo quanto sostenuto da Marina Ripa di Meana nel suo libro.)

Rocky: "Francesca!"

Francesca: "Ciao, Rocky."

Negli undici anni abbondanti che vanno dall'agosto 1989 fino al novembre 2000, Rocky aveva dedicato alla causa con Francesca una media di tre ore al giorno. Con buona parte delle sue attività bloccate e detective e studi legali di lei che lo braccavano ovunque.

Rocky: "Che bello sentirti, Francesca. Come stai? Sei a Portofino?"

Francesca: "Sì, sono qui... Giornata un po' così" (singhiozzo).

Secondo alcune ricostruzioni pare che nel 1989, poco prima di morire, Corrado avesse affidato al banchiere svizzero Juerg

Herr (o Heer: le due grafie vengono alternate nei documenti che lo riguardano) il compito di nascondere il suo tesoro nei paradisi fiscali. All'epoca Herr/Heer era un importante dirigente della Rothschild Banque di Zurigo. Un uomo che in un'intervista al "Wall Street Journal" aveva detto di aver consegnato nel 1982, per ordine della sua banca, una valigetta con cinque milioni di dollari a una persona che gli aveva presentato la metà di una banconota da un dollaro di cui a lui era stata data l'altra metà. "Quei soldi servivano a pagare gli assassini di Roberto Calvi" aveva dichiarato Herr/Heer.

Nel 1993 Juerg Herr/Heer sarebbe stato a lungo ospite di Villa Altachiara. Maurizio e Francesca lo avevano ingaggiato per risalire il percorso attraverso cui, anni prima, aveva disseminato nei paradisi fiscali il patrimonio di Corrado Agusta.

Una specie di salmone.

Rocky: "Qui è stata una giornata bellissima. Estate piena."

Francesca: "Beati voi. Qui tempo da schifo. Come stanno i tuoi ragazzi?"

Rocky si era trasferito in Sudafrica molti anni prima, acquistando una grande azienda vinicola. Evidentemente il fatto che una parte dei fondi Agusta fosse sotto sequestro giudiziario non gli impediva una certa larghezza di mezzi.

Rocky: "Mah, senti, la vacanza a Cuba non è andata molto bene, abbiamo un po' discusso. Alla fine comunque ci siamo abbracciati, forse questa è la cosa importante, no?"

Francesca: "Hai ragione. E in ogni caso un figlio è sempre meglio averlo che non averlo" (risata sbilenca).

Al momento della firma dell'accordo all'Hotel Splendid di Lugano, il 16 novembre 2000 (poco meno di due mesi prima), Francesca era apparsa a Rocky "quasi rattristata dall'evento, come se quella firma terminasse una parentesi della sua vita e forse un sogno di più grandi ricchezze". Era stato approntato uno stentatissimo brindisi col solito Cristal Roederer.

Rocky: "Ma tu non parti per il Messico?"

Francesca: "Sì, partiamo venerdì... Ma qui è tutto difficile, molto difficile. Intorno a me c'è solo gente... interessata e poco amica. Soprattutto adesso che Maurizio non c'è."

Rocky: "Te l'ho detto da tempo di fare più attenzione a chi ti metti intorno. Se vuoi, ora che sono finite le beghe, sono a tua disposizione per consigliarti nel futuro."

Agli ultimi round delle trattative per l'accordo aveva partecipato anche Tirso, che quindi era a conoscenza degli affari di Francesca. Il giorno della firma tuttavia non aveva praticamente aperto bocca, a differenza di Maurizio, che era intervenuto molte volte per chiarire e modificare alcune clausole. Quando il primo assegno – otto miliardi di lire quale acconto di una lunga serie il cui totale, dopo diciotto anni, sarebbe ammontato a cinquanta miliardi (o, secondo diverse fonti, cinque miliardi l'anno per tutta la vita di Francesca) – era stato messo sul tavolo dagli avvocati di Rocky, Maurizio e Francesca, secondo il racconto di Rocky, "quasi ci si gettarono sopra".

Rocky: "Vedrai che laggiù starai bene. Portofino è deprimente, d'inverno."

Francesca: "Speriamo. Perché io sto male" (risata sbilenca).

Sulla via del ritorno verso Montecarlo, Rocky aveva ricevuto una telefonata da Francesca.

"Sei contento? Io no, perché mi sento di aver firmato la mia condanna a morte."

Rocky le aveva risposto di non capire, e di godersi la vita tranquilla e ricca che d'ora in poi aveva davanti. Subito dopo aveva chiamato i suoi legali, dicendo di trasmettere alla controparte la richiesta che Francesca in futuro si astenesse da questo tipo di comunicazioni.

Rocky: "Però adesso smettila di bere e vai a dormire."

Francesca: "Mmmm."

Rocky: "Ti richiamo domani."

Francesca: "Mmmm."

Rocky in Sudafrica riaggancia il telefono, si volta verso i suoi amici seduti sulle poltrone, in veranda, con un drink in mano.

"Era Francesca. Mi fa tanta pena."

Oltre all'accordo di Lugano ce n'era anche un altro segreto firmato a dicembre negli Stati Uniti che le destinava ulteriori cinquecento miliardi? Maurizio era riuscito a portare così a fondo le sue indagini?

Da un paio d'anni Francesca aveva cominciato a ingrassare. Era sempre a dieta, spesso quasi a digiuno. Ma all'alcol non rinunciava mai. Una volta che doveva ricevere la visita di un medico si era nascosta sotto un tavolo, coperta da una tovaglia. "Cucù, settete!" Forse anche altre volte, quando stava male, si era nascosta nel giardino per farsi cercare, ritrovare, abbracciare e accudire come una bambina.

Un anno prima però, il 19 gennaio 2000, era in forma e combattiva. Ad Hammamet era appena morto Bettino Craxi. Aveva telefonato a Marina.

"Non è giusto che sia stato solo lui a pagare. Io so benissimo come stanno le cose, ma Bettino non aveva mai voluto che lo raccontassi, perché era convinto che prima o poi avrebbe potuto raccontarlo lui stesso. Ma adesso che lui non c'è più e non c'è più neanche motivo per tenere tutto nascosto, ti pare giusto che gli altri colpevoli della prima repubblica se la cavino così? Aspetta e vedrai. Adesso mi metto a buttare giù un bel diario coi fiocchi. Nomi e cognomi. Non mi credi capace?"

E quando lei e Tirso avevano incontrato Berlusconi al Salone nautico a Genova. Lui, circondato dalla sua cricca e dalle guardie del corpo, le aveva aperto le braccia con quel suo sorriso: "Franceschina, come stai? Quando me la vendi la tua bellissima villa?" Lei si era ritratta, poi era esplosa: "Vendere la villa a te? Non te la venderei neanche tu fossi l'ultimo uomo sulla terra. Perché tu sei una merda, uno stronzo. Sei diventato miliardario grazie alle leggi che Bettino ha fatto per te, e ora che Bettino è in disgrazia non hai mosso un dito per lui." E aveva ripreso a camminare, seguita da Tirso, mentre la scorta e la cricca si aprivano e si richiudevano dietro di loro come acqua indifferente.

E quella volta, quella volta che già in fuga a Cuernavaca aveva affittato un aereo per far venire Bettino e la moglie a passare la fine dell'anno con lei e Tirso, e lo Zio era stato gentile e affettuoso come sempre era stato con lei, e si preoccupava che Maurizio, dal suo carcere dorato, non le facesse mancare niente.

Da alcuni minuti ha smesso di parlare al telefono. Sta in piedi, seminascosta dalla tenda, guardando fuori, nel buio. Il vento, la pioggia e le onde che si sfasciano sulla scogliera ormai sono rumori di fondo che quasi non si notano più. Susanna lancia un'occhiata a Tirso e si alza, le si avvicina, la cinge col braccio e la indirizza verso uno dei divani.

"Vieni, *chiquita*," le dice lui accavallando le gambe e picchiettando col palmo della mano un cuscino "stai un po' qui con noi..."

Lei si riscuote, lo guarda, poi guarda Susanna. Si divincola, va verso la portafinestra, la apre con una certa difficoltà.

"Vado a farmi un bagno!" grida.

"*Chiqui*, *chiquita* dove vai, fa freddo."

Lei esce, sbattendosi dietro le spalle l'anta della portafinestra. Scompare nel buio.

Da questo momento, tutto quanto comincia a entrare nel regno del forse.

Forse Francesca non ha detto "Vado a farmi un bagno", forse ha detto "Vado a fare [o a farmi] una nuotata".

Forse ha detto qualche altra cosa. O niente.

Forse Tito e Susanna sono lì, seduti sul divano. Per due o tre minuti non parlano, sono preda di un torpore letargico. Un'altra scenata, no. Altre lacrime, altre offese, no.

O forse no, le corrono subito dietro.

Forse Teresa è in cucina alle prese con la sua pila di biancheria e l'asse da stiro. Con lei c'è il basset hound, la porta è chiusa perché lui non esca, che poi tocca andare a cercarlo. Sente voci alterate provenire dal salone, il rumore di una bottiglia che si infrange. Non si scompone, continua a stirare come niente fosse, non le è permesso intervenire, una volta che ha provato a farlo è stata severamente ripresa. La vita dei padroni è visibile ma si svolge, per il personale di servizio, dentro una campana di vetro in cui è impossibile entrare. *Gosford Park*, *Downton Abbey*. Poco dopo, dalla finestra, vede uscire in giardino la signora contessa, seguita dal *señor* Tito e dalla signora Susanna. Stanno litigando.

O forse no. Forse Teresa, dalla cucina, non si è accorta di nulla, nemmeno che la signora contessa sia uscita in giardino, ormai da qualche minuto.

"Ma che combina..."

Forse Tirso e Susanna, improvvisamente inquieti, si alzano dal divano. Lui si dirige verso la portafinestra, prova ad aprirla ma non ci riesce, è rimasta bloccata. Mentre è lì che armeggia, Susanna esce dal salone ed entra in cucina. Lui si sposta per passare da una finestra più in là.

Forse Teresa vede aprirsi di botto la porta che separa la cucina dal salone, Susanna entra con l'aria agitata. Corre verso la porta sul retro. D'istinto Teresa fa per seguirla, ma Susanna le dice di rimanere lì, vicina al telefono: potrebbe chiamare qualcuno.

NEL REGNO DEL FORSE

Villa Altachiara, ore 18,45 – Forse

"Vado a farmi un bagno!"

Adesso ve la faccio vedere io. Adesso ve la fa vedere lei. Anzi l'opposto: adesso non si fa vedere, lei. Come sotto la tovaglia quella volta che doveva venire il dottore. Come nel giardino di Acapulco, quando era sparita e si era fatta ritrovare da Susanna sul muretto vicino al precipizio. Francesca ha tanto bisogno di amore e il mondo questo amore non glielo dà. Francesca vuole scomparire, far capire agli altri quanto sono ingiusti, insensibili, cattivi. Vuole che sentano la sua mancanza, che si accorgano del suo valore, che la cerchino, che si spaventino. Adesso mi nascondo. Adesso si nasconde, in questa serata di un lunedì orrendo che ha portato solo grane, col vento e la pioggia che le sbattono i capelli come pipistrelli impauriti, col rumore del mare là sotto che colpisce e fugge, colpisce e fugge, e le è entrato nelle orecchie e non esce, sta lì e ribolle e ribatte e ribolle. Adesso dovrete abbracciarmi quando lo dico io, non quando lo volete voi. Chi siete, voi. Tu messicano dolce e scattoso, che mi hai intrigata coi tuoi silenzi e con la tua sicurezza d'altri tempi, d'altri luoghi, luoghi dove i minuti si muovono piano, vischiosi, lattiginosi anche sotto l'azzurro solare, dove la *sopramesa* ti inchioda per ore a tavola con chiacchiere infinite e allora non ti rimane altro che bere, e poi bere e poi ancora bere. Cosa c'è tra noi, un affetto profondo che a volte sbuccia la pelle e fa sanguinare come fosse amore, ma è amore? La tua anima gemella, mi dici, sono la tua anima gemella, con quel sentimentalismo da soap messicana, eppure un po' di ragione ce l'hai, sei fuori di testa anche tu come me, con la tua vita scombinata, pendente, fatta di cadute e ripartenze come la mia, con la tua coca e il tuo alcol ma dentro hai una specie di barra dritta, un timone che punta lontano non sai dove ma comunque in un luogo tranquillo, più caldo e più puro di questo sperone di roccia esposto ai venti che mi fa rabbrividire ogni istante di più. E tu, Susanna, chi sei. Piccola amica della vecchiaia che sento arrivare, bambina furba e felice, attenta e disperata, noiosa e divertente, stronza e deliziosa, stronza, deliziosa, stronza, deliziosa, stronza. Chi sei, Susanna, che mi ronzi intorno come una mosca ma poi ti allontani se senti l'odore di un'altra merda più giovane e maschia di me. Che mi fai incazzare e chiudere ma trovi sempre il modo, la strada per farti perdonare, e tornare, i fiori giusti, il tono giusto, e mi fai ridere come non ridevo da anni. Siete i miei due cavalieri e le mie due palle al piede, con voi mi sento pesante ma senza di voi mi sento perduta, vorrei che mi amaste e vorrei riuscire a odiarvi senza smettere più, lasciarmi andare nelle vostre braccia e cacciarvi via a calci in culo, piccole persone, meschine quanto sono piccola e meschina io, vi capisco bene perché siete come me ma come la me che non vorrei essere, quella che non fui più da quando incontrai Corradino, che mi portò sul suo tappeto volante e in un minuto eravamo lassù, e io lassù avrei voluto e potuto restarci per sempre, e come cazzo mi sono ritrovata a bere e a soffrire così, a farmi di Stilnox e di whisky, di Cristal e Stilnox, di whisky e lacrime e rimpianti e voglia di tutto e di nulla, vaffanculo a Corrado, 'fanculo a Maurizio e alla sua intelligenza luci e ombre, ferina, luce nella notte quando la notte è buia, l'amore perduto, l'amore morto, l'amore sfiorito e calpestato, fanculo. Chi siete voi, chi sono io. Una che vi mangia e vi prega, vi uccide e vi fugge, vi perde, vi trova, vi sfugge e si fa ritrovare.

Con le pantofole incespica un po' sul terreno bagnato, poggia un piede sul muretto, poi capisce che è meglio di no, si mette seduta e ruota su sé stessa, portando le gambe verso l'esterno. Qualcuno sta aprendo la finestra del salone, bisogna far presto. Subito dietro al muretto, prima che inizi il precipizio, c'è un dente di roccia su cui si può stare rannicchiati, non farsi vedere, non farsi trovare.

"*Chiquita!*" sente dire da Tito.

Oppure no.

"Franci!" sente dire da Susanna.

Non sa, il vento e le onde che sbattono giù portano via le parole, le voci, i rumori, i passi sulla ghiaia. Giù, bisogna star giù, rannicchiati, incassa la testa tra le spalle, abbassa la schiena, i piedi però no, non muoverli così, li hai già mossi, perché li hai mossi? È che si muovono da soli, scivolano, e non sono solo loro a scivolare, è tutto il tuo corpo che sta scivolando, e hai già perso la presa con le mani e sei già nel

Villa Altachiara, ore 18,45 – Forse

"Vado a farmi un bagno!"

Io questo peso sul petto anzi dentro, questo piombo che mi sta nella testa e nel cuore, questo niente che mi circonda e rende dolore il pensiero del tutto che avevo, le cene le feste l'aereo privato gli elicotteri i grandi della terra da pari a pari, io queste gambe che il mondo si girava a guardare, che ogni uomo sognava di accarezzare, e che adesso vogliono soltanto smettere di muoversi, di camminare, io questi capelli che erano luce, coda di cometa nel buio e tutti dietro a seguirla, e ora stoppa sfilacciata come quella che si infilava una volta nei fiaschi, io questa reggia diventata prigione, Mongiardino il mio carceriere, i suoi muri dipinti che vorrei prendere a calci, lui stesso vorrei prendere a calci, vorrei che si mettesse lì e cancellasse i colori gli steli e le corolle dei fiori, le foglie, vorrei lo spazio bianco per far andare lo sguardo, lo stesso delle cliniche per malattie mentali, lo stesso, io questo amore per Tito che decolla e collassa, decolla e si schianta, decolla e cade subito dopo spargendo i detriti nel raggio di notti interminabili, io questo matrimonio a cui mi sono decisa per dare una svolta, questo Messico che mi fa sentire bene ma ogni volta che dopo finisce è anche peggio, la felicità e il suo contraltare, io questa pioggia che mi cade sul viso e mi inzuppa capelli e pantofole, questo vento che penetra le fibre di spugna dell'accappatoio e punge la pelle di brividi, io questa vita che è pantano, fango in cui svegliarsi ogni giorno e non basta la coca per tirarsene fuori, sniffate profonde, un'energia di metallo azzurrino e il naso che duole, che sanguina e duole, e già mi ha cambiato di forma più di quanto non abbia fatto il chirurgo, io questo Cristal che mi fa salire al soffitto con le sue bollicine ma mi sgonfia subito dopo come un pallone bucato, questo whisky che mi accende la testa e mi brucia tonsille e piloro, io e questi soldi arrivati e quelli che arriveranno, io la faccia di Rocky ogni volta che dovrà sganciare il bonifico, soldi rubati ai suoi figli penserà maledicendomi, io lo Stilnox che mi ovatta la testa, il sollievo dopo aver vomitato, io scopare non mi basta come non bastava a Corradino alla fine e chiedeva di più, sempre di più, all'epoca mi ero ribellata e l'avevo trattato di merda ma ora lo capisco perché si arriva sempre a quel punto in cui non basta più nulla, io e mordicchiare l'orecchio del pianista di turno alle feste, io provare quel brivido strano di essere guardata da tutti, io queste onde che rimbombano da stamattina, l'una dopo l'altra come testate di un toro contro una staccionata, come le pompe di quei pozzi di petrolio che andammo a visitare con Corradino nel Texas, pianura senza fine e pozzi che battevano ottusi, cittadine prive di storia e di armonia, persone senza memoria, l'America è un mito fondato su un vuoto più grande di quello che c'è sotto i miei piedi, ma qui che siamo pieni di storia siamo microbi, Portofino che è un grumo di niente, tutta gente di merda chiusa in case di merda, ristoranti di merda, la Gritta di merda, queste ville qui intorno sbarrate come fosse una guerra, neppure più il dono di una risata a farci pisciare gli amici, sistemi di allarme, casieri, cani mordaci, filo spinato, telecamere, cocci di vetro, io questo muretto da cui avrò guardato un milione di tramonti sempre diversi eppure sempre più uguali, io questo buio sopra sotto davanti dietro dentro laggiù, io non più, io sopra il

"*Chiquita!*"

"Franci!"

Villa Altachiara, ore 18,50 – Forse

Forse Susanna arriva in giardino e trova Tirso fermo vicino al muretto che dà sulla scogliera. Il mare, là sotto, nel buio colpisce le rocce con furia. Tirso è sconvolto. Una faccia diversa da quelle che gli ha visto Susanna fin lì, anche durante quelle litigate terribili con Francesca.

"Francesca non c'è" dice lui.

Lei si guarda intorno, in direzione del parco.

"Sarà andata di là" prova a dire. "Come l'altra volta, ti ricordi?"

"O magari è uscita, è andata in paese" dice lui.

Lei schiaccia tasti sul telefonino.

"Che fai?" chiede lui.

"Chiamo Maurizio."

Il vento le manda i capelli in tutte le direzioni.

O forse è Tirso che arriva in giardino e trova Susanna ferma vicina al muretto che dà sulla scogliera. Il mare, là sotto, nel buio colpisce le rocce con furia. Susanna è sconvolta. Una faccia diversa da quelle che le ha visto Tito fin lì, anche quando era oggetto delle sfuriate di Francesca.

"Francesca non c'è" dice lei.

Lui si guarda intorno, in direzione del parco.

"Sarà andata di là" prova a dire. "Come l'altra volta, ti ricordi?"

"O magari è uscita, è andata in paese" dice lei schiacciando tasti sul telefonino.

"Che fai?" chiede lui.

"Chiamo Maurizio."

Il vento le manda i capelli in tutte le direzioni.

Gli inquirenti registreranno che nei quindici minuti compresi tra le 18,45 e le 19,00, Maurizio, a Miami (dove sono tra le 12,45 e le 13,00), riceverà sei telefonate da Susanna: una ogni due minuti e mezzo. Anche Tirso lo chiamerà. A fine serata, il totale delle telefonate di Susanna a Maurizio sarà di trentaquattro. Interrogata dalla magistrata, Susanna dirà di non ricordarne progressione e contenuto.

Nel regno del forse in cui tutti ormai sono entrati o stanno entrando, Rocky sostiene di aver ricevuto quella sera due telefonate da Francesca, la seconda delle quali alle ore (ne è sicuro) 19,00. Il tono della voce, in questa seconda telefonata, era inquietante, al punto che il figlio di Corrado dichiara di non aver capito quasi niente: "Lei era troppo concitata, giù di corda come non l'avevo mai sentita. Diceva: 'Sono stanca di vivere.' E altre frasi che mi hanno ghiacciato il sangue. Poi a un certo punto ha concluso: 'Hai sempre avuto ragione tu, ti mando un bacione.' E ha riattaccato."

Forse Rocky si confonde, e questa seconda telefonata era avvenuta mezz'ora prima?

O forse senza rendersene conto ha separato due momenti di una stessa telefonata?

O forse addirittura, come poi sospetterà il fratello di Francesca, è una telefonata fatta da Susanna per depistare le indagini, mostrando intenzioni suicide che magari la contessa non aveva?

Come si erano messi d'accordo nella telefonata pomeridiana, l'avvocato milanese richiama Francesca per aggiornarla sulla questione della transazione con l'altro avvocato che le aveva fatto pignorare parte del mobilio. Gli risponde una voce maschile: “La contessa in questo momento non c’è.”

Rientrano da Milano col furgone carico di mobili Marcin, Álvaro, Ernesto e Kamal, più l’autista Andrea. Teresa li mette subito al corrente della situazione. Si sparpagliano per il parco, unendosi alle ricerche di Tirso e Susanna. Tutte le luci esterne della villa vengono accese.

Susanna chiama Guido, il gestore del bar di Nervi dove più tardi sarebbero dovuti andare per rifornirsi di coca.

“Hai visto Francesca?”

“No.”

Anche Tirso lo chiama, poco dopo.

“Per quella roba... per stasera non ci serve più.”

“Va bene.”

Susanna avverte della scomparsa il fratello di Francesca, che a Milano si mette subito in macchina per raggiungere Portofino.

“Se vedi Francesca dille di aspettarmi, di non muoversi da lì.” (Susanna a Guido del bar di Nervi.)

“Va beeene...”

Poi, mezz’ora dopo: “Dimmelo, dimmelo se l’hai vista!”

“Ascolta, Susanna. Non so cosa vi sta succedendo, ma a questo punto restate a Portofino. Io devo chiudere.”

Susanna chiama il fratello di Francesca.

“Oggi ho visto dei fogli che sembravano proprio un testamento, non vorrei che...”

Nel pomeriggio, dopo aver trovato Francesca al telefono nel vano dell’armadio della camera rossa, mentre Tito la accompagnava in bagno, Susanna si era affacciata in camera per controllare che fosse tutto a posto, e sullo scrittoio aveva trovato l'agenda aperta alla pagina del 6 gennaio, con un appunto non firmato in cui Francesca dichiarava di lasciare tutto a Tirso. Aveva riposto l'agenda in un cassetto.

Il fratello di Francesca, guidando, si lascia andare a un lungo sospiro preoccupato: "Valla a prendere, poi me la dài."

Susanna imbocca le scale, corre per il corridoio, si infila in camera, apre il cassetto. L'agenda è lì, ma la pagina del 6 gennaio risulta strappata. Un istante e si riprecipita di sotto. Cerca Tirso, lo trova.

"L'hai preso tu il foglio nell'agenda di Francesca?"

"Sì, perché?"

"Lo vuole suo fratello."

"No, no. Francesca l'ha lasciato per me. È tutto mio. È tutta roba mia."

Susanna lo guarda: "Boh, fate voi."

Quando più tardi arriverà il fratello, chiederà quel foglio a Tirso, che si rifiuterà di consegnarglielo. Voleranno parole grosse, spintoni. Il foglio finirà poi tra il materiale agli atti dell'inchiesta.

La cercano ovunque, forse senza rendersi bene conto dello scorrere del tempo. Le ore stanno passando, vento mare e pioggia inzuppano sentieri e vestiti, i pensieri si fanno pesanti. Da Miami, Maurizio consiglia di aspettare ancora un po' prima di avvertire i carabinieri: "Si sarà nascosta come ha fatto altre volte." Ad Acapulco, per esempio, quando si era spinta fino a un punto pericoloso, anche lì su una scogliera. E poi, forse, c'è una sorta di rispetto per lei, il desiderio che non sia vista da estranei nel caso in cui venisse trovata discinta e in pieno marasma mentale.

Forse.

La chiamano molte volte, ad alta voce. Tirso scivola, si inzacchera i pantaloni di fango. Il mare, laggiù, continua a sbattere e a ritrarsi, a sbattere e a ritrarsi, e si incista nelle orecchie e nei nervi, diventa presenza ingombrante, molesta, insopportabile come un de profundis ripetuto all'infinito.

All'1,58 (due minuti alle 20,00 ora di Miami), Maurizio si decide ad avvertire il maresciallo dei carabinieri di Portofino per denunciare la scomparsa della contessa Francesca Vacca Graffagni Agusta.

DOPO

2002-2022

Sabato 14 settembre 2002, seicentoquindici giorni dopo la scomparsa della contessa, la sostituta procuratrice deposita la richiesta di archiviazione dell'indagine, fondandola in buona parte sulla perizia post mortem effettuata poco meno di un anno prima dal neurologo genovese professor Giandomenico Sacco.

"La contessa soffriva di un disturbo borderline di personalità, aggravato dall'abuso di sostanze psicoattive" scriveva il professor Sacco. Secondo la perizia la donna era affetta da una forma di "regressione infantile" che si scatenava nei momenti di difficoltà, quando la solitudine e il bisogno di affetto si facevano insopportabili. Giorno e notte chiedeva disperatamente un po' di attenzione. E, come una bambina, si nascondeva nella speranza che qualcuno la cercasse. Una "forma maniacale" che nel passato si era manifestata già molte volte. Quella disgraziata notte accadde ancora, risultandole fatale.

"Ciò che appare sufficientemente chiaro" scrisse a sua volta la giovane magistrata "è l'esclusione dell'ipotesi omicidiaria. L'evento mortale è imputabile a un gesto volontario o indotto dalla stessa vittima che si ritiene, per motivi attinenti alla sfera oggettiva (autolesivi, simulatori di scomparsa), abbia scavalcato di propria volontà il muretto del giardino della villa. Uscita in stato di alterazione dalla portafinestra, è plausibile che si sia nascosta sotto l'albero di leccio, in corrispondenza di un terrapieno friabile e scivoloso, e lì sia rimasta nascosta" almeno fino a quando Tirso e Susanna hanno deciso di dividersi per cercarla. "Dev'essere stato in quel lasso di tempo che la donna è scivolata e precipitata sulla scogliera, oppure è saltata colta da improvviso raptus suicida." La scomparsa della contessa, secondo la sostituta procuratrice, è ipotizzabile che "sia avvenuta nel corso di uno di quegli atti che il manuale diagnostico statistico dell'American Psychiatric Association definisce 'esagitati tentativi di evitare abbandoni'".

Analizzando anche i comportamenti di chi era a Villa Altachiara quella sera, la magistrata esclude responsabilità per i testimoni: "Nessuno dei presenti aveva l'obbligo legale o contrattuale di assisterla; nessuno dei presenti, inoltre, aveva ragione di temere concretamente per l'incolumità della donna, non essendo nuova a comportamenti di questo tipo, che peraltro in tutti i casi si erano risolti al più con un grande spavento per cui nulla lasciava presagire un epilogo così tragico."

In conclusione, "non ravvisandosi elementi di reato" o "responsabilità di terzi" in relazione al decesso di Francesca Vacca Agusta, la sostituta procuratrice chiede l'archiviazione dell'inchiesta. Richiesta che viene accolta dal giudice per le indagini preliminari due mesi dopo, il 20 novembre 2002.

La battaglia per l'eredità avrà termine in quello stesso anno, con un accordo tra Maurizio e Tirso. Tirso diventa, come previsto dall'ultimo testamento, l'unico beneficiario. Ma nella società che gestirà il patrimonio della contessa (la Ellanby Limited, con sede a Londra) entrerà a far parte anche Maurizio, con una quota, pare, intorno alla metà. I dettagli del patto rimarranno però segreti: se uno dei due soci rivelerà particolari sulla spartizione, dovrà pagare all'altro una penale salatissima. Dopo qualche anno sembra che un ulteriore accordo abbia comportato la liquidazione di Tirso con una certa somma, e che Villa Altachiara sia stata affidata a un trust gestito esclusivamente da Maurizio.

Nonostante quelle che lui stesso definirà "le ripetute promesse di Tirso", il fratello della contessa risulterà escluso da ogni lascito. Chiederà al tribunale di Chiavari il sequestro della villa: gli verrà negato.

Lasciata definitivamente l'Italia, Tirso si sposa nel giugno del 2005 ad Harris County, Texas, con Vanessa, una ventisettenne americana di origini messicane. Al matrimonio partecipa anche Luigi F., uno dei carabinieri che avevano condotto le indagini nelle prime settimane dopo la scomparsa della contessa. Gli sposi vanno a vivere in una villa suburbana alla periferia di Houston. Due anni dopo nascerà loro una figlia.

Susanna, dopo aver posato a seno nudo per la copertina di "Panorama" (all'interno un'intervista per la quale fu querelata da Tirso), venne chiamata come opinionista in diversi show televisivi, fino alla partecipazione all'*Isola dei famosi* (otto puntate in onda a partire dal 18 settembre 2003).

"Sono salita alla ribalta per un fatto di cronaca. In televisione è facile entrare, adesso lotto per restarci" dichiarò.

Spostò successivamente il suo ambito di lotta al body building, diventando campionessa italiana. Poi una storia di doping la portò a una squalifica di due anni e mezzo. Si è sposata con un imprenditore ligure e si è ritirata a vita privata.

Il fratello della contessa non si rassegnerà facilmente alla fine senza fine della storia. Scriverà un libro-sfogo, senza però pubblicarlo. Accuserà in varie interviste Tirso, Susanna e Maurizio di essere soltanto dei profittatori. Chiederà inutilmente la riapertura delle indagini. Anni dopo arriverà alla conclusione di lasciar perdere tutto: "Tengo i dubbi e il dolore solo per me" dichiarerà nel 2011.

Anche Riccardo "Rocky" Agusta, continuando a fare avanti e indietro tra Sudafrica e Italia, scriverà un volume di ricordi. Morirà per un tumore a St. Moritz, come suo padre Corrado, nel 2018, a sessantasette anni (Corrado vi era morto nel 1989, a sessantasei). Al funerale a Cascina Costa sarà presente – oltre ai figli, all'ex moglie Monica, alla compagna degli ultimi vent'anni Valerie e a molte personalità del mondo imprenditoriale e nobiliare italiano – anche Giacomo Agostini.

Maurizio rimarrà per molto tempo a vivere a Villa Altachiara insieme a Rocio, che sposerà il 26 febbraio 2004, e al loro figlio.

Anni dopo, una volta separatasi dal marito, Rocio sosterrà in un'intervista che Maurizio avrebbe sotterrato i gioielli della contessa vicino alla piscina, per portarli poi in una banca svizzera. Venne aperta un'indagine, successivamente archiviata. Ma nel 2011 l'Agenzia delle entrate accusò Maurizio di aver sottratto dalla disponibilità beni pignorati per il valore stimato dieci anni prima di un miliardo di lire, il che gli costò una condanna a nove mesi con la condizionale.

Rocio racconterà inoltre (prima direttamente ai giudici, poi in interviste ripetute a distanza di anni) che sarebbe stato Tirso a spingere giù dalla rupe Francesca la sera dell'8 gennaio 2001: lo avrebbe confessato lo stesso Tirso a Maurizio, che poi lo avrebbe riferito a Rocio. Maurizio non avrebbe denunciato il messicano per evitare che la villa venisse sequestrata per chissà quanto tempo, e da qui gli accordi tra i due che portarono alla liquidazione di Tirso con una somma non meglio precisata ma comunque nettamente inferiore all'intero patrimonio ereditario.

Maurizio ha sempre smentito la versione di Rocio, accusando l'ex moglie di dire bugie per vendicarsi dell'affidamento a lui del figlio da parte di un tribunale messicano dopo la fine del loro matrimonio.

I magistrati non hanno ritenuto rilevanti le dichiarazioni di Rocio.

Oggi Maurizio ha avviato un'attività biomedica e si divide tra Miami, Cuernavaca e Portofino, dove ha comprato una nuova casa, dalla parte opposta della baia rispetto a Villa Altachiara.

La sostituta procuratrice titolare dell'inchiesta morirà di polmonite fulminante a quarantasei anni, nel 2010.

Villa Altachiara nel 2015 è stata venduta all'asta per venticinque milioni di euro. Se l'è aggiudicata Eduard Chudajnatov, uno dei più grandi magnati russi del petrolio, considerato molto vicino a Vladimir Putin.

Nel 2022 la villa, nella quale erano in corso importanti restauri, è stata posta sotto sequestro nell'ambito delle sanzioni imposte alla Russia per la guerra contro l'Ucraina.

PORTOFINO, UN GIORNO QUALUNQUE DEL 2023

Sarà perché qui la strada finisce. Devi fermarti, o tornare indietro. Sarà perché dalla Piazzetta non si vede l'orizzonte, tanto è riparata la baia. Sarà perché tutto è così preciso, così curato. Le case rosa, o salmone, o gialle (le cento tonalità del giallo) diverse l'una dall'altra eppure coordinate in una forma generale fortemente connotata. I negozi come fossimo a Roma, Milano, New York. Balenciaga, Loro Piana, Brunello Cucinelli. La pavimentazione con la perfetta alternanza di pietre lisce e sassi levigati, di chiaro e di scuro, di pendenza e di spiano, di disegno e di casualità. Sarà per le modelle troppo giovani e troppo belle (troppo per chi? troppo per me) che si fanno fotografare negli scorci. O per le arabe ricchissime che sfilano lungo il molo, i capelli raccolti in un velo molto chic, quasi rammaricate che la passerella a loro disposizione sia troppo breve. Sarà per i due-tre yacht dimensione-traghetto, impressionante vederli a riposo in un porto così piccolo. Sarà per tutto questo e per mille altre cose ancora, ma Portofino è la miniatura di un sogno. Un luogo soltanto mentale. Un set messo su da un regista che non dice mai "Stop!".

Te ne accorgi soprattutto la mattina, quando arrivano i furgoni per il rifornimento di bar e ristoranti, o quelli che caricano il pesce da portare a Milano, o quelli addetti a tenere pulito ciò che è già pulitissimo per gli standard correnti, ma qui non c'è niente di corrente: sembra di essere capitati in una qualche location ore prima che inizino le riprese, quando gli attori stanno ancora ad annoiarsi nelle invisibili roulotte e ad andare avanti e indietro senza scopo apparente sono solo gli uomini di fatica, così bravi ed esperti da non far percepire al mondo la propria fatica. Solo la mattina, qui, viene tollerata l'imperfezione. Le sedie di ferro e plastica intrecciata dove ti sistemi per fare colazione possono non aver ancora indossato i cuscini da culo e da schiena. Nessuno protesta. La coppia matura ed esperta di barche può rimanere un po' troppo a lungo esposta al fastidio dei raggi del sole prima che un cameriere molto giovane molto alto e molto magro si decida ad aprire l'ombrellone bianco accanto al loro tavolino: nessuno protesta. Addirittura un paio di piccioni (nota stonata: qui possono esserci solo gabbiani) si avventurano caracollando alla ricerca di briciole: nessuno li scaccia. Gruppi di turisti francesi comandati da guide con paletta numerata si aggirano cercando di intralciare il meno possibile ma senza riuscirci: nessuno dice loro di spostarsi.

Più tardi però, la sera, all'ora dell'aperitivo, quando il regista invisibile ha gridato "Azione!", tutto deve apparire verosimile. La luce del tramonto deve essere splendida (che ci sta a fare altrimenti il direttore della fotografia?) e far risaltare sullo sfondo il verde boscoso delle due gobbe che costituiscono il promontorio (il Castello Brown in cima alla seconda). Gli unici rumori devono essere lo sciaguattio del mare (in sottofondo, tanto la baia è talmente chiusa che onde grandi non ci arrivano mai), il chiacchiericcio smorzato dei passanti (nessun grido, nessun tuffo in acqua o altre mattane del genere), qualche rado stridio di gabbiani (alcuni gozzi alla fonda issano un volatile di plastica che volteggia nel vento per tenerli lontani dai propri scafi inguainati in teli color argento) e, qua e là, la musica lounge (o giù di lì) di qualche locale che forse per meriti storici si è guadagnato sul campo il diritto a questo scarto rispetto al silenzioso protocollo ufficiale.

Chi ha più diritti di tutti, mi viene da pensare, è la Gritta, american bar ancora di proprietà, a quanto mi risulta, della famiglia d'origine di Maurizio. Cuscini e salviette sono di un color acquamarina fatto per non passare inosservato. Al centro di ogni tavolo di lucido tek una piantina dai fiori lilla. Il setting è perfetto, il cameriere esperto e gentile senza essere inopportuno. Forse potremmo chiedere al fonico di abbassare di un paio di tacche il volume della musica ma insomma, non stiamo lì a sottilizzare, correggeremo in post-produzione, siamo in un film sì o no? Il menu degli aperitivi è stretto e lungo, con copertina rigida, giustamente scenografico e senza l'indicazione dei prezzi. Scelgo un gin tonic, cos'altro? Patatine, noccioline, olive, due pezzettini di pizza (buona), triangoli di pecorino. Di fronte a me la mitica piattaforma galleggiante si muove seguendo l'andamento del mare, provocandomi un leggero sfasamento, i prolegomeni della nausea. Ma il gin tonic è l'ideale per rintuzzare la nausea.

Mi alzo per andare in bagno. No, è una scusa: è che voglio vedere l'interno. E mi rendo conto che appena varcata la soglia siamo in pieno backstage. Divani accatastati, mucchi di cuscini, la massa di triangoli di pecorino pigiati in un contenitore di plastica. Alle pareti, alcune vecchie fotografie. C'è John Wayne (un po' fuori di sé, con i capelli al vento, forse ubriaco), c'è Rex Harrison che potrebbe essere accanto a Rocky (ma non c'è la fotografia "Welcome home, Rex", o almeno non la vedo). Soprattutto c'è la madre di Maurizio, che appare davvero bellissima e *davvero* somigliante (identica!) a Grace Kelly.

Torno alla mia mora e al mio lampone, il rosso e la nera, che navigano tranquilli nel gin tonic (la tonica è a temperatura ambiente, ma va bene così). E poi, improvvisamente, avverto il peso di Portofino. Qualcosa di ignoto, che però nel momento in cui si manifesta lo riconosci. Questa "fine di strada", questa perfezione lillipuziana circondata da ville immense, può generare una sensazione di mancanza d'aria, dopo un po'. Ci si può sentire stregati e prigionieri, a Portofino. Per questo le barche, una più grande dell'altra. Le feste, una più ricca e sontuosa dell'altra. Tutti tentativi di sfondare la gabbia che in silenzio ti sale intorno e succhia via l'ossigeno quando ti installi qui. Per questo gli elicotteri. Per questo ballare sui tavoli. Per questo il Messico verso cui fuggire di tanto in tanto.

Meglio alzarsi, pagare (un botto, naturalmente), camminare un po', godendosi lo stordimento nella testa e quella speciale debolezza nelle cosce che ti dà il gin tonic o qualsiasi aperitivo oltre i 40 gradi. A metà della notte arriverà il risveglio alcolico, domani forse il mal di testa e tutti gli altri effetti del doposbornia, ma pazienza. Sta abbuiando, imbocco lo stradello in direzione del faro, che sembra sempre così vicino e invece non lo è. Una ventina di metri davanti a me cammina una signora con i capelli grigi tagliati corti, alta e dritta nonostante l'età, che stimo sugli ottanta.

Nel 1984, quindi circa una quarantina d'anni fa, io la vidi, Francesca. Facevo l'università, e con un gruppetto di amici venimmo ospitati per qualche giorno, a primavera, nella villa di Santa Margherita di una nostra danarosa compagna di Milano. Ci stravaccammo lì tra risvegli comodi, una gita a San Fruttuoso e un po' di sole preso in giardino o sulla spiaggia ancora in letargo e priva di ombrelloni. Una sera decidemmo di andare a bere qualcosa al Covo di Nord-Est. Ne avevo sentito parlare da mio padre, che doveva averci portato mia madre negli anni Sessanta, quando loro due erano una giovane coppia sposata da poco in cerca di gradini per una crescita sociale, e il locale ospitava quasi ogni sera cantanti italiani e stranieri di grosso calibro. Vanoni, Gino Paoli, Frank Sinatra. Quella sera di aprile 1984 le mura del Covo (che facevano pensare a una grotta scavata nella roccia), le suppellettili e le fotografie erano (dovevano essere) le stesse di vent'anni prima, ma l'atmosfera che percepimmo entrando non era certo allegra o particolarmente fascinosa. C'era una musica di sottofondo, qualcosa tipo Harry Belafonte, ma il palco era vuoto, così come la maggior parte dei tavoli. Ci sedemmo vicino a una finestra (se si potevano chiamare così quelle cavità aperte sull'esterno). Si vedevano solo le luci di bordo di qualche barca alla fonda in mezzo al nero del golfo del Tigullio. Ordinammo a un cameriere tarchiato e frettoloso, che ci squadrò con giustificata aria di superiorità. Poi la nostra amica della villa, Sonia si chiamava, indicò uno dei due tavoli occupati dall'altro lato della sala. "La signora con i capelli rossi, là," ci disse Sonia "è la contessa Vacca Agusta. Sapete chi è?" Nessuno di noi ne aveva la sia pur minima idea. Sonia ci spiegò, a grandi linee. Noi la seguimmo moderatamente disinteressati: facevamo tutti più o meno parte di collettivi studenteschi di sinistra, e anche se si trattava della sinistra già moderata del 1984 pensavamo (sbagliando) che conti e contesse ormai non esistessero più, o che si sarebbero estinti di lì a poco. Comunque io un'occhiata un po' più lunga del normale gliela dedicai, a quella contessa. A parte i capelli (lunghi, rossi, materici) e l'altezza, che si notava anche da seduta, a colpirmi fu quella che potrei definire la sua indipendenza. Stava lì, in compagnia di quattro o cinque persone, e parlava o ascoltava o rideva o fumava o beveva così come facevano gli altri, ma era come se non volesse (o non potesse) mescolarsi completamente all'atmosfera di quel piccolo gruppo di amici, e neppure a quella un po' decadente (o decaduta) del Covo di Nord-Est. Era lì ma non era lì, e questo suo modo di essere (o di non essere) costringeva gli altri a ruotarle intorno, pur rimanendo col sedere ben poggiato sulle poltroncine di midollino. Pensai che potesse essere una donna capace di provocare felicità e dolore in misura quasi insostenibile, ma che forse la felicità e il dolore che poteva provare lei stessa erano ancora superiori. Poi distolsi lo sguardo e pressappoco mi dimenticai di lei fino a quell'8 gennaio 2001, quando la sua presenza-assenza divenne visibile a tutta Italia tutti i giorni per molti mesi.

Cammino mezzo ubriaco seguendo le lucciole, e anche la signora che mi precede. In realtà non seguo né le une né l'altra, mi limito ad andare avanti in loro silente compagnia. (Non è sempre così, nella vita?) Una compagnia altalenante: il luce-buio-luce delle lucciole, la signora che si vede e non si vede a seconda delle curve della stradina. (Sì, è sempre così: qualsiasi presenza, nella nostra vita, è altalenante. Anche quella di noi stessi.) È un lunedì di fine maggio, non c'è nessuno in giro. Stamattina sono tornato, per la seconda volta, a visitare il piccolo cimitero. (Mi piacciono i piccoli cimiteri, tolgono spazio a molte illusioni e a molte delusioni. Quando esco da un piccolo cimitero riesco ad affrontare con maggiore leggerezza qualsiasi cosa mi stia attendendo là fuori.) Volevo vedere se questa volta trovavo la tomba di Francesca. Durante la mia prima visita, un anno e mezzo fa, non l'avevo vista. Volevo proprio *trovarla*, non cercarla grazie a una qualche indicazione fornitami da chi conserva il registro e la piantina del cimitero (un custode? il parroco?). Avevo letto in più di un articolo che era sepolta lì, e se tutto il percorso fatto per parlare di lei aveva un senso, pensavo che avrei dovuto trovarla lì. Sono incappato in qualche nome illustre (Leopoldo Pirelli, Rosanna Schiaffino Falck), in qualche soprannome connesso alla storia del borgo (Puny, patron dello storico ristorante in Piazzetta), in qualche cognome legato a doppio filo a quello di Francesca (componenti della famiglia di Maurizio). Ma nella tomba della contessa, no. Forse nel frattempo è stata spostata (seguendo le sue volontà: non voleva essere sepolta lì). O forse non ho saputo, di nuovo, guardare bene. Guardare è un'arte, e io non credo di possederla in sommo grado. E quindi – forse, forse, forse – tutto il percorso di questo ultimo anno e mezzo non ha avuto alcun senso? Me lo sono chiesto, stamani, mentre uscivo dal cimitero e andavo ad affacciarmi al muretto che fiancheggia la chiesa di San Giorgio, di fronte alla scogliera e al mare aperto. Me lo sono chiesto, ma non mi sono risposto. Però, con gli occhi fissi sulla linea dell'orizzonte, come se da quel mio guardare dipendesse la sicurezza della rotta di chissà quale nave (la mia), ho cominciato a fantasticare. Ma se il cadavere ripescato a Cap Bénat non fosse stato quello della contessa? Certo, l'anello. Certo, le arcate dentarie. Ma un test del DNA mi pare proprio che non venne eseguito, non c'erano ancora le tecnologie disponibili, forse. E se io, a conclusione di questo mio lungo cammino, non ho trovato la tomba, non potrebbe essere un segno (da parte di chi, di chi che cosa!?) che la contessa *in qualche modo* è ancora viva? Se fosse stata lei ad architettare tutto quanto, per poter finalmente fuggire una volta per tutte dalla sua amata-odiata Portofino, dalla sua amata-odiata vita? Cazzate, mi sono subito risposto staccandomi da quel muretto. Falla finita, cazzate. Poi, spostandomi di qualche metro e voltandomi verso ovest, lo sguardo mi è caduto sulla gru che da anni sta come di guardia a Villa Altachiara, rimasta a metà dei lavori di ristrutturazione dopo il sequestro effettuato per le sanzioni alla Russia. Quella gru, quei lavori in corso interrotti, rappresentano... Rappresentano cosa, mi sono chiesto. Falla finita, mi sono risposto, ti stai facendo prendere dalle fanfaluche spiritualiste, dalle maledizioni di Tutankhamon, dalle connessioni invisibili, inesistenti. Basta, rimani ai fatti.

I fatti, stanotte, sono queste lucciole, questo faro che non arriva mai, questo gin che mi nuota nella testa, questa signora alta e come indifferente a tutto ciò che le sta intorno, che cammina una ventina di metri avanti a me. Il lento mormorio delle onde basse, i lumi delle lampare in mezzo al mare, l'odore di ramerino e di pino che sale dalla boscaglia. Adesso la signora ha rallentato, le sono più vicino. Rallento anch'io, mentre lei si ferma, poggiata a una balaustra, rivolta verso il golfo, verso le luci di Santa Margherita, verso il Covo di Nord-Est. Mi torna in mente l'ultima scena di quel film del 1973, *A Venezia... un dicembre rosso shocking* il titolo italiano, *Don't Look Now* quello originale, Nicolas Roeg il regista, Daphne du Maurier la scrittrice del racconto da cui era stata tratta la sceneggiatura, Julie Christie e Donald Sutherland gli interpreti principali. Ultima scena che non descriverò – andatevela a rivedere, se vi interessa, anzi, andatevi a vedere tutto il film se non lo conoscete, è molto bello – mentre mi sto avvicinando passo dopo passo alla balaustra a cui è affacciata questa anziana signora che mi sembra lontana da tutto e da tutti, con quel carisma che la lontananza a volte esprime, e non c'è davvero nessuno in giro, Portofino è deserta come non l'avevo mai vista prima, e ormai sono a due passi dalla signora, che è molto alta, e sicuramente mi ha sentito arrivare, lo percepisco da come ha irrigidito le spalle, e sta guardando il vuoto, l'orrore del vuoto notturno, e adesso si volta, lo sento, ecco che sta per voltarsi, lo sento, una specie di grugnito, si volta, *Don't Look Now*, *el tigre blanco*.

Si volta verso di me.

NOTA

I virgolettati alle pagine 131, 201, 202, 210 e 211 sono tratti dal libro di Massimo Ceriani *Una fabbrica di elicotteri. L'Agusta di Cascina Costa. Testimoni e protagonisti* (Milano, Jaca Book, 2004). Quelli a pagina 203 e 281 dal libro di Riccardo (Rocky) Agusta *Come quando... Sensazioni e sprazzi di memorie sorvolando la mia vita* (Firenze, Nicomp, 2014). Entrambi i volumi, insieme a quello di Alberto Grampa *Agusta. Un secolo di aeronautica* (Varese, Macchione Editore, 2002), mi sono stati utili per ricostruire le vicende dei componenti della famiglia Agusta.

I virgolettati alle pagine 103, 140, 181, 182, 251, 253, 254, 260 sono tratti dal libro di Marina Ripa di Meana (*op. cit.*), utile per scrivere il personaggio di Francesca Vacca Agusta.

I virgolettati alle pagine 244, 245 e 246 sono tratti dal libro di Renzo Mongiardino *Roomscapes*, a cura di Francesca Simone (Roma, Officina Libraria, 2019).

L'affermazione di Laura Laurenzi citata a pagina 256 è tratta da una sua intervista radiofonica andata in onda il 25 maggio 2018 all'interno del programma di Rai Radio 1 *Giallo d'estate*, condotto da Cinzia Tani.

Altre fonti che mi sono state utili, escluse quelle indicate direttamente nel testo, sono state i libri di Riccardo Gualino, *Frammenti di vita* (Milano, Mondadori, 1931); Ferdinando Imposimato, *L'errore giudiziario. Aspetti giuridici e casi pratici* (Milano, Giuffré, 2009); Rossella Monaco, *Storie e segreti delle grandi famiglie italiane. Dagli Agnelli ai Versace, dai Manzoni agli Olivetti: fortune e protagonisti delle dinastie più potenti* (Roma,

Newton Compton Editori, 2021); Mario Oriani, Luciano Garibaldi, *Portofino amore mio. 1000 anni in piazzetta* (Milano, Orme Editori, 2003); Tommaso Tovaglieri (a cura di), *Omaggio a Renzo Mongiardino 1916-1998. Architetto e scenografo* (Roma, Officina Libraria, 2016); Luigi Vinelli, *Portofino. Storia di un mito* (Chiavari, Edizioni Internòs, 2014). Inoltre gli articoli apparsi sul "Fatto Quotidiano", "Il Messaggero" (di Fabrizio Rizzi), "Il Tirreno", "L'Indiscreto" (di Fabrizio Provera), "La Gazzetta dello Sport" (di Germano Bovolenta e Maurizio Cannone), "la Provincia Pavese", "la Repubblica" (di Leonardo Coen, Piero Colaprico, Luca Fazzo, Franco Manzitti, Marco Preve e Wanda Valli), "La Stampa", "Levante News", "Oggi" (di Giangavino Sulas), "Vanity Fair" (di Gabriele Masiero). Ancora: gli approfondimenti filmati apparsi su Rai 1 e Rai 2 (alcuni a cura di Barbara Carfagna) e quelli apparsi su Telenord a cura di Franco Manzitti. Infine i siti abruzzo24ore.tv, Il catalogo dei viventi (blog di Giorgio Dell'Arti), magliarossonera.it, vanillamagazine.it (Annalisa Lo Monaco).

RINGRAZIAMENTI

Ringrazio Marco Vichi per la generosità e Erik & Ale per la visione: senza voi tre non avrei mai cominciato né finito questo viaggio. Ringrazio Armenia & Tiziana per quel lungo tè a Marina di Carrara in un pomeriggio d'autunno. Ringrazio Giorgio van Straten per il sostegno di vecchia data, per un quasi-titolo, per i Negroni e le patate dolci. Grazie a Giovanni Nucci se telefonando, a Enzo Fileno Carabba passo dopo passo, a Sebastiano Mondadori per l'attenzione e la velocità. Grazie infine, per la terza volta, a Daniela Di Sora e a tutta Voland, Alberto Lecaldano compreso. Questo libro è anche per lui.

INDICE

Redazione di
Daniela Di Sora

Grafica
Progetto degli interni di Alberto Lecaldano
Progetto originale della copertina di Alberto Lecaldano,
riletto da Francesco Sanesi
Font: *Voland*, Luciano Perondi, 2010

Stampa
Tipografia Pagani srl

Finito di stampare: aprile 2025

Edizioni Voland
00185 Roma, via Emanuele Filiberto 191
tel. 06 45496060
www.voland.it
e-mail: redazione@voland.it